KB021550

개와 늑대의 시간

김경욱 장편소설

개와 늑대의 시간

제1판 제1쇄 2016년 4월 15일
제1판 제2쇄 2016년 4월 29일

지은이 김경욱
펴낸이 주일우
펴낸곳 ㈜문학과지성사
등록번호 제1993-000098호
주소 04034 서울 마포구 잔다리로7길 18(서교동 377-20)
전화 02) 338-7224
팩스 02) 323-4180(편집) / 02) 338-7221(영업)
전자우편 moonji@moonji.com
홈페이지 www.moonji.com

이 도서의 국립중앙도서관 출판예정도서목록(CIP)은 서지정보유통지원시스템 홈페이지
(http://seoji.nl.go.kr)와 국가자료공동목록시스템(http://www.nl.go.kr/kolisnet)에서
이용하실 수 있습니다. (CIP제어번호: CIP2016008164)

개와 늑대의 시간

김경욱 장편소설

문학과지성사

차례

0. 동쪽에서 온 귀인이 부귀를 가져다주리라

교도소장실로 향하는 '방귀쟁이' 제이슨의 얼굴을 보라. 저 의기양양한 표정이라니. 물론 교도소장실로 불려가는 죄수의 얼굴이 죄다 죽을상은 아닌 법. 만기 출소자, 가석방 대상자 들은 전학 인사차 교장실에 들르는 학생 같지. 회한과 기대로 적당히 긴장한 얼굴. 하지만 일급 살인죄로 30년 형을 얻어맞은 제이슨에게는 언감생심. 이제 고작 14년. 아직은 감옥에서 보낼 날보다 감옥에서 보낸 날을 세는 게 더 빠른, 복역의 앞날이 창창한 죄수. 제이슨은 교도소장이 부탁한 자동차 부품을 막 완성한 참이다.

교도소에서 발명가로 통하는 제이슨이지만 어릴 적 집에서는 '마이너스의 손'이라고 놀림 받던 신세였다. 제이슨을 빚을 때 하느님은 심판의 날을 머릿속에 그렸던 걸까. 손만 닿으면 뭐든 망가지거나 끝장났다. 옥수수는 시들었고 돼지는 탈이 났으며 램프는 고장 났다.

제이슨이 불명예스러운 별명을 벗어던지게 된 것은 금주법 덕분이었다. 황금알을 낳는 거위, 밀주 산업에 뛰어들기 위해 제이슨은 자신만의 증류기를 고안했다. 마이너스의 손답게 여느 증류기보다 배관이 짧았다. 구리와의 접촉면이 줄어 위스키 맛이 더 세졌다. 목구멍에서, 배 속에서 터지는 폭탄 같았다. 가난뱅이 술꾼들은 그날그날의 피로와 우울을 한 방에, 저렴하게 날려버리기 위해 제이슨의 위스키만 찾았다. 마이너스의 손은 마이더스의 손이 되었다.

제이슨은 증류기를 늘리고 조수도 구했다. '떠벌이' 조니. 제이슨의 사촌이었다. 조수로 고용한 것은 사촌이어서가 아니라 벙어리였기 때문이다. 사업이 사업이다 보니 비밀 엄수가 관건. 떠벌이? 딸만 내리 넷을 낳은 뒤 얻은 외아들의 입이 다시 트이기를 염원한 작은아버지의 바람이 담긴 별명이었다. 작은아버지는 조니에게 닥친 불행을 자기 탓으로 여겼다.

사연인즉, 조니가 지옥의 불덩이처럼 뜨거워져 침대에 드러누웠을 때 작은아버지는 제이슨에게 도움을 청했다. 뭐든 줄이고 없애는 데 탁월한 재능을 지닌 마이너스의 손이 온종일 이마를 만져도 열이 꿈쩍 않자, 무슨 병이든 약을 먹으면 일주일 만에 낫고 안 먹으면 7일 만에 낫는다고 믿던 작은아버지도 의사를 부르러 다운타운에 가야 했다. 하지만 의사는 '1차 대전 참전 군인의 밤'에 참석하러 페어몬트에 가고 없었다.

워싱턴 가에서 호객 중이던 품삯 마차를 발견한 작은아버지는 잠시 망설였다. 페어몬트까지의 마차 삯은 계산에 없었다. 한잔을 위해 꿍쳐둔 동전마저 포기해야 할 판이었다. 작은아버지는 사내의 주머니에 한잔할 돈도 없다면 불알 두 쪽이 없는 거나 마찬가지라고 믿는 사람이었다. 의사를 부르려고 불알을 내줄 수는 없었다. 죽어서도 장의사의 마차는 노 생큐, 묘지까지도 걸어가겠노라 실없는 농담을 늘어놓는 '워커' 집안 사내답게 6마일이나 떨어진 페어몬트를 향해 걷기 시작했다.

작은아버지가 페어몬트에 도착했을 때 의사는 코가 삐뚤어진 채 「라 마르세예즈」를 부르고 있었다.

"일어나라 조국의 아들딸들아, 영광의 날이 밝았다. 폭정에 맞서 핏빛 깃발이 올랐다."

조부가 혁명을 사수하다 바스티유에서 전사했다는 의사는 술만 마셨다 하면 "프로이센 놈들을 쳐부수자!"라고 외친 뒤 마르세유 의용군의 행진곡을 불러젖혔다. 일단 시작하면 누구도 말릴 수 없었다. 마음이 급했지만 작은아버지는 의사가 7절까지 다 부르도록 기다려야 했다. 발품을 팔아 지킨 동전으로 위스키를 홀짝이면서.

팔뚝만 한 주사를 맞고도 40도가 넘는 고열에 사흘이나 시달린 조니는 영영 말을 잃고 말았다. 뇌수막염. 고열에 너무 오래 노출되어 뇌가 상했다는 의사의 변명 같은 설명이었다. 작은아버지는 한탄했다. 의사가 조금만 더 빨리 왔더라면. 「라 마르세예즈」가 1절뿐이었다면. 페어몬트까지 마차를 타고 달려갔다면. 의사가 그날 페어몬트에 가지 않았다면. 의사가 세계대전에 참전하지 않았다면. 프로이센, 아니 독일이 프랑스를 침공하지 않았다면. 의사의 할아버지가 바스티유에서 전사하지 않았다면. 금주령이 내려진 뒤로는 레퍼토리가 하나 더 추가됐다. 금주법이 1년만 더 일찍 발효됐다면.

작은아버지가 붙인 별명이 아주 효과가 없지는 않았다. 벙어리 조니는 진짜 떠벌이가 됐다. 수화를 배운 뒤였다. 조니의 손은 엄청 빨랐다. 어찌나 빠른지 수화를 가르쳐준 목사 부인 엠마 여사조차 따라잡지 못했다. 서부개척시대에 태어났더라면 빌리 더 키드만큼이나 유명한 총잡이가 됐을 거라고 사람들은 입을 모았다. 빌리 더 키드가 총을 얼마나 빨리 쐈는지는 알 수 없지만 증류기 다루는 솜씨만큼은 조니보다 못했을 거라는 데 제이슨은 전 재산을 걸 수도 있었다. 재산이래야 구리를 뚝딱거려 만든 조악한 증류기 두 대가 고작이었지만.

조니 덕분에 제이슨은 증류기 개량에만 전념할 수 있었다. 증류기를 손볼수록 워커 밀주의 명성은 높아만 갔다. 주 경계선을 넘어, 세상의 모든 술이 한데 모인다는 시카고까지 날아갔다. 시카고까지 날아간 명성의 비둘기는 알 카포네 왼팔의 전갈을 물어 왔다.

'너의 양조장을 직접 보고 싶다.'

알 카포네의 왼팔이 관심을 보이다니. 제이슨은 믿을 수 없었다. 보스의 숙적 빅토리오 형제에게 붙들려 한쪽 눈알을 잃으면서도 한마디 불지 않은 무시무시한 인내심의 소유자, 스페이드. 숨이 넘어가는 상대의 머리에 총알을 박아 넣는 냉혹한 암살자, 스페이드 에이스. 뽕.

이름만으로도 제이슨은 긴장했다. 저도 모르게 터져 나온 방귀가 증거였다. 조금 긴장할 때도, 적당히 긴장할 때도, 엄청 긴장할 때도, 긴장할지 말지 애매할 때도 방귀는 어김없었다. 염병할 옥수수 때문이라고, 옥수수만 처먹어서 그렇다고 당사자는 항변했지만 똑같이 옥수수만 처먹는 가족들, 심지어 돼지들조차 그런 식으로 뀌지는 않았다.

방귀쟁이, 벌써 긴장 탄 거야?

조니가 물었다.

"긴장은 무슨? 궁금해서 그래. 그토록 충성심 강하고 궂은 일을 도맡는 자가 왜 오른팔이 아니라 왼팔이라 불리는지."

알 카포네는 원래 왼손잡이였대.

조니가 속사포처럼 대꾸했다.

"누가 그래?"

스페이드 에이스가.

"그자와 얘기를 했어?" 뿡.

정확히 말하자면 수담을 나눴지.

"스페이드 에이스가 수화를 한단 말이야?"

스페이드도 벙어리야.

조니는 벙어리가 된 것을 진심으로 기뻐하는 표정이었다. 대단한 특권이라도 가진 것처럼. 스페이드 에이스에 관한 몇 가지 의문이 풀리는 순간이었다.

"네 말을 어떻게 믿어?"

조니의 손이 주머니 속으로 사라지는가 싶더니 카드 한 장을 꺼냈다. 스페이드 에이스. 스페이드 에이스의 서명이 적힌 스페이드 에이스의 명함. 진짜 스페이드 에이스였다. 제이슨은 벌어진 입을 다물지 못했다. 다물어지지 않는 것은 항문도 마찬가지였다. 뿡뿡뿡.

"알 카포네는 노스캐롤라이나의 밀주장이 잭인가 다니엘인가 하는 치와만 거래한다던데?"

제이슨은 마지막 돌다리를 두드려보았다.

모든 게 변하기 마련이지.

조니의 손가락이 춤을 췄다.

알 카포네와 거래를 트게 되다니, 꿈만 같았다. 기쁨도 잠시, 당연한 의구심이 제이슨의 머리를 어지럽혔다. 위스키 맛만 보면 될 텐데 왜 직접 보러 오겠다는 걸까?

그때 제이슨의 눈길을 사로잡은 것은 옥수수를 쥐어짜 위스키 원액을 만들고 있는 구리 증류기였다. 하느님 맙소사! 천하의 알 카포네, 아니 알 카포네의 할아버지라도 사업 기밀을 알려줄 수는 없었다.

뭐가 문제야?

조니가 물었다.

"증류기를 보여줄 수는 없어."

왜?

"세상에 알려지면 모두 따라할 테니까."

특허를 내면 되잖아.

제이슨의 눈이 커졌다. 겨우 문맹만 면한 조니가 '특허'라는 어려운 말을 알고 있어서 놀랐고 밀주 제조기의 특허를 내겠다는 어리석음에 또 한 번 놀랐다. 뇌수막염인가 뭔가가 머리를 엉망으로 만든 게 분명했다. 하지만 조니의 말대로 특허만 낼 수 있다면, 특허라는 도깨비 방망이만 손에 넣는다면 에디슨처럼 백만장자가 될 텐데. 그러니까 금주법만 없다면. 제이슨은 선뜻 결정을 내리지 못한 채 입맛만 다셨다. 그러는 사이 스페이드 에이스가 통보한 날짜는 점점 다가왔다.

페어몬트의 밀주 판매상에게 대금을 받는 순간에도 제이슨은 알 카포네의 왼팔에게 전할 답을 저울질하고 있었다.

"어이 꼬맹이, 요즘 찾는 데가 많아졌다며?"

'뚱땡이' 마이클이 눈을 가늘게 뜨고 물었다. 언제나처럼 시가를 입에 문 채.

"찾는 데는 개뿔……" 뿡.

제이슨은 눈을 껌벅거렸다. 거짓말할 때 나타나는 버릇이었다.

"내가 왜 옥수수를 좋아하는 줄 알아? 옥수수는 분수를 알거든. 알갱이를 보라고. 잘난 놈, 못난 놈 할 것 없이 같은 모양 같은 크기잖아. 높으신 양반들이 술을 법으로 금지한 진짜 이유가 뭔 줄 알아? 술에 취하면 죄다 똑같아지거든. 옥수수처럼 말이야. 그걸 참을 수 없는 거야. 개나 소나 똑같아지는 게. 개 좆은 개 좆이고 소 좆은 소 좆이라는 하느님의 섭리에 어긋난다 이 말이지."

뚱땡이 마이클이 누런 이를 드러내며 웃었다. 다 알고 있다는 듯한 미소 때문이었을까. 제이슨은 마음 한구석이 영 찜찜했다. 무엇인가 평소와 달랐는데 무엇인지는 오리무중이었다. 그래서 더 찜찜했다.

지폐 뭉치를 뚱땡이 마이클의 손에서 낚아챈 뒤 제이슨은 언제나처럼 중국 식당으로 향했다. 메뉴는 늘 '달콤하면서 시큼한 소스를 끼얹은 닭튀김'이었다. 뚱땡이 마이클이 '처녀의 거시기 맛'이라며 혀를 내두르는 맛. 화약, 종이와 함께 중국인의 3대 발명품이라고 치켜세우는 맛. 화약과 종이를 중국인들이 발명했다는 말은 믿지 않았지만 이 놀라운 소스만큼은 인정하는 제이슨이었다. 마지막 한 조각까지 아작아작 씹어 먹었다.

포춘쿠키를 주머니에 쑤셔 넣으려던 제이슨은 여느 때와 달리 멈칫했다. 뭔지 모를 찜찜함이, 손톱 거스러미처럼 사소한 그 무엇이 우연이라는 지렛대의 힘을 빌려 제이슨의 손을 움직였다. 하느님도 믿지 않는 족속이 하느님의 소명을 알 턱 없다는 평소의 소신에도 불구하고 제이슨은 이교도의 포춘쿠키를 쪼갰다. 조각난 쿠키 사이로 종이 쪼가리가 이마를 내밀었다.

'동쪽에서 온 귀인이 부귀를 가져다주리라.'

얼굴도 목소리도 없는 중국인 예언자는 그렇게 속삭이고 있었다. 무슨 소리인지 아리송했다. 동쪽에서 온 귀인이라니. 뉴욕도 아니고 보스턴도 아니고 동쪽이라니. 가만. 제이슨의 미간에 주름이 잡혔다. 시카고. 세상의 모든 밀주가 모여드는 곳. 호수와 바람과 알 카포네의 도시. 하나의 톱니바퀴가 제자리를 찾자 수수께끼가 저절로 풀렸다. 귀인은 스페이드 에이스, 포커 판의 스페이드 에이스는 교회의 하느님만큼이나 귀하신 분! 떠벌이 조니의 말투로 통역하자면 이런 얘기. 시카고의 왕, 세상의 모든 밤을 다스리는 동방박사 알 카포네의 귀하신 왼팔 스페이드 에이스가 거래를 원한대. 떼돈 벌 기회를 준대. 오 마이 염병할. 와이 낫?

순간 찜찜한 뭔가의 정체가 드러났다. 뚱땡이 마이클이 '꼬맹이'라는 호칭을 생략한 것이다. 절제라는 덕목은 치러야 할 밀주 대금 액수에만 적용할 줄 아는 뚱땡이 마이클이었다. 꼬맹이라는 호칭을 생략한 것은 처음이었으니 의미심장할 수도 있는 일이었지만 제이슨은 그것이 무엇을 의미하는지는 더 따져 묻지 않았다. 뚱땡이 마이클은 동쪽에서 온 귀인과는 거리가 한참 멀었으니까. 제이슨의 머릿속은 알 카포네와의 거래 생각뿐이었고 귓속 중국 난쟁이는 이렇게 속삭이고 있었다. '와이 낫? 와아아아아아아아아이 낫?'

제이슨의 밀주 작업장은 옥수수밭 한가운데에 있었다. 어른

키보다 높이 자라는 옥수수였다. 이목을 피하기에 안성맞춤이었다. 옥수수밭에 발을 들이고 싶어 하는 사람이 없기도 했다. 이곳 사람들은 옥수수로 입에 풀칠하면서도 옥수수라면 지긋지긋해했고, 타지 사람들은 시야를 가로막고 선 옥수수에 기가 질려 안을 기웃거릴 엄두도 못 냈다. 실제로 옥수수밭에 들어가면 길을 잃기 십상. 그럴 때는 밤하늘에 돋아난 별들을 보고 방향을 잡아야 한다. 제이슨이 옥수수밭에서 이틀 밤과 낮을 헤맨 뒤 얻은 교훈이었다.

제이슨은 옥수수밭 사이로 난 길을 노려보고 있었다. 땅거미가 질 무렵이었다. 옥수수밭을 오려내서 만든 것 같은 길은 지평선에서 까만 점으로 사라졌다. 어둠은 그 까만 점에서 풀려나오는 것 같았다. 지평선 너머, 옥수수가 없는 세상에서.

마침내 까만 점에서 더 까만 어둠이 빠져나왔다. 귀를 쫑긋 세운 한 마리 검은 짐승 같았다. 짐승의 눈이 반짝였다. 자동차였다. 포드 자동차의 각진 실루엣이 차츰 커졌다. 뿡.

왔어. 그가 왔어.

조니의 손이 분주해졌다.

제이슨은 들고 있던 윈체스터 라이플의 장전을 확인했다. 사슴을 사냥할 때 쓰는 물건이었다. 지금은 개와 늑대의 시간. 저기 세상의 모든 어둠을 거느린 채 다가오는 것이 개인지 늑대인지 분간할 수 없다면 총을 믿을밖에. 중국인들이 화약을 발명했다면 윈체스터는 라이플을 세상에 내놓았지. 털을 곤두

세우고 달려오는 저 어둠이 개든 늑대든, 윈체스터가 고안해낸 이 물건만 있으면 노 프라블럼. 라이플의 총알은 개의 심장과 늑대의 심장을 가리지 않거든. 이것 역시 경험에서 얻은 교훈.

언젠가 번쩍이는 뿔을 가진 사슴을 쫓다 제이슨은 해도 잃고 길도 잃고 말았다. 사위는 어둑어둑, 주위는 긴가민가. 눈 뜬 장님처럼 어둠을 더듬던 제이슨은 멈칫했다. 리기다소나무 숲에서 웬 검은 짐승이 걸어 나오는 게 아닌가. 뿔은 없었다. 사슴을 뒤쫓아 숲으로 사라졌던 사냥개 아니면 늑대였다. 검은 형체를 겨눴지만 선뜻 방아쇠를 당기지 못했다. 영리하고 빠른 그레이하운드를 너무 아낀 나머지 제 이름을 붙여준 제이슨이었다. 하지만 검은 짐승이 빠른 속도로 달려오기 시작하자 더 망설일 수 없었다. 탕. 망설이다 쏜 총알은 빗나갔고 검은 짐승은 지척까지 다가왔다. 탕. 검은 짐승을 쓰러뜨린 총소리의 주인공은 조니였고 쓰러진 짐승은 늑대가 아니라 사냥개였다. 제이슨은 아끼던 사냥개를 죽인 조니가 원망스러웠다. 저 짐승이 만약 늑대였고 조니의 엄호가 없었다면 죽은 목숨이었을 거라고 스스로를 타일러도 소용없었다. 이름 때문이었을까. 마치 자신의 일부가 죽은 듯했다.

어떤 상황에서든, 무슨 일에서든 교훈을 찾아내는 제이슨은 어김없이 교훈을 얻었다. 개를 아무리 아껴도 자기 이름을 붙이지는 마라. 덤으로 얻은 교훈: 총알은 개와 늑대를 구별하지 않지만 만약 늑대라면 한 방에 해치우지 않으면 곤란. 이 묵직한 물건은 총알을 다시 장전해야 하지. 첫번째 한 방이 빗나가면 잇츠 빅 프라블럼. 윈체스터는 명사수였던 게 분명해. 아니면 너무 자비로웠는지도.

제이슨은 방아쇠에 손가락을 건 채 포드를 주시했다.

"속단하기에는 일러." 뿡뿡.

차에서 한 명만 내리면 틀림없어. 스페이드는 어디든 혼자 다니거든.

조니의 손이 날렵하게 움직였다.

포드가 저만치서 멈춰 섰다. 80야드가 넘는 거리였다. 인사말을 건네기에는 너무 멀었다.

조니가 포드를 향해 걸어갔다. 마중을 나가는 것처럼. 뭔가 꺼림칙했다. 제이슨은 차와의 거리가 마음에 걸렸다. 인사말보다는 총질에 적당한 거리가 아닌가.

"조니, 조심해." 뿡뿡뿡.

제이슨은 한 걸음 앞으로 나아갔다. 이번에는 자신이 조니를 엄호할 차례였다. 다시 한 걸음. 제이슨은 걸음을 멈췄다. 포드의 운전석 문이 열렸다. 조수석의 문은 꿈쩍도 안 했다. 조니가 제이슨을 돌아보았다. 거봐, 하는 표정이었다.

검은 형체가 운전석에서 빠져나오더니 이쪽을 향해 뭐라고 소리쳤다. 움직이지 말라고 하는 것 같았다.

그때였다. 걸음을 멈춘 조니가 수화를 위해 손을 들어 올리는가 싶더니 총소리와 함께 풀썩 고꾸라졌다. 그제야 제이슨은 스페이드도 벙어리라는 조니의 말을 떠올렸고 윈체스터 라이플의 방아쇠를 당겼다. 탕. 뿅. 검은 형체가 쓰러졌다. 모든 게 순식간이었다.

제이슨은 윈체스터 라이플을 재장전한 뒤 포드 쪽으로 조심조심 다가갔다. 검은 형체는 미동도 하지 않았다. 새파란 이마에 검은 바람구멍이 뚫려 있었다. 그런데 사내의 가슴팍에서는 보안관 배지가 반짝였다. 제이슨은 당혹스러웠다. 보안관이 무엇 때문에 여기에? 더구나 톰슨기관총이 아니라 윈체스터 라이플을 들고서?

첫번째 의문은 조니의 장례식에 나타난 뚱땡이 마이클이 풀어주었다. 시가 연기조차 남과 나누지 않는 인간이 쿠바산 시가 한 상자를 안기며 작은아버지를 위로했다. 보안관에게 밀고한 것이 틀림없었다. 제이슨은 복수를 다짐했다. 하지만 30년이라는 세월이 까마득하기만 했다. 출소 전에 뚱땡이 마이클이 황천길로 가지 않으리라 장담할 수 없었다. 제이슨은 뚱땡이 마이클의 건재를 간절히 기원했다.

두번째 의문에 대한 답은 제이슨의 자존심을 건드리는 것이었다. 뚱땡이 마이클의 제보를 받고 출동한 것은 보안관이 아니라 보안관보였다. 옥수수와 돼지밖에 없는 촌구석에 웬 밀주 공장? 보안관은 제보의 신빙성에 의문을 품었거나 건수가 아니라고 판단했던 것이다. 제이슨의 수화에 깜짝 놀라 방아쇠를 냅다 당길 만큼 어설픈 자를 보낸 것도 그 때문일 테고.

애송이 보안관보가 톰슨기관총을 달라고 했다면 "전쟁이라도 벌이게?"라고 비아냥거렸겠지.

또 다른 의문도 풀렸다. 포드가 멈춰선 거리. 두 명이 버티고 서 있는 걸 본 애송이는 윈체스터 라이플의 사정거리를 확보하자마자 차를 세웠을 것이다. 톰슨기관총이었다면 30야드는 더 다가와야 했고 그랬다면 한 명은 빈손, 다른 한 명도 톰슨기관총이 아니라 윈체스터 라이플임을 알 수 있었을 텐데. 하긴 그랬다면 나부터 쐈겠지만. 이 추론의 교훈: 언제 어디서든 절대로 앞장서면 안 된다.

제이슨이 조니와 함께 죽지 못하고 살아남은 걸 후회하게 된 것은 세인트폴 출신의 마약쟁이들한테 비역질을 당하고서였다. 똥구멍에서 흘러나오는 피를 닦으며 죽은 보안관보를 원망했다. 조니가 아니라 자신을 먼저 쐈어야 했다고, 조니를 쏜 뒤 빨리 재장전을 마쳤어야 했다고. 염병할 윈체스터 라이플. 멍청한 윈체스터. 윈체스터마저도 제이슨의 피 맺힌 원망에서 자유롭지 못했다.

똥구멍이 피를 흘리며 속삭인 교훈: 윈체스터는 라이플의 사정거리와 톰슨기관총의 연사력을 겸비한 총을 시급히 개발해야 한다. 윈체스터가 못한다면 나라도.

지금 제이슨의 손에는 교도소장이 부탁한 물건이 들려 있다. 배기밸브. 엔진의 가스를 배출해주는 물건. 이런 것쯤은

식은 죽 먹기. 폭발과 가스에 관해서라면 제이슨은 누구 못지 않으리라 자신했다. 저 하늘의 제왕 태양이 황금의 구가 아니라 시시각각 폭발하는 가스 덩어리임을 꿰고 있는 몸. 제이슨은 감방의 천문학자였다. 폭발은 열을 발생시키고 열은 만물의 밀도를 희박하게 만든다는 것도 알았다. 제이슨은 감방의 물리학자였다. 몸이 불덩이처럼 뜨거워질 때는 담요를 뒤집어 쓸 게 아니라 옷을 훌훌 벗어 던져야 한다는 사실도 모르지 않았다. 제이슨은 감방의 의사였다. 모두 독서로 깨우쳤다.

교도소에는 책과 시간이 많았다. 제이슨은 감방의 독학자였다. 눈 밝은 독학자들이 종종 그러하듯 제이슨은 책이 가르쳐주지 않는 것도 스스로 깨우쳤다. 천문학과 물리학과 의학은 한 가지 진실을 다른 언어로 역설하고 있었다. 밸런스. 균형이야말로 진리이자 선이자 아름다움이다.

제이슨은 자신이 발견한 진리에 매료되었다. 자나 깨나, 앉으나 서나 균형에 대한 생각뿐이었으니 균형에 대한 집착은 가히 종교적 열정에 가까웠다. 빛과 어둠, 삶과 죽음, 입구멍과 똥구멍. 균형에 관한 깨달음을 교리처럼 정교하게 다듬었다. 예수는 왜 죽어야 했는가? 로마라는 세속 권력과의 균형을 위해서라면 살아서 더 많은 기적을 행해야 마땅. 그러니 예수의 죽음은 심각한 불균형. 하지만 예수는 죽어서 하느님처럼 신이 되었고 신은 하나가 아니라 둘. 균형을 맞춘 것. 작은 불균형은 더 큰 균형을 위한 도구였다! 제이슨의 통찰은 이토록 깊고 예리한 경지에 도달했다.

하늘에서 굽어보면 생사를 다투는 지상의 아귀다툼조차 코흘리개들의 말씨름 같은 것. 깨달음이 성자의 눈높이에 도달한 제이슨은 사소한 불균형을, 이를테면 세인트폴 출신 마약쟁이들의 거시기를, 뚱땡이 마이클의 배신을, 보안관의 안일한 대처를, 보안관보의 어설픔을, 윈체스터 라이플과 톰슨기관총의 불완전성을 이해하고 용서했다.

아버지 손에 이끌려 찾아간 교회의 목사는 말하곤 했다. 하느님은 누구에게나, 무엇에게나 이 세상에 존재해야 할 이유를 주셨습니다. 어려운 말로 소명이라 했다. 쉬운 말로는 하느님의 뜻. 제이슨은 스스로에게 물었다. 하느님은 왜 나를 이 세상에 내보냈을까? 평생 옥수수나 따기 위해 태어나지는 않았을 텐데. 평생 옥수수로 밀주나 만들기 위해 태어나지는 않았을 텐데. 어금니가 썩은 옥수수가 되도록 감옥에서 썩기 위해 태어나지는 않았을 텐데. 약을 너무 빨아 눈알이 옥수수처럼 노래진 마약쟁이들에게 엉덩이나 대주기 위해 태어나지는 않았을 텐데. 그러니까 평생 옥수수나.

제이슨은 이제 자신의 소명을 깨달았다. 세상의 균형을 맞추는 데 힘을 보태는 것. "하느님은 인류를 창조할 때 잘난 놈도 만들고 못난 놈도 만드셨지. 그런데 콜트가 균형을 맞추기 위해 45구경 권총을 만든 거야." 뉴욕 하고도 브롱크스 출신의 한 소설가에 의해 반세기 후에나 씌어질 이 문장을 제이슨이 감방에서 읽을 수 있었다면 무릎을 치며 중얼거렸을 것이다.

"내 말이!"

완전한 총을 만드는 것이야말로 하느님이 만든 불균형을 바로잡는 지름길. 제이슨은 총 연구에 착수했다. 관련 서적과 잡지를 탐독했고 교도관들에게 밀주를 만들어준 대가로 얻은 선반 앞에서 이런저런 아이디어를 실험했다. 손에 기름때 가실 날이 없었지만 엉덩이에 피 묻힐 일도 없었다. 총기 부품을 따로 부탁하는 교도관들이 불철주야 제이슨의 똥구멍을 지켜주었던 것이다.

완전한 총을 만들기 위해서는 완전한 총에 대한 개념부터 정립해야 했다. 책과 잡지에 실린 글은 지나치게 기술적이고 세부적이었다. 제이슨에게는 큰 그림이, 혁신적인 발상이 필요했다.

힌트를 준 것은 우연히 들춰본 플라톤의 책이었다. 이데아라는 개념에 제이슨은 전율을 느꼈다. 세상의 모든 말은 완전한 말, 말의 이데아를 본뜬 것. 하지만 반짝인다고 모두 진짜 금은 아닌 법. 18K가 있고 16K가 있듯 잘난 말, 덜 잘난 말, 잘나지도 못나지도 않은 말, 못난 말, 더 못난 말이 있지. 제이슨은 감방의 철학자였다. 제이슨의 콧노래는 계속된다. 완전한 말? 완전한 말에 대해 완전히 말해봐? 못난 말들의 못난 점, 불완전한 말들의 불완전함을 개선하면 완전한 말. 제이슨은 감방의 논리학자였다. 콧노래는 아직 끝나지 않았다. 완전한 총? 완전한 총에 대해 완전히 말해봐? 못난 총들의 못난 점, 불완전한 총들의 불완전함을 개선하면 완전한 총, 죽여주는 총. 잘난 놈이든 못난 놈이든, 힘센 놈이든 약한 놈이든, 팔이 긴 놈이든 짧은 놈이든, 손이 빠른 놈이든 느린 놈이든, 눈이 좋은 놈이든 나쁜 놈이든 손쉽게 정확히 쏠 수 있는 총. 균형이라는 관점에서 검토한 완전한 총이란 그런 것. 그러니까 좀더 가볍게, 좀더 멀리, 좀더 정확히. 제이슨은 미네소타 주 교도소의 음유시인이었다.

4년 전 특허를 따낸 '총탄 격발시 자연 발생하는 가스의 압력을 이용해 노리쇠를 자동으로 후퇴시키는 원리'도 못난 총의 못난 점을 개선하려는 노력, 총의 이데아에 대한 철학적 고민의 작은 결실이었다. 역사를 바꾼 위대한 발견이 모두 그러하듯 '총탄 격발시 자연 발생하는 가스의 압력을 이용해 노리쇠를 자동으로 후퇴시키는 원리'도 99퍼센트의 우연과 1퍼센트의 통찰 덕이었다.

99퍼센트의 우연: 제이슨의 별명을 기억한다면 세인트폴 출신 마약쟁이들의 거시기가 똥구멍을 들락거릴 때 방귀를 뀌지 않았다는 사실에 놀라움을 금할 수 없을 것이다. 그것은 제이슨의 인내심이 대단해서도 괄약근의 탄성이 획기적으로 강화되어서도 아니었다. 당시의 감정이 긴장보다는 황당, 분노, 수치, 혹은 이 모든 감정이 잭슨 폴록적으로 뒤섞인 것에 더 가까웠기 때문이다. 하지만 그날만큼은 간만에 먹은 옥수수수프 때문인지 속이 부글거렸고 아랫배가 살살 아파오는 게 욕정에 불타는 마약쟁이의 성난 거시기 앞이 아니라 감방 구석의 변기 위에 엉덩이를 까고 있는 그림이 여러모로 바람직한 상황이었다. 염병할 옥수수.

어쨌든, 변기는 멀고 거시기는 가까우니 모든 힘을 괄약근에 집중하는 수밖에. 제이슨이 머리를 비우고 마음도 비우고 항문도 비운 채 평소처럼 황당, 분노, 수치가 잭슨 폴록적으로 뒤섞인 감정을 곱씹고 있거나 말거나 엉덩이에 들러붙은 세인트폴 출신 마약쟁이의 신음인지 욕설인지 탄성인지 모를 외침은 점점 커져만 갔다.

퍽, 퍽, 퍽, 싯.

똥,이라는 외침에 그만 제이슨의 집중력이 흐트러지고 말았다. 이 상황에서 똥을 눈다면? 상상만으로도 끔찍했다. 스타일 구긴 마약쟁이가 죽이겠다고 달려들 게 분명했다. 긴장하지 않을 수 없었다. 긴장? 긴장했다는 사실을 깨닫고 더 긴장할 새도 없이 천둥 같은 방귀가 터져 나왔다. 잠시 뒤, 똥구멍이 허전해서 뒤를 돌아보니 마약쟁이가 깜짝 놀란 거시기를 두 손으로 감싸 쥔 채 더 깜짝 놀란 얼굴로 제이슨의 엉덩이를 쳐다보고 있었다. 그날 이후, 세인트폴 출신 마약쟁이들은 그 짓을 벌이기 하루 전부터 제이슨을 쫄쫄 굶겼다.

1퍼센트의 통찰: 자연 발산되지 못하고 막다른 골목에 몰린 가스의 압력은 강철 피스톤을 밀어낼 만큼 강해진다.

기술적인 보충 설명: 가스 압력에 의해 뒤로 밀려난 노리쇠가 용수철을 압박한다; 용수철의 반작용으로 노리쇠는 제자리로 돌아간다. 자동으로 재장전된다는 뜻.

제이슨에게 방귀는 아르키메데스의 욕조이자 뉴턴의 사과였다.

똑똑. 뿡.

교도소장실 문을 두드리는 제이슨은 교장실 앞에 선 학생처럼 마른침을 삼켰다. 죄수복 상의가 와이셔츠 스타일이었다면 단추가 제대로 채워졌는지 확인했을 것이나 당시 미합중국 주교도소의 죄수복 상의는 (단순 효율을 강조하는 포디즘의 영향 때문인지) 티셔츠 스타일이어서 어깻죽지의 주름을 펴는 선에서 복장 점검을 마쳤다.

교도소장은 죄수들 사이에서 '목사'로 통했다. 입만 열면 금욕과 절제에 관한 칼뱅적 연설을 늘어놓았던 것이다. 천국 갈 사람, 지옥 갈 사람은 태어날 때부터 정해졌지. 하지만 누가 천국에 갈지, 누가 지옥에 갈지는 아무도 몰라. 하느님도 몰라. 알아보는 방법이 있긴 하지. 금욕하고 절제하면서 하느님이 주신 일을 열심히 해봐. 일한 대가로 돈을 많이 벌면 심판의 날 구원받는다네. 동전에 '우리는 하느님을 믿는다'는 문구를 새기는 것도 바로 그 때문이라네. 하느님에 대한 믿음? 금고에 쌓인 돈만큼! 대략 이런 취지였다.

교도소장은 여느 때처럼 『시카고트리뷴』을 꼼꼼히 읽고 있었다. 단추 같은 눈을 반짝이며. 여느 때와 다른 점도 있었다. 평소라면 다리를 책상 위에 걸친 채였을 테지만 의자에 똑바로 앉은 채였다. 게다가 뺨이라도 얻어맞은 표정이었다.

"브라우나우의 촌놈이 내 부모의 조국을 짓밟았네."

교도소장은 음식이 목에 걸린 것처럼 껵껵거렸다.

"무슨 말씀인지……" 뿡.

"브라우나우의 촌놈이 내 부모의 조국을 짓밟았다고."

제이슨은 괄약근을 조이며 『시카고트리뷴』의 헤드라인을 훑어보았다.

히틀러 폴란드 기습 침공

교도소장의 목구멍에 걸린 것은 독일제 타이거탱크에 유린된 폴란드였다. 제이슨은 독일의 폴란드 침공보다 교도소장의 부모가 폴란드인이라는 사실에 더 놀랐다. 입만 열면 칼뱅의 이론을 설파해서, 조상이 필시 메이플라워 호를 타고 대서양을 건넜으리라 짐작했던 것이다.

제이슨도 교도소장만큼이나 비통한 기분에 빠져들었다. 균형이 무너진 것이다. '지속가능한 살상'을 부르짖듯 내구성과 파괴력에서 타의 추종을 불허하는 독일제 무기들이 뇌리를 스쳤다. 소총의 아버지라 불리는 마우저가 개발한 독일의 주력 소총 역시 튼튼하고 파괴력이 높기로 유명했다. 하지만 볼트 액션 방식 소총의 시대는 저물고 있다는 것이 제이슨의 판단이었다. 머지않아 자동소총의 시대가 도래할 것이었다. 완전한 총에 대한 연구에 박차를 가해야 했다. 무너진 균형을 맞추기 위해.

그즈음 제이슨은 또 다른 특허를 준비 중이었다. 첫번째 특허 '총탄 격발시 자연 발생하는 가스의 압력을 이용해 노리쇠를 자동으로 후퇴시키는 원리'의 후속편이었다. 특허의 제목은 기술적인 검토를 시작하기 전에 이미 정해졌다. 제목부터 정하는 습벽이 생긴 것은 대문호들에 관한 전기를 섭렵한 뒤였다. 대문호들에게는 두 가지 공통점이 있었는데, 평생 남이 해준 밥만 먹었다는 것과 첫 문장을 쥐어짜기 전에 제목부터 지었다는 것이다. 제이슨은 감방의 대문호 지망생이었다.

두번째 특허의 제목을 정하는 데만 꼬박 2년을 바쳤다. 두 가지 조건을 충족시켜야 했기 때문이다. 첫번째 특허를 응용한 기술이라는 점을 명백히 밝힐 것. 제목만 들어도 어떤 내용인지 직관적으로 파악할 수 있을 것. 두번째 조건에는 제이슨의 문학관이 반영되었다.

제이슨의 견해에 따르면, 좋은 제목이란 작품을 읽은 지 30년이 지난 뒤에도 얼핏 듣기만 해도 어떤 내용인지 단박에 떠올리게 하는 것이었다. 의사 지바고, 안나 카레니나, 카라마조프가의 형제들. 대개 러시아 문호들의 제목이 그러했고 주인공의 이름을 딴 제목이 그러했다. '제이슨의 제2원리'라고 지을 수도 있었다. 하지만 특허의 주인공은 사물의 운동에 관한 원리였다. 새로운 총을 만드는 데 적용할 원리이니 총이 주인공 아니냐고? 총 개발자가 총에 이름을 붙이지 않는 것이 업계의 겸허한 전통이자 아름다운 관례임을 모르고 하는 소리. 대화가들은 위대한 작품에 이름을 붙이지 않는 법.

대다수의 무기 개발자들은 스스로를 대화가의 반열에 올리고 싶었는지도 모르지. 그저 이렇게 말하고 싶었는지도. "보기 좋군." 하지만 조심할 것. 정말 위대한 작품에는 수많은 아담들이 다투어 그럴듯한 이름을 지어주지만 운이 없다면 '무제'라는 자기 모순적 제목을 달고 벽에 걸려야 할 수도 있으니. "보기 좋군"이라는 말은 위대한 것을 창조한 엄청 위대한 창조자가 쓸 수도 있고 선량한 연인에게 시비를 거는 동네 생양아치가 쓸 수도 있으니.

제이슨은 대화가의 길보다는 대음악가의 길을 모색했다. 두 번째 특허의 제목은 이러했다. '총탄 격발시 자연 발생하는 가스의 압력을 이용해 노리쇠를 자동으로 후퇴시키되 가스를 집적하는 방식으로 압력을 인위적으로 높여 짧고 강하게 노리쇠를 자동으로 후퇴시키는 원리.' 들리는가. 수학적 엄밀성에 입각한 유려한 리듬이. 「비올라, 클라리넷, 두 대의 피아노를 위한 협주곡 알레그로 B장조 작품 번호 42번」처럼.

"이것을 보게. 난 자네가 관심을 보일 거라고 믿어 의심치 않네만."

교도소장이 서류를 한 장 내밀었다. 병기국에서 민간 총기

회사에 보내는 공문이었는데, 30구경 총알을 사용할 수 있으며 톰슨기관총 절반 무게에 18인치 이하의 총신을 가진 자동소총을 개발하라는 내용이었다.

"톰슨기관총 절반 무게에 18인치 이하의 총신이라고요?"

제이슨은 저도 모르게 소리쳤다.

"나도 알아. 미친 소리처럼 들리지? 하지만 미친 나치 놈들을 무찌르려면 미친 무기가 필요해."

"톰슨기관총 절반 무게에 18인치 이하의 총신!"

제이슨이 다시 소리쳤다. 머릿속에 그리던 완전한 소총의 규격과 너무나 흡사했던 것이다.

"맞아. 미친 소리야. 기병대를 무장시키는 것도 아니고."

교도소장의 지적대로, 말을 타면서 사격해야 하는 기병들은 보병용보다 가볍고 짧은 총을 선호했다. 병기국은 모든 보병들에게 말을 내줄 셈인가? 독일제 무기의 내구성과 파괴력에 맞서 기동성을?

위대한 음악가들이 지은 제목은 수학적 엄밀성으로 빛나지만 기억하기 어렵다는 맹점도 갖고 있다. 하지만 어떤 작품들은 수학적 엄밀성으로 빛나는 본래의 제목보다 우연히 붙여진 별명으로 불리기도 한다. 베토벤의 「교향곡 5번」처럼. 도입부를 장식한 레퍼토리의 의미에 대해 제자가 묻자 베토벤은 무심코 대답했다. "운명은 이렇게 문을 두드리지. 빠바바밤."

"보병에게 카빈이라니!"

교도소장이 베토벤처럼 무심결에 중얼거렸다.

카빈. 브리태니커 백과사전은 말한다. 어원이 불분명한 이 말은 16세기 중엽이나 말부터 쓰인 것으로 추정되며 18세기까지 기병용 무기를 의미했다고.

제이슨은 운명이 감방, 아니 교도소장실의 문을 두드리는 소리를 들었다. 그것은 14년 전 페어몬트의 중국 식당에서 포춘쿠키가 귀에 속삭인 소리였다.

'동쪽에서 온 귀인이 부귀를 가져다주리라.'

폴란드라면 동쪽 중의 동쪽. 미합중국이 나치와 싸우게 된다면 수십만 자루의 총이 필요할 터. 나치 주력 소총의 내구성과 파괴력에 맞서기 위해서는, 우주의 균형을 맞추기 위해서는 휴대성과 연사력이 필수.

모든 보병에게 카빈을! 아멘.

1. 타인의 고통

봄비에 젖어가는 고향 마을이 눈에 들어왔을 때 박만길 (24·남)은 담배 생각이 간절했다. 수중에는 동전 몇 개뿐이었다. 예비군 훈련을 마치고 받은 여비였다. 버스를 타는 대신 12킬로미터가 넘는 거리를 걸어 굳은 돈. 박만길에게는 생각할 게 많았고 결정해야 할 일이 있었다.

선량하지만 배짱은 없는 사람들이 대체로 그러하듯 박만길은 자신 때문에 다른 누군가 피해를 입거나 고통받는 것을 가장 두려워했다. 이렇게 하면 이 사람이 상처받고, 저렇게 하면 저 사람이 다칠 텐데. 묵묵히 땅이나 일궈야 할 천성이었지만 농부의 삶은 박만길의 운명에 애당초 존재하지 않았다. 박만길 부친은 '양질의 두뇌'를 타고난 아들이 자신처럼 남의 땅이나 부쳐 먹으며 늙어가기를 원치 않았다.

박만길이 대학에 붙었을 때 박만길 부친은 아들이 아니라 아내를 업고 방 안을 빙글빙글 돌았다. 양질의 두뇌를 가진 아들을 낳아줘서 고맙다고. 밭이 좋아서 열매가 실하다고. 아들은 업기에 너무 무겁기도 했고, 친가 쪽에 공부 잘하는 사람이 없는 것도 사실이었다. 박만길의 아버지는 소크라테스적 인

32

간, 말하자면 자신을 아는 사람이었다.

박만길 부친은 겸손과는 다른 방식으로 자신을 아는 사람이었다. 아내 될 여자를 보러 산을 두 개나 넘었던 것도 '종자 개량'을 위해서였다. 정직한 농사꾼답게 기계적이고 유물론적인 인과율을 신봉했다. 콩을 심으면 콩이 나고 팥을 심으면 팥이 난다. 기계적이고 유물론적인 인과율을 신봉하는 정직한 농사꾼은 자신의 품종이 영 못마땅했다. 배필감으로 땅콩이 아닌 해바라기를 원했음은 물론이다. 다행히 혼담이 오가는 처자는 키가 컸다. 다른 것은 볼 것도 없었다.

반면, 혼례를 치르면서야 신랑을 처음 본 박만길 모친은 신랑이 의자에서 왜 일어서지 않는지 의아했다. 신랑의 엉덩이 밑에 아무것도 없다는 사실을 알고 사색이 되었지만 남몰래 한숨짓는 것 말고 할 수 있는 일이 없었다.

종자 개량의 효과는 기대 이상이었다. 키만 큰 줄 알았는데 머리도 비상했다. 그냥 해바라기가 아니라 '똑 소리 나는' 해바라기였다. 대학 입학이라니! 그것도 우리나라 제2의 도시에 있는 국립대. 게다가 법과대학. 마을이 생긴 이래 처음이었으니 이장이 합격을 알리는 방송을 하고 면사무소가 축하 플래카드를 내건 것도 무리는 아니었다. 박만길은 개천에서 난 용이었다.

박만길 부친은 아들이 '영감님' 소리 듣는 것은 시간문제라고 자신했다. 자신을 닮지 않았으니까. 콩이 아니라 팥, 땅콩이 아니라 해바라기였으니까. 그래서였는지 쨍쨍 빛나는 태양을 볼 때마다 히죽거렸다. 아들이 콩이 되고 싶어 하는 팥이거나 정말 팥인지 의심하는 팥일 거라는 짐작이 박만길 부친의 두개골 안에 발을 들이는 것은 불가능했다. 두개골이 단단하고 두꺼웠다. 하지만 박만길은 자신이 콩인지 팥인지 자신할 수 없는 콩인지 팥인지였고 정말 되고 싶은 게 콩인지 팥인지 자신할 수 없는 콩인지 팥인지였다. 적어도 '그 목소리'를 듣기 전까지는.

그 목소리를 들었을 때 박만길은 고등학교에서의 첫 기말 시험을 치르던 참이었다. 수학 문제를 다 풀고 책상에 엎드려 있다가 이렇게 시간이 남은 적이 없었다는 의구심에 사로잡혔는데, 아니나 다를까 시험지 뒷면에 세 문제나 숨어 있는 게 아닌가. 부랴부랴 연필을 쥐고 수식을 적다 박만길은 손을 멈췄다. 귀가 먹은 듯 아무 소리도 들리지 않았던 것이다. 연필심이 종이 위에서 사각사각 춤추는 소리도, 남은 시간을 확인하며 마른침을 삼키는 소리도, 긴장해서 뀐 방귀 소리도, 방귀에 욕하는 소리도, 조용히 하라는 감독 선생의 경고도 들리지 않았다. 완벽하지만 당황스러운, 아니 완벽해서 당황스러운 적막이었다.

박만길이 연필을 내려놓고 맨 먼저 만진 것은 귀였다. 귀는 멀쩡했다. 다음에는 눈. 눈도 멀쩡했다. 코도 입도 마찬가지.

청력과는 무관한 기관까지 확인한 것은 적막이 너무나 비현실적이었기 때문이다. 우주 공간이라면 이토록 조용할까? 지구의 적막 같지가 않았다. 나무의 나이테가 늘어나는 소리도, 구름이 뒤척이는 소리도 들리지 않았다. 역시 청력과는 무관한 기관이지만 박만길이 마지막으로 만진 것은 자신의 성기였다. 비현실적인 적막이 몰고 온 원초적인 두려움 때문이었다. 마땅히 있어야 할 것은 당연히 있어야 할 곳에 있었다. 박만길은 삼대독자였다.

갑자기 머리 위, 천장 너머, 구름 위, 하늘에서 속삭이는 소리가 들렸다. 들렸다기보다는 내려왔다.

"너는 내 아들이다."

단호하지만 다정하고, 엄하지만 인자하고, 무겁지만 부드러운 목소리였다. 분명 아버지는 아니었다. 왈칵 눈물이 솟았다. 구슬 같은 눈물이 볼을 타고 흘러내렸다. 독지가의 도움으로 생부를 만난 고아의 눈물은 아니었다. 디킨스적 인물과는 거리가 멀었다는 얘기. 굳이 말하자면 하디적 인물에 가까웠다. 비가 오면 비를 맞고, 바람이 불면 바람을 맞고, 비바람이 몰아치면 비바람을 맞을 수밖에 없었으되 음지에서 묵묵히 도와주는 조력자 내지는 후원자를 갖지 못했다는 점에서 그러했다. 구슬 같은 눈물은 (흔히 운명이라 부르는) 거대한 존재 앞에서 가진 것이라고는 아랫도리의 구슬 두 쪽(아마도)뿐인 보잘것없는 존재가 느낄 법한 무기력과, 너나없이 모두모두 보잘것없는 존재라는 진실이 부추긴 연민의 눈물이었다. 자신을 위한 눈물이 아니라 세상을 위한 눈물, 지구라는 고아를 대신해서 흘리는 눈물이었다. 때로는 아무것도 아닌 자의 눈물이 우주를 구하는 법이다.

시험지 뒷면에 숨어 있던 세 개의 수학 문제는 어찌 되었을까? 박만길의 볼을 타고 흘러내린 구슬 같은 눈물을 기억하는가. 구슬 같은 눈물은 중력 법칙에 따라 시험지 위로 떨어졌다. 똑, 똑, 똑. 딱 세 방울. 문제마다 하나씩. 세 개의 눈물방울은 똑같이 삼투작용에 따랐으나 시험지의 국지적 밀도, 자유낙하의 높이 등의 변수에 의해 각각 다른 모양의 얼룩을 남겼다. 지구라는 고아를 대신해 우주적 연민의 눈물을 흘리고 있던 박만길에게 그깟 수학 문제는 발톱의 때보다 무의미하게 여겨졌으나 그대로 제출하면 반항한다는 오해를 살까 봐 얼룩 모양대로 답을 적었다. 0, 1, 0. 결과는? 놀랍게도 모두 정답이었다. 아무것도 아닌 자의 눈물은 깜박한 수학 문제의 정답을 구하기도 한다.

그 후로 목소리는 다시 찾아오지 않았다. 대신 다른 목소리들이 찾아왔다. 폐, 뇌, 간, 뼈, 심장, 쓸개, 콩팥의 목소리. 물이 높은 곳에서 낮은 곳으로 흘러내리듯 입이 없는 것들이 내지르는 비명이 박만길의 귀로 흘러들었다. 세상에서 가장 낮은 귀였다. 귀로 흘러든 고통이 온몸으로 퍼졌다. 폐에서 온 고통은 폐로, 뇌에서 온 고통은 뇌로, 간에서 온 고통은 간으로. 누가 턱을 감싸며 얼굴을 찌푸리면 박만길의 턱도 얼얼했다. 누가 배를 움켜쥐며 숨을 헐떡거리면 박만길의 배도 찌릿찌릿했다. 부친이 사타구니를 긁으면 박만길도 사타구니의 가려움을 참을 수 없었다. 모친은 닫히지 않는 성장판 때문에 밤마다 뼈와 뼈가 밀고 당기는 고통을 겪고 있었다. 박만길도 뼈들이 부대끼는 고통을 매일 밤 견뎌야 했다.

고통은 육체적인 것과 정신적인 것을 가리지 않았다. 두려움(배 속의 회충이 뇌로 올라가면?), 분노(내 배 속에 회충이!), 질투(나도 회충약!). 만길이가 영감님 소리를 듣기 전에 김일성이 쳐들어오면 어쩌지? 이것은 박만길 부친을 괴롭힌 정신적 고통.

모든 고통이 박만길의 귀로 통해서 타인의 고통은 박만길의 것이 되었다. 박만길은 위대해졌다. 박만길의 귀는 세상의 고통과 '동기화'된 것이다. 고통의 세부 사항까지는 아니고 '모드'와 '강도'만. 하지만 자고 나니 머리맡에 당도해 있던 위대함을 부정할 정도의 흠결이라 할 수는 없었다. 오히려 이 사소한 흠결이야말로 위대함을 더욱 돋보이게 하는 작은 장신구였다. 아킬레우스의 발뒤꿈치처럼.

박만길의 특별한 능력은 벼락같이 주어진 부나 명예와는 성격이 달랐다. 부와 명예는 관객의 찬사를 받는 무대 위의 배우와 같지만 박만길의 능력은 무대도 관객도 없는 배우였다. 아무도 그 특별함을 몰랐고 설령 알게 된다 해도 부러워하지 않을 게 틀림없었다. 부러워하기는커녕 동정하거나 멀리하기 십상이었다.

위대한 자, 박만길은 위대했으므로 고독했다. 위대함 때문에 고독했고 위대함을 누구에게도 털어놓을 수 없어 더욱 고독했다. 실로 진정한 위대함이었다. 보아라. 예수에게는 친구가 없었다. 제자뿐이었다. 아무도 예수를 부러워하지 않았기 때문이다. 진정한 위대함 앞에서 사람들은 적이 되거나 제자가 될 뿐.

감당할 수 없는 일 앞에 놓인 보통 사람들이 그러하듯 박만길은 자신의 위대함을 부정하려 했다. 타인의 고통에 눈감고 귀 막았지만 허사였다. 아버지의 가려움은, 어머니의 뼈저림은 어김없이 찾아왔다. 가려운 밤, 뼈저린 밤이었다. 위대함을 부정할 길은 없는 듯했다. 암세포처럼 함께 살아갈밖에. 그렇다. 위대함은 위대한 자를 숙주로 삼는 돌연변이 세포와 같아서 위대함을 부정하기 위해서는 스스로를 부정해야 한다.

한밤의 고독 속에서 박만길은 고통스레 자문했다. 왜 나일까? 기억하는가. 박만길 부친은 자신을 아는 사람, 소크라테스적 인간이었다. 그 아비의 진흙에서 나온 진흙이 아니랄까 봐 박만길은 스스로 세상에서 가장 낮은 귀를 가질 만한 그릇이 아니라고, 위대해질 하등의 이유가 없는 사람이라 여겼다. 실제로 박만길은 체육 선생이 농구를 권할 정도로 키가 컸다. 심지어 귀는 유난히 높이 붙어 있었다. 하느님이 박만길이라는 진흙을 말릴 때 집게로 두 귀를 집어 빨랫줄에 걸어놓기라도 한 것처럼. 세상에서 가장 낮은 귀의 소유자를 고를 때 똥오줌 못 가리는 어린애라도 맨 먼저 열외시킬 만한 사람이다. 그러니 숱한 밤의 고독도 뾰족한 대답을 내놓지 못한 것은 당연지사, 불문가지, 두말하면 흰소리.

박만길은 질문을 바꿔보았다. 그 목소리의 정체는 대체 뭘까? 목소리의 정체가 밝혀지면 왜 하필 자신인지도 알게 될 터. 이것을 연역적 추론이라 부른다. 박만길은 밥상머리에서 콩나물을 씹다가 아버지를 물끄러미 바라보았다. 넓은 이마, 뭉툭한 콧방울, 둥그스름한 턱. 그리고 유난히 높이 달린 귀. 제 얼굴이 거기 있었다. 신장은 자신의 어깨 높이에 불과했지만 스물세 개의 염색체를 물려준 생물학적 아버지가 분명했다.

'아들'이라는 말은 비유적인 표현이었을까? 목사나 신부가 그러는 것처럼? 빙고. 비유적 표현이라는 작은 열쇠가 육중한 진실의 문을 움직였다. 목소리의 정체가 무엇인지, 왜 하필 자신인지는 오리무중이었지만 무엇이 되어야 하는지는 알 것 같았다. 연역적 추론의 뜻하지 않은 성과였다.

명심하라. 기능이 디자인을 결정하는 게 아니다. 네버, 에버. 디자인이 기능을 결정한다. 세상에서 가장 낮은 귀를 가진 자가 어린 양을 돌보지 않는다면 대체 뭘 하겠는가? 아버지처럼 농부? 벼는 심장이 없고 감자는 폐가 없으니, 고랑을 팔 때 아프다고 비명 지르는 땅은 없으니, 고통스러운 위대함으로부터 달아나기 위해서라면 농부가 제격일 터. 하지만 농부가 되는 것은 아버지가 죽은 뒤에나 가능한 일. 아버지의 바람대로 사법고시? 변호사가 되는 것도 불가능. 혹시 있을지 모를 피해자들의 고통을 외면한 채 잠재적 범죄자를 위해 입을 놀릴 수는 없었다. 검사가 되는 것도 불가능. 잠재적 범죄자가 진짜 범죄자로 확정됨으로써 범죄자의 가족이 받게 될 잠재적 고통을 진짜 고통으로 확정하는 데 일조할 수는 없었다. 판사도 불가능. 변호사의 손을 들어주면 검사가, 검사의 손을 들어주면 변호사가 실망할 것은 불을 보듯 빤한 일. 아버지의 뜻을 따를 수 없어 박만길은 더욱 고독했다. 신화 속 인물이었다면 아비를 죽였겠으나 박만길의 손에는 그 흔한 번개조차 없었다.

사무치는 고독 속에서도 박만길의 성정은 여전했다. 친부살해라는 신화적 상상만으로도 죄책감에 짓눌렸다. 죄책감은 올빼미처럼 밤에도 눈에 불을 켰다. 박만길은 올빼미의 눈으로 성경을 읽었고 절대로 죽일 수 없는 아버지를 찾아갔다. 한밤의 고독이 누그러졌다. 눈도 붙일 수 있을 만큼.

결국 박만길은 신부가 되기로 결심했다. 고해성사야말로 세상에서 가장 낮은 귀를 가진 자, 모든 이의 고통에 함께 아파하는 자를 위한 종교적 발명이 아니고 무엇이랴. 신부가 되면 사회적 공인 속에 독신으로 살아갈 수도 있다. 박만길은 위대함의 짐을 자식에게 물려주고 싶지 않았다. 세상에 어떤 흔적도 남기고 싶지 않았다. 자신의 뜻과 무관하게 불쑥 찾아온 위대함에 대한 야유에서 비롯된 아이디어였지만 흔적 없이 사라지는 것만큼 위대함을 위대하게 완성하는 길도 없을 듯했다. 악당들을 일망타진한 총잡이가 마을을 뜨면서 명함을, 연락처를 남겼다는 소리는 들어보지 못했다.

대학 입학 원서를 쓰는 순간 박만길은 신학대학에 가겠다고 선언했다. 올해 농사를 짓기 위해 농협에 진 빚을 갚는 자리에서 내년 농사를 위해 또 빚을 내고 그 빚의 극히 일부로 막걸리를 마시고 온 아버지의 늦은 저녁상을 준비하는 어머니 곁에서 신학대학에 가면 등록금 면제라고 중얼거린 것을 선언이라 할 수 있다면. 선언인지 아닌지는 잘라 말하기 어려웠지만 부친의 귀에 들어갔으니 효과는 만점이었다.

"만길이 야가 효자는 효자래요. 대학 입학도 전에 등록금 걱정부터 하니라꼬 무신 신학대학은 공짜라고……"

박만길 모친이 숭늉을 밥상에 올리며 말했다.

"걱정은 무신 얼어 죽을. 만길이 니는 공부만 하모 된다. 내 농협을 털어서라도 사법시험 붙을 때까지 뒷바라지할 끼다. 알긋나?"

박만길 부친이 사타구니를 박박 긁으며 큰소리쳤다. 박만길은 사타구니의 가려움을 참느라 몸을 배배 꼬지 않을 수 없었다.

법과대학에 입학한 뒤에도 박만길은 강의 시간마다 몸을 배배 꼬았다. 사타구니 가려움 때문이 아니었다. 전두엽의 가려움, 심장의 가려움 때문이었다. 엉뚱한 잔치에 앉아 있는 듯 계면쩍었다. 헌법, 새법, 새헌법, 형사소송법, 민사소송법, 형민사소송법, 민형사소송법, 상속법, 세법, 탈세법, 탈세방지법, 국가보안법. 박만길에게는 모두 낯선 손님들이었다. 알아들을 수 없는 외국어 속에 던져진 것처럼 연방 하품만 해댔다. 강의실의 언어는 가파르고 사나웠다. 세상에서 가장 낮은 귀를 가진 자가 있을 곳이 아니었다. 첫 학기를 마치자마자 도망치듯 군대에 갔다. 그곳의 언어 또한 높고 사나웠다. 게다가 입에 총구를 물 만큼 배가 고팠고 관자놀이에 총알을 박아 넣고 싶을 정도로 사타구니가 가려웠다. 역시 세상에서 가장 낮은 귀를 가진 자가 있을 만한 곳은 아니었다.

자취방으로 돌아가던 박만길이 긴 줄을 발견한 것은 복학 첫날이었다. 얼굴들이 모두 심각했다. 가까이 다가가자 그들의 고통이 파도처럼 밀려들었다. 어떤 이는 두려웠고 어떤 이는 초조했고 (너무 긴 줄 탓에) 모두모두 다리가 아팠다. 무슨 줄이냐고 물었지만 당최 입을 열지 않았다. 모른다고 대꾸한 사람도 적지 않았다. 쥐약을 타는 줄이었던가? 쥐를 잡는 것이 국가적 이벤트이자 스포츠이던 시절이었으나 쥐새끼들에게는 천만다행, 그날은 그날이 아니었다.

박만길은 대열에 합류했다. 줄의 끝에 무엇이 있는지 궁금하기만 했다면 앞쪽으로 가서 확인하면 될 터였으나 타인의 고통 속에서 뜻밖의 평온을 맛보았다. 스톡홀름 신드롬? 그럴수도 있겠다. 박만길은 고통의 볼모였고 숭배자였다. 위대한 아이러니였다. 아니, 아이러니야말로 위대함의 징표. 대가의 시샘, 어르신의 유치함, 육체파 여배우의 불감증이 이를 증명하고도 남음이 있다.

두 시간여의 기다림 끝에 박만길은 줄의 근원을 보았다. 나무로 지은 낮고 허름한 성당. 성당 안에서도 줄은 이어져, 가장 어두운 구석에, 이토록 어둡고 작아서 미안하다는 듯, 정말로 어둡고 작게 서 있는 고해성사실로 향했다.

박만길은 니스 냄새를 풍기는 어둠 속에서 고민을 털어놓았다.

"넘의 고통이 똑 내 꺼 같은데 암것도 몬 하니까 답답해죽겠습다."

신부는 대꾸가 없었다. 다만 탄식인지 신음인지 모호한, 고해성사실의 적막이 아니라면 알아채기 힘들 만큼 낮은 소리만 간간이 들려올 뿐. "음." "으음." 그 소리가 뜻밖에 큰 위로가 되었다. 세상의 가장 높고 사나운 소리보다 더 격하게 심장을 흔들었다.

박만길은 한결 가벼워진 채 고해성사실의 어둠에서 나올 수 있었다. 고마움을 표하기 위해 신부를 기다렸다. 신부는 해가 저물어서야 고해성사실의 어둠에서 빠져나왔다. 머리는 새하얀데 눈이 맑아서 나이를 짐작할 수 없었다. 그런데, 세상에!

귓불이 턱 언저리까지 늘어져 있었다.

"고맙슴다, 신부님."

"뭐가요?"

신부가 귓불을 펄럭이며 물었다.

"제 고통을 들어주셔서."

"제 일입니다."

박만길의 가슴속에서 아름다운 종소리가 울려 퍼졌다. 얼마나 근사한 대답인가. 바로 눈앞에 박만길이 꿈꾸던 미래가 숨쉬고 있었다. 종은 일곱 번 울렸다. 박만길의 가슴이 아니라 성당 꼭대기에서.

"시간이 벌써……"

"몇 십니까?"

"종이 일곱 번 울렸으니 7시 아임니까?"

당연한 걸 묻는다는 투로 박만길이 반문했다.

신부는 미소를 지었다.

"못 들어요."

"못 듣는다고예, 종소리를?"

"종은 입이 없으니까요."

신부는 청각이 온전치 않았다. 입 모양을 읽고 말을 짐작했던 것이다.

그날 이후 박만길은 무시로 성당에 갔다. 박만길이 참새라면 성당은 방앗간. 학교에 오가다 들렀고 학교에 가지 않는 날도 일부러 찾아갔다. 많은 고통을 만났고 인간에 대해 좀더 알게 되었다. 학교에서 가르쳐주지 않는 것들을 깨우칠 수 있었다. 박만길에게 성당은 학교였다. 언론이 알려주지 않는 것들도 주워들었다. 박만길에게 성당은 방송국이자 신문사였다.

광주의 고통을 알게 된 것도 성당에서였다. 신부가 '광주사태'의 진실이 담긴 사진과 영상을 보여주었다. 서독 기자가 찍은 것이라고 했다. 정부의 발표, 국내 언론의 보도와 사뭇 달랐다. 얼룩무늬 제복의 군인들이 학생을, 시민을, 남자를, 여자를 찍고 찌르고 쐈다. 진압이 아니라 학살이었다. 전시 적국의 민간인에게도 허용될 수 없는 야만이었다. 어린 양들은 흐느껴 울었다. 박만길도 울었다. 고통스러워 울기는 일곱 살 때 고추가 바지 지퍼에 물린 이후 처음이었다. 그때처럼 아프고 분하고 속수무책이었다.

삼대독자의 고추가 지퍼의 무자비한 이빨에 물려 옴짝달싹할 수 없게 되자 집안이 발칵 뒤집어졌다. 아버지는 펜치를 어머니는 식칼을 누나들은 송곳, 바늘, 호미, 생리대, 본드를 들고 달려왔다. 박만길이 울음을 터뜨린 것은 지퍼가 아니라 펜치, 식칼, 송곳, 바늘, 호미, 생리대, 본드 때문이었다. 특히 본드가 결정적이었다. 서독 기자의 사진과 영상 앞에서 운 것은 미친 곤봉과 미친 M16에 찍히고 찢긴 사람들이 느꼈을 두려움 때문이었다. 사진과 영상 속에 갇혀 있던 충격과 공포는 고스란히 세상에서 가장 낮은 귀를 가진 자의 것이 되었다. 박만길은 놀라지 않을 수 없었다. 눈앞의 사람이 아니라 사진과 영상 속 인물의 고통을 느끼기는 처음이었다. 동기화가 '업그레이드'된 것이다.

동기화의 특별한 능력이 불행만 가져온 것은 아니다. 다음과 같은 사연을 행운이라 부를 수 있다면. 미친 곤봉을 미친 듯 휘두르는 얼룩무늬 군인 중에는 아는 얼굴도 있었다. 훈련소 동기였다. 축구 시합 때면 박만길과 함께 골대 노릇을 했다. 박만길만큼 키가 컸고 말이 없었다. 시속 백 킬로미터의 슈팅이 머리를 때려도 평정심을 잃지 않았다. 뒤끝도 없었다. 인간 골대로 적격이었다.

얼룩무늬 제복을 입힐 병사를 고르기 위해 훈련병들을 집합시킨 얼룩무늬 하사관은 미간을 찌푸렸다. 인분 냄새가 진동했던 것이다. 조교가 특별히, 개인적이지만 사심 없이 명령한 '저탄소 녹색 전쟁에 대비한 화생방 훈련 및 정신력 강화 훈련'의 결과였다. 훈련병들이 뒷간 가기를 꺼린 탓에 변비 내지는 변비 유사 증상을 보여 전투력 저하가 심히 우려되는 비상 상황을 타개하기 위한 고육책이었다. 발단은 이랬다. 한 훈련병이 뒷간에서 죽은 채 발견되었다. 사인은 밝혀지지 않았다. 군사적, 의학적, 군의학적 의문사였다. 의문은 곧 배다른 형제, 소문을 불러냈다. 흉흉한 소문 중 훈련병들의 변비 내지는 변비 유사 증상과 현저하게 관련된 것은 '빨간 손 귀신'에 관한 괴담이었다.

애기인즉, 한밤중 뒷간에 쭈그려 앉아 아랫배에 힘을 주고 있으면 빨간 손이 어둠 속에서 쓱 올라오며 속삭인다는 것. "내가 닦아줄까?" 진상을 알게 된 조교는 노발대발했다. 노란 손도 아니고 파란 손도 아니고 빨간 손 귀신이라니! 빨갱이를 작살내야 할 군인들이 빨간 손 따위를 두려워하다니!

조교는 특단의 조치를 내렸다. 소대별로 '저탄소 녹색 전쟁에 대비한 화생방 훈련 및 정신력 강화 훈련'을 실시했다. 훈련병들은 완전 군장을 한 채 뒷간에 30분 동안 앉아 있어야 했다. 빨간 손에 대한 두려움에 홀로 맞서기. 정면 돌파요 선제적 대응이었다. 마침 장마철이었고 비구름이 잠시 숨을 고르는 날이었다. 공기는 무겁고 밀도가 높아서 유기농 생화학무기의 성능은 '대박'. 시간이 갈수록 발효 작용에 의해 성능이 강력해지니 지속가능한 대박. '저탄소 녹색 전쟁에 대비한 화생방 훈련 및 정신력 강화 훈련'을 마치고 얼룩무늬 하사관 앞에 일렬횡대로 집합한 훈련병들의 머릿속은 일시적 호흡곤란으로 얼룩덜룩했다.

얼룩덜룩해진 정신 세계의 한복판에 박만길이 인간 골대처럼 우뚝 서 있었다. 축구 시합 때라면 거시기를 보호하고 있었을 두 손이 가슴을 쥐어뜯었다. 전우의 고통은 박만길의 고통, 소대 전체가 달려들어 숨통을 조르는 듯했다. 박만길의 폐가 감당할 수 없는 압박이었다. 시속 120킬로미터의 슈팅에도 꿈쩍 않던 인간 골대가 풀썩 쓰러졌다. 의식을 잃기 전 박만길의 눈에 들어온 것은 자신을 가리키려다 주춤하는, 얼룩무늬 하사관의 손가락. 박만길의 운명이 서독 기자의 카메라 렌즈로부터 슬쩍 비켜나는 순간이었다.

광주의 진실을 알게 된 박만길은 학업에 집중할 수 없었다. 강의실에 앉아 있으면 서독제 충격과 공포가 펜치, 식칼, 송곳, 바늘, 호미, 생리대, 본드를 들고 달려들었다. 개중 본드를 들고 달려드는 충격은 언제나 훈련소 동기의 얼굴을 하고 있었다. 참담하고 분하고 슬프고 고통스러워서 서독 기자가 찍은 사진과 영상을 멀리하고 싶은 마음이 굴뚝같은데도 자꾸만 들여다보게 되었다. 혀로 쑤석거리고 싶은 입안의 상처, 손톱을 세워 긁게 되는 환부였다. 자주 들여다보니 새로운 게 보였다. 곤봉과 M16을 미친 듯 휘두르는 얼룩무늬 군인들도 더러 고통을 호소했다. 훈련소 동기의 얼굴도 고통으로 일그러져 있었다. 무시무시한 고통이었으나 어떤 종류의 고통인지는 읽어낼 수 없었다.

훈련소 동기의 얼굴에 드리워진 무시무시한 고통의 그림자 때문이었을까. 훈련소 동기가 자기 대신 서독 기자의 사진 속에 있는 것만 같았다. 박만길을 엄습한 충격의 단단한 껍질 안에는 죄책감이라는 뇌관이 도사리고 있었다. 죄책감의 풍랑 속에서 허우적거리다가도, 하루에도 몇 번씩, 그때 그곳에 있지 않을 수 있었다는 사실에 가슴을 쓸어내리기도 했는데, 그럴 때마다 죄책감은 더욱 맹렬해졌다. 그곳에 있지 않았다는 죄책감, 진실을 모르고 있었다는 죄책감, 안녕하지 못한 세상에서 안녕하다는 죄책감.

광주의 진실을 세상에 알리는 일에 동참하기로 한 것도 바로 그 죄책감 때문이었다. 안녕하지 못한 세상 때문에 안녕하지 못한 사람들, 그러니까 안녕한 줄 알았던 세상이 실은 안녕하지 못하다는 것을 깨달아서 안녕하지 못한 사람들, 안녕하지 못한 세상에서는 안녕하면 안 된다고 믿어서 안녕하지 못한 사람들이 모였다.

진실을 어떻게 알릴 것인가? 유인물을 만드는 데에는 이견이 없었다. 하지만 거기에 담을 내용을 두고는 토론을 거듭했다. 다양한 의견과 주장이 쏟아졌다. 의견의 백가쟁명, 주장의 춘추전국이었다. 백가의 의견과 춘추의 주장은 쿠데타로 권력을 찬탈하고 무고한 시민들을 학살한 정치군인들에 대한 분노로 모아졌다.

그때 영문과 여학생이 입을 열었다.

"군사 작전권은 미군이 쥐고 있는데 과연 몰랐을까?"

모두들 뒤통수를 얻어맞은 얼굴이었다. 세계 민주주의의 수호자를 자처하는 미국이? 링컨의 나라, 케네디의 나라, 루터 킹의 나라가? 그러고 보니 그들은 모두 암살당했고 암살범도 전부 미국인이었다. 때린 시어머니보다 말린 시누이가 더 밉고 안 말린 시누이는 더 미운 법. '아름다운 나라'가 아름답지만은 않다는 사실 때문에 안녕하지 못하던 사람들은 한층 안녕하지 못했다. 그래서 목소리 높여 외쳤다.

양키 고 홈!

안녕하지 못한 사람들은 격론 끝에, 쿠데타를 묵인하고 광주에서의 학살을 방조한 미국에 항의하기 위해 미국문화원에 불을 지르기로 결정했다. 디데이를 정했고 할 일을 나눴다. 화재로 안녕하지 못할 사람들의 고통을 감당할 수 없어서 박만길은 '(방화) 실행조'에 끼지 않았다. 같은 이유로 '(휘발유) 운반조'에도 가담하지 않았다. 박만길은 '(유인물) 살포조'에 지원했다.

디데이에는 바람이 사나웠다. 박만길은 미국문화원 근처 중국집 화장실에서 '삐라'를 넘겨받았다. 미리 점찍어둔 두 개의 포인트(백화점과 극장) 중 박만길의 몫은 극장이었다. 시장이 가까워 오가는 사람이 많았고 미국문화원에서도 멀지 않았다. 짜장면이 주문하자마자 나온 데다, 후루룩 마셔버린 탓에 계획보다 40분이나 일찍 도착한 박만길은 영화표를 끊었다. 안전하게 시간을 보내기에 불 꺼진 극장만 한 곳이 있을까 싶었다. 극장은 미국 영화를 상영하고 있었다. '바람과 함께 사라지다'라는 의미심장한 제목이었다.

불이 꺼지고 영사기가 돌아가자 양키들이 등장했다. 나약한 양키 남자를 두고 두 여자 양키가 경쟁했다. 엄마 같은 양키와 여동생 같은 양키. 박만길은 양키들의 사랑 놀음에 몰입할 수 없었다. 옆에 앉은 사내가 자꾸만 사타구니를 긁어대는 바람에 박만길의 손도 덩달아 분주해졌다. 박만길은 어느새 아버지를 떠올리고 있었다. 아버지의 밤은, 아버지의 사타구니는 안녕할까? 그간 아버지를, 아버지의 고통을 까맣게 잊고 지냈다. 박만길은 문득 죄의식을 느꼈다. 아버지를 세상에서 가장 어둡고 후미진 곳에 버리고 온 기분이었다.

마침내 행동할 때가 다가왔다. 나약한 남자 양키가 (아비를 죽이지 못한 아들이 으레 그러하듯이) 엄마 같은 여자 양키를 선택할 무렵, 박만길은 극장 옥상으로 올라갔다. 때마침 바람도 행인이 많은 골목 쪽으로 향했다.

1시 정각, 미국문화원 쪽에서 검은 연기가 치솟았다. 운반조와 실행조가 일을 제대로 한 게 분명했다. 박만길은 준비해 간 삐라를 한꺼번에 뿌렸다. 허공으로 도약한 종이들은 비행을 시작하기도 전에, 갑자기 방향을 바꾼 바람의 급류에 휩쓸리고 말았다. 반대쪽으로 날아가는 삐라를 바라보는 박만길의 얼굴이 적벽에서의 조조만큼이나 굳어졌다.

돌발적인 선회와 더 돌발적인 급강하와 한층 더 돌발적인 급부상을 몹시 돌발적으로 거듭한 끝에 삐라가 떨어진 곳은 옆옆옆옆 건물 옥상이었다. 조직적 불시착은 옥상 한쪽 난간에 펼쳐진 플래카드 때문이었다. 박만길 쪽에서는 뒷면이 보였는데, 등진 글자를 돌려세우면 다음과 같았다. '잊지 말자 월남 패망 귀× 잡는 해병전우회.' '귀' 다음 글자는 어렴풋했다. 박만길은 저도 모르게 귀를 만졌다.

멀리서 사이렌이 울렸다. 사이렌 소리가 들리기 무섭게 박만길은 사타구니를 긁기 시작했다. 안녕하지 못한 유인물을 뿌려서 감옥에 갈지도 모른다는 두려움이, 자신만 바라보던 아버지를 덮칠 절망이, 자신의 것이 될 모든 죄수들의 고통이 다투어 엄습했던 것이다.

박만길은 망설였다. 엉뚱한 곳으로 날아간 삐라를 거둬 다시 뿌릴 것인가, 그냥 철수할 것인가. 세상을 구할 것인가, 아버지를 구할 것인가. 거리의 사람들이 걸음을 멈추고 자신만 바라보는 것 같았다. 가장 높은 빌딩 난간에 올라선 자를 쳐다보는 것처럼. 저기, 사람이 있다. 지구마저도 걸음을 멈춘 듯했다.

박만길은 일단 양키들의 사랑 놀음으로 돌아갔다. 상영 도중 극장을 나서면 의심받을 수도 있었다. 양키들은 무시무시한 내전의 와중에도 사랑 놀음에 골몰했다. 바람둥이 남자 양키는 여동생 같은 여자 양키를 떠난다. 여동생 같은 여자 양키는 집으로 돌아간다. 양키 고 홈! 나쁘지 않은 결말이었다.

극장에 불이 들어왔을 때 박만길의 마음은 아버지 쪽으로 기울어 있었다. 옆자리 사내가 사타구니를 계속 긁어대며 아버지의 미치도록 가려운 밤을 상기시킨 탓이다.

박만길은 곧장 자취방으로 향했다. 세상에서 가장 낮은 귀를 가진 자의 간은 이토록 작았다. 코끼리의 몸통에 들어앉은 토끼의 간이었다. '우찌 됐든 뿌리기는 뿌린 기라.' 미국문화원 쪽을 돌아보며 중얼거려보았지만 자기기만의 목소리는 '밑지고 판다'는 장사꾼의 푸념만큼이나 공허했다.

경찰은 서울의 열 평짜리 아파트 두 채를 살 수 있는 금액의 현상금을 내걸고 대대적인 검거 작전에 돌입했다. 검거가 지지부진하자 세 채 값으로 올렸다. 운반조가 '북괴의 선전 활동에 동조하여 반국가 단체를 이롭게 한 국가보안법 위반' 혐의로 잡혔을 때 운반조가 아니었으므로 박만길은 안녕했다. 백화점 살포조가 같은 혐의로 붙들렸을 때도, 실행조가 역시 동일한 혐의로 체포되었을 때도 박만길은 안녕했다. 하지만 신부가 '북괴의 선전 활동에 동조하여 반국가 단체를 이롭게 한 국가보안법 위반 범죄자라는 사실을 인지하고도 북괴의 선전 활동에 동조하여 반국가 단체를 이롭게 한 국가보안법 위반 범죄자를 신고하지 않아 국가보안법 10조를 위반'한 혐의로 체포되었다는 기사를 접하고는 안녕할 수 없었다.

박만길은 예비군 훈련 중이었고 총을 만지기 싫어서 대신 헌혈을 하던 참이었다. 박만길은 상체를 벌떡 일으켜 세웠다. 신부의 죄는 자신의 것이기도 했다. 강의 시간에 배웠던 국가보안법 10조의 내용이 떠올랐다. 불고지죄. 신고를 안 해도 처벌받는다. 다만 범죄자와 친족 관계일 경우 벌을 감하거나 면제할 수 있다. 검거된 사람들 중 박만길의 친척은 한 명도 없었다.

순간 박만길의 뇌가 막다른 골목에 몰린 짐승처럼 휙 돌아섰다. 여태 안녕한 것은 아무도 불지 않았다는 증거가 아닌가. 눈앞이 핑 돌았다. 사격 훈련 값의 피를 뽑아내서가 아니었다. 아버지의 고통을 핑계로 달아난 자신이 부끄러웠다. 박만길의 얼굴이 비닐 팩을 채워가는 피보다 더 빨개졌다.

다음 날에도 박만길은 총을 쥐지 않기 위해 정관수술을 자청했다. 산아제한을 위해 예비군 훈련 대상자들에게 훈련 면제의 당근을 내걸고 공짜 정관수술을 '강추'하던 시절이었다.

"몇 살이고?"

의사가 가자미 눈으로 물었다.

'아들딸 구별 말고 하나만 낳아 잘 기르자'는 문구가 적힌 스티커를 노려보던 박만길은 눈알에 잔뜩 힘을 주며 대답했다.

"신부가 될라꼬요."

박만길이 정관수술을 결심한 것은 단지 사격 훈련을 피하기 위해서가 아니었다. 더 이상 비겁해지고 싶지 않았다. 정관수술은 일종의 배수진이었다.

삼대독자의 번식 기능을 영구적으로 삭제할 만큼 결의는 확고했지만 무엇을, 어떻게 할 것인지는 판단이 서지 않았다. 예비군 훈련장에서 집으로 돌아오는 12킬로미터의 고독 속에서 얻은 결론은 아무도 대신 결정해줄 수 없다는 것뿐이었다. 내내 혼자였던 것은 아니다. 도중에 해장국집을 들렀다. 해장국을 먹었으니 주머니의 동전은 예비군 훈련을 마치고 받은 여비 중 남은 돈이었다. 동전을 헤아려보니 한산도를 사기에는 부족하고 환희를 사면 조금 남는 금액이었다.

그런데 이게 웬일? 문 닫는 것을 본 적이 없었는데 담배 가게가 캄캄했다. 휴일이라고 담배를 멀리하는 것은 아니라는 지론을 가진 가게, 담배는 주로 새벽이나 한밤에 똑 떨어진다는 믿음을 가진 가게였다. 물론 마을 사람들은 궁지면의 이정표이자 관문 구실을 하는 담배 가게의 고객 중심 영업 방침을 환영했다. 담배 가게라는 명칭은 팔 수 있는 것은 모두 팔며 심지어 담배도 판다는 것을 의미했기 때문이다. 불만을 가진 사람은 상곡리와 중곡리 사이에 있는 구멍가게 주인뿐이었다. '골목 상권 침해'라고 목소리를 높였는데 구멍가게가 문을 닫으면 하곡리에 위치한 담배 가게까지 원정 쇼핑을 오는 중곡리와 상곡리 주민이 적지 않았으니 이유 없는 불평은 아니었다. 그럴 때면 담배 가게 주인은 이렇게 항변했다. "누가 그카라(문 닫으라) 캤나?" 역시 이유 있는 항변이었다.

사정이 이와 같았으니 캄캄한 담배 가게를 보고 박만길의 눈이 휘둥그레진 것은 당연했다. 벽촌의 봄밤은 젖은 석탄처럼 새까매서 저만치 두 개의 장승처럼 나란히 서 있는 지서와 우체국의 불빛이 유난히 도드라졌다.

담배 가게는 고요한 어둠에 싸여 있었다. 고요하다기보다 숨죽인 어둠 같아서 가만히 귀 기울이면 빗방울 하나하나 땅에 떨어지는 소리마저 구별할 수 있을 듯했다.

석연치 않은 기분을 떨치려는 듯 박만길은 걸음을 재촉했다. 지서의 불빛이 바투 다가왔다. 출입문 위에 큼지막하게 적힌 글자가 불빛 속에서 생뚱맞았다.

정의 사회 구현

엉뚱한 건물 옥상에 뿌려진 삐라가 순간 뇌리를 스쳤고, 해야 할 일이 분명해졌다. 맡은 일을 마저 끝내는 것. 신부의 말이 새삼 심장을 때렸다. "제 일입니다."

어깨가 떡 벌어진 사내가 지서에서 나왔다. 경찰복이 아니라 군복 차림이었다. 경찰의 전투복일 수도 있었다. 양어깨에는 카빈 두 자루가 걸려 있고 허리띠에는 수류탄이 주렁주렁 매달려 있었다. 예비군 훈련을 받고 오는 길이 아님은 분명했다. 전장에 나가는 병사 같았다. 그래도 카빈 두 자루에, 일곱 개의 수류탄은 과하지 않은가. 세상을 끝장내려는 게 아니라면.

"불 있나?"

사내의 목소리는 덩치에 어울리지 않게 가늘고 카랑카랑했다.

박만길은 성냥을 만지작거리며 지서 쪽으로 걸어갔다. 사내도 이쪽으로 걸어오기 시작했다. 불빛을 등진 채 다가오는 각진 얼굴은 눈썹이 굵고 눈매가 매서웠다. 갑자기 박만길의 무릎이 휘청했다. 이 무시무시한 고통의 정체는? 서독 기자의 카메라에 찍힌 훈련소 동기한테서 느껴졌던 바로 그 고통이었다. 사내에게는 불이 필요 없었다. 검은 대리석을 박아 넣은 듯한 눈동자에서 분노의 불꽃이 타오르고 있었다. 일찍이 마주친 적 없는 분노였다. 찢어버릴 숨통을 가진 어떤 적이 아니라 찢어버릴 숨통이 없는 세상이라는 적을 향한 분노. 목숨이 둘이라도 근처에 얼씬거리고 싶지 않은 분노. 찢어버릴 숨통이 없는 적은 어떻게 해치우지? 세상의 모든 공기를 태우려는 걸까? 그래서 성냥이 필요한 것인가?

거울 속 반영처럼 사내도 걸음을 멈췄다. 거울 속 반영은 아니었다. 사내의 손에 들린 것은 성냥이 아니라 총이었다.

피를 뽑고 정관을 제거하면서까지 애써 피한 총이 자신을 겨눌 때 박만길은 의아했다. 총구가 자신을 향해서가 아니라 사내의 분노가 거짓말처럼 온데간데없이 사라졌기 때문이다. 모자처럼 머리에 살짝 얹혀 있다 바람에 날아가버리기라도 한 듯. 아니면, 한 줌도 남김없이 녹여, 효율적이고 영구적인 파괴만을 위해 발명되고 개선되어온 저 쇠붙이를 빚어낸 것처럼.

딱.

몽둥이로 뒤통수를 후려치는 듯한 소리였으나 타는 듯한 고통은 심장께를 파고들었다. 그처럼 총의 무자비함과 야만스러움은 뒤통수를 노리는 몽둥이질과 다를 바 없었다. 심장을 감싼 근육이 찢어지고 심장에서 뻗어나가는 혈관이 끊어지는 고통은 온전히 박만길의 것이었다. 세상에서 가장 낮은 귀를 가진 자도 이번만큼은 타인이 아닌 자신만의 고통으로 숨이 막혔다. 심장을 관통당한 박만길은 평범해졌다. 위대함을 파괴한 총알이었다.

　박만길은 심장에 구멍 뚫린 과녁 속 검은 인간처럼 쓰러졌다. 신의 아들 예수가 가장 위대했던 순간은 여느 인간들처럼 피를 흘리며 숨졌을 때다. 평범해지는 순간 위대함은 더욱 위대해진다. 흔적 없이 사라지는 것만큼 위대함을 위대하게 완성하는 길은 없다던 평소의 소신대로 박만길은 아무 말도 남기지 않았다. 그 누구한테도, 그 어떤 것에도 고통을 줄 수 없는 세상으로 건너갔다. 위대함을 파괴한 총알이 아니라 위대함을 완성한 총알이었다.

2. 아이오와에서 온 편지

손영희(22·여)는 궁지우체국 전화교환원이었다. 당시 궁지
면에 보급된 몇 안 되는 전화기는 모두 수동, 옆구리의 손잡이
를 돌리면 교환원이 나오는 방식이었다. 영장류의 앞발이 손
으로 진화한 이래 인간의 손이 역사상 가장 중요했던 시절, 전
화교환원은 가방 없는 우체부요 말하는 전봇대였다.

다른 사람은 몰라도 손영희에게는 그리 낯설지 않은 일이었
다. 어릴 적부터 조짐이 보였다. 손영희 부모는 개와 원숭이마
냥 눈만 마주치면 으르렁거렸다. 평소에도 대화가 활발한 편
은 아니었으나 한번 다투면 한동안 말도 섞지 않았다. 생존을
위해 불가피한 말은 막내딸에게 떠맡겼다. "국이 짜다 캐라."
"물 타가 드시라 캐라." 손영희는 입력된 말을 그대로 옮겼
다. 토씨 하나 틀림이 없었다. 배달 사고 위험이 제로인 음성
사서함의 사용 빈도는 높아질밖에. 손영희를 전화교환원으로
키운 것은 부모의 냉전이었다.

궁지면의 가방 없는 우체부이자 말하는 전봇대, 손영희는
저녁 식사가 불러들인 졸음을 몰아내기 위해 아이오와를 떠올
리고 있었다. 아이오와는 고등학교 때부터 펜팔을 주고받아온
수잔 여사가 사는 곳이었다. 수잔 여사를 알게 된 것은 『이달
의 팝송』에 광고를 낸 해외 펜팔 클럽 '후렌즈'를 통해서였다.
히트 팝송의 악보와 가사가 실리는 월간지를 알게 된 것은 영

어 선생 덕분이었고.

영어 선생은 해사한 외모와 출중한 실력으로 학생들의 관심을 독차지했다. 명문 대학 출신에 서울의 명문 여고에서 근무했다는 예사롭지 않은 이력은 타오르는 호기심에 의혹의 기름을 끼얹었다. 이런 곳에 있을 사람이 아닌데…… 학생들은 선망과 호기심과 의혹을 적당히 섞어 다양한 스토리를 만들어냈다. 개중 제자와의 '썸씽' 때문에 내려왔다는 설이 기정사실로 받아들여지기까지는 한 학기도 채 걸리지 않았다. 실제로 도회지 학교에서 이런저런 문제를 일으켜 쫓겨 온 선생들이 더러 있었는데 손가락이 길고 하얀 영어 선생에게 폭력이나 뇌물은 설득력이 떨어졌던 것이다.

썸씽설의 득세에도 불구하고 손영희는 폐병에 걸린 아내의 요양을 위해 전근 온 것인지도 모른다는 낭만적 가설을 포기하지 않았다. 공기 좋기로 유명한 고장 주민답지 않게 손영희는 폐병에 집착했다. 폐병에 걸린 작가가 쓴 소설이나 폐병쟁이 주인공이 등장하는 소설을 읽으며 폐병 앓는 애인을 병구완하거나 폐병으로 애인한테 보살핌 받는 꿈을 꿨다. 폐병에 매혹된 것이다. 아직은 백혈병의 시대가 아니었다.

손영희가 새하얀 눈이나 손수건에 흩뿌려진 각혈의 이미지에 사로잡힌 것은 첫 생리 이후였다. 아랫도리에서 흘러나온 피는 충격적이었다. 짐승이 된 기분이랄까. 아버지 면도기로 팔다리의 솜털을 남김없이 밀었다. 짐승이 아님을 증명하기 위해서였다.

어느 날 식구들 눈을 피해 면도기로 다리를 밀던 손영희는 문득 이런 의문에 사로잡혔다. 아버지는 숨기는커녕 보란 듯이, 콧노래까지 부르며 면도하지 않는가. 짐승임을 자랑스러워하지 않고서야. 불공평했다. 남자들은 짐승임을 자랑스러워하면서 왜 여자들에게는 그러지 않기를 바라는가? 왜 숨어서 털을 깎게 만드는가? 생리가 불쾌한 것은 남자들의 위선과 허영 때문이었다.

폐병의 복음이 손영희를 구원했다. 폐병을 앓는 작가는 선지자요 각혈하는 주인공이 등장하는 소설은 복음서였다. 면도기를 더 이상 쓰지 않게 된 것은 폐병이라는 환상과 각혈의 이미지 덕분. 아랫도리가 아니라 입으로, 남의 눈을 피해서가 아니라 대놓고 피를 토한다고 상상하니 통쾌했다.

손영희가 구토의 통쾌함을 처음 알게 된 것은 국민학교 6학년 때였다. 흔하디흔한 이름이 발단이었다. 국민학교 6년 동안 다섯 해나 이웃 마을 한영희와 한 반이 되었는데, 그때마다 '작은 영희'로 불렸다. 한영희가 한 뼘 정도 컸던 것이다. 6학년 때는 많이 억울했다. 키가 큰다는 말에 옥수수를 입에 달고 살아서인지 한영희보다 두 뼘이나 커졌지만 담임선생은 '야마꼬'라고 불렀다. '꼬마야'를 뒤집어 만든 별명이었다. 한영희는 영희라고 불렀다. 그냥 영희도 아니고 '우리 영희'였다. 틈만 나면 "아버님은 잘 계시나?"라고 물었다. 한영희 아버지가 군청의 무슨 과장이라 했다. 아이들도 덩달아 야마꼬라고 놀렸다. 이름을 바꿔주기 전에는 학교에 안 가겠다고 버티다 아버지한테 싸리비로 맞았다. 우울하고 힘겨운 나날이었다.

사달이 난 것은 부산행 버스 안에서였다. 학교 대표로 도내 반공 글짓기 대회에 참가하러 가는 길이었다. 한영희도 함께였다. 손영희가 보기엔 '택도 없는' 글이었는데 장원에 뽑힌 것이다. 교내 백일장 심사를 맡았던 담임선생이 인솔 교사로 옆자리에 앉아 있었고.

난생처음 보는 낯선 풍경도 시들해질 즈음 한영희가 가방에서 뭔가를 주섬주섬 꺼냈다. 삶은 달걀과 옥수수. 손영희의 얼굴이 마른 옥수수처럼 핼쑥해졌다. 옥수수 때문만은 아니었다. 버스에 타는 순간부터 속이 울렁거렸다. 바람을 쐬고 싶었지만 담임선생은 한영희를 창가에 앉혔다.

"이야! 우리 영희네는 달걀도 억수로 이쁘네."

담임선생은 달걀 한 개를 통째로 입에 넣었다.

"야마꼬, 니는 안 묵나?"

담임선생이 달걀을 우적우적 씹으며 물었다.

"속이 안 좋아서요."

"배 속을 단디 해야 머리가 팽팽 돌아간다. 퍼뜩 묵어라."

"속이……"

"어른이 먹으라 카믄 먹는 기다."

담임선생은 손영희의 손에 옥수수를 쥐여줬다. 담임선생이

빤히 지켜보는 바람에 옥수수를 입에 가져가지 않을 수 없었다.

속에서 뭔가가 치밀어 오른 것은 절반쯤 먹었을 때였다. 가슴이 답답하고 머리가 부풀어 오르는 것 같았다. 배 속에서 밀고 올라오는 것을 더는 막을 수 없었다. 뜨겁고 시큼한 것이 좁은 식도를 통과하면서 엄청난 폭발력을 얻어 힘차게 발사됐다. 끓어 넘치는 주전자요 폭발하는 분화구였다.

폭발의 충격에서 겨우 벗어나 정신을 수습했을 때 담임선생의 양복은 엉망이 되어 있었다. 누구도 입을 열지 못했다. 담임선생의 양복에 묻은 옥수수 알갱이들도 말이 없기는 마찬가지. 버스 맨 뒷자리에는 아무도 없는 듯했다.

먼저 입을 연 것은 담임선생이었다. 담임선생이 토하기 시작했다. 앞자리 아저씨의 대머리에 대고. 한영희도 토했다. 유리창이 얼룩덜룩해졌다. 연쇄 대폭발이었다. 사람들이 다투어 창문을 열었다. 바람이 시원하고 상쾌했다.

영어 선생의 전근 배경에 대해 손영희는 자신만의 견해를 친구들한테 조심스레 피력했지만 돌아온 것은 의심(영어한테 관심 있나?)과 야유(철수는?)와 면박(문디 가스나, 소설책 좀 고마 읽으라)뿐이었다. 하지만 생각을 바꿀 마음은 없었다. 폐병 걸린 아내를 위해 시골 학교로 내려온 남자! 이상형 중의 이상형이었다. 그러고 보니 영어 선생의 손에는 잔털조차 없었다. 미술 시간에 그렸던 조각상처럼 매끈했다.

줄리앙의 석고상을 그리던 미술 시간, 손영희는 자신이 완성한 데생을 보고 화들짝 놀랐다. 메디치 가문의 사내가 아니라 영어 선생의 얼굴이 떡하니 버티고 있는 게 아닌가. 속내를 들킨 것처럼 얼굴이 홧홧거리고 가슴이 방망이질했다.

"이기 누꼬?"

미술 선생이 도화지를 집어 들었을 때는 심장이 멎는 줄 알았다. 손영희는 눈을 질끈 감았다. 영어 선생을 짝사랑한다고 소문나는 것은 시간문제였다.

"언제 니 얼굴 그리라 캤나? 맞다. 자화상 그리기 시간에 니는 줄리앙 그리믄 되겠네."

반 애들은 와락 웃음을 터뜨렸고 손영희는 얼굴이 빨개졌다. 아무리 봐도 영어 선생인데. 데생에 대한 손영희의 관점은 이토록 남달랐다. 독창적인 솜씨를 인정받지 못해 속상했지만 속내를 들키지 않아 천만다행이었다. 누가 B사감 아니랄까봐. 'B사감'은 독설을 일삼는 노처녀 담임선생의 별명이었다. 손영희는 담임 복이 지지리 없었다. 호감 가는 선생은 항상 옆반 담임이었다. 영어 선생도 예외는 아니었다.

그 일이 있은 후 손영희는 영어 선생에 대한 붉은 마음을 깊이 묻었다. 영어 선생에 관한 말은 입에 올리지 않았고 옆 반을 지나칠 때는 앞만 똑바로 본 채 걸음을 재촉했다. 영어 선생이 해라면 손영희는 달. 해를 피하는 달이었다. 일방적인 구애자를 멀리하듯 영어 선생을 피했다. 쓸쓸하지만 달콤한 환상이었다. 숨바꼭질이라는 환상으로 짝사랑은 더욱 애틋해졌지만 그럴수록 마음을 더 깊이 묻어야 했다.

영어 선생의 길고 하얀 손가락을 마음 놓고 쳐다볼 수 있는 기회는 수업 시간뿐이었다. 특히 금요일 수업을 손꼽아 기다렸다. 팝송으로 영어를 배우는 날이어서였다. 사이먼 앤드 가펑클, 비틀스, 카펜터즈, 아바…… 손영희가 가장 좋아하는 그룹, 에어 서플라이도 있었다. 감미로운 멜로디와 깨끗한 보컬이 절묘하게 어우러진 우아하고 서정적인 노래를 듣자마자 홀딱 빠지고 말았다. 그룹 이름마저도 신비로웠다.

"공기 공급? 공기처럼 신선한 노래라는 뜻인가예?"

누군가 물었다.

"그라믄 산소 공급이라 케야지."

또 누군가 대꾸했다.

"에어는 분위기라는 뜻도 있다."

명숙의 말에 모두 고개를 끄덕였다. 반에서 영어 성적이 가장 좋았으니까.

"멜로디라는 뜻도 있다."

손영희가 말했다.

라디오에서 주워들은 것이었다.

"영희 말이 맞다. 아름다운 멜로디를 선사하겠다는 취지가 담긴 이름이다."

영어 선생이 말했다. 손영희를 향해 미소 지으며.

손영희는 하늘을 나는 기분이었다. 다정한 미소, 뜻이 통한 사람들끼리 나눌 법한 의미심장한 눈빛, 같은 편이라고 말하는 듯한 표정. 무엇보다 영어 선생이 자신의 이름을 기억하고 있다는 사실이 놀랍고 기뻤다.

누가 짝사랑이라고 했던가. 해가 낮에 뜨는 별이라면 달은 밤에 뜨는 별이니 해가 달의 백일몽이면 달은 해가 꾸는 꿈. 달에게 해가 특별한 별이라면 해에게도 달은 특별한 별. 시간이 멈춘 듯했다. 시간을 영원히 멈춰 세워 영어 선생의 미소 곁에 한없이 머물고 싶었다.

"지 콘사이스에는 그런 뜻이 없는데예?"

이것은 명숙의 볼멘소리.

"여 다 나와 있다."

영어 선생이 교탁 위에 있던 책을 집어 들며 말했다. 『이달의 팝송』. 영어 선생이 잡지를 흔들자 책장 사이에 접혀 있던 사진이 좌르르 펼쳐졌다. 에어 서플라이의 브로마이드였다. 영어 선생도 에어 서플라이를 좋아하는 게 틀림없었다. 브로마이드 때문에 잡지를 샀겠지. 손영희는 고백이라도 받은 것처럼 가슴이 두근거렸다.

그날 수업이 끝나자마자 읍내에 하나뿐인 서점으로 달려간 것은 에어 서플라이의 브로마이드를 손에 넣기 위해서였다. 하지만 다 팔렸다는 말에 빈손으로 돌아서야 했다. 브로마이드를 손에 넣은 것은 학교에서였다. 정확히는 미술 실기실. 미술실 청소는 당번 몫이었다. 청소라기보다는 형벌(흰 면장갑을 낀 미술 선생의 손에 한 점의 먼지도 묻어나면 안 됐다)에 가까웠다. 미술실 한구석의 탁자를 걸레로 박박 닦다 손영희는 문제의 잡지를 발견했다. 뜻밖이었다. B사감이 팝송을 좋아할 리 없는데. 특별한 근거는 없었다. 싫어하는 사람과 취향이 같을 리 없다는 막연한 거부감 때문이었다.

더 의아스러운 것은 꽃병 옆에 놓인 카세트테이프였다. 사이먼 앤드 가펑클, 비틀스, 카펜터즈, 아바, 에어 서플라이의 노래가 녹음된 테이프. 영어 선생의 것이 왜 여기에? 불쾌한 수수께끼였다. 여우 같은 B사감이 빌려달라고 아양을 떨었을 거야. 손영희, 아니 손영희의 자존심이 내린 결론이었다.

적은 분명해졌다. 잡지에서 에어 서플라이의 브로마이드를 뜯어낸 것은 일종의 복수였다. 짜릿했다. 아무리 사소하고 보잘것없더라도 복수란 그토록 황홀한 것. 하지만 복수의 황홀경에서 깨어나자마자 비참한 기분에 사로잡혔다. 시궁창에 처박힌 것 같았다. 복수의 날카로운 칼에는 칼집이 없다. 복수의 칼을 거둔 자존심이 피를 흘리고 있었다. 복수가 '찌질'할수록 더욱 그러하다. 뒷일도 걱정이었다.

고민 끝에 손영희는 서점으로 달려갔다. 잡지를 새것으로 바꿔놓을 요량이었다. 다행히 그날만큼은 잡지가 남아 있었다. 그런데 바꿔치기할 기회를 좀처럼 잡지 못했다. 미술실은 잠겨 있을 때가 많았고 그나마 열려 있을 때는 미술부 애들이 지키고 있었다. 다음 당번 때까지 기다려야 할 판이었다.

다음 미술 시간에도 손영희의 마음은 미술실을 기웃거리고 있었다. 미술 선생이 불렀을 때 얼른 대답하지 못한 것은 그 때문이었다.

"정신 챙기고 앞으로 나온나."

미술 선생이 교단 위에 의자를 갖다 놓으며 말했다.

"네?"

"여 앉아라. 오늘은 니가 모델이다."

"지는예?"

"니는 지난 시간에 그렸잖아. 어차피 다른 사람 앉혀놔도 니를 그릴 꺼 아이가."

손영희는 차라리 잘됐다 싶었다. 어차피 그림이 손에 잡히지 않을 테니 가만히 앉아 묘안을 짜내는 편이 나았다.

모델로 앉아 있다는 사실이 집중을 방해한 탓일까. 뾰족한 수는 떠오르지 않고 표정만 뾰족해졌다. 내리깐 눈, 좁혀진 미간, 꽉 다문 입. 반 아이들의 그림 속에서 손영희는 고집스러워 보였다. 툭 불거진 광대뼈가 특히 거슬렸다. 마음에 드는 그림이 한 점도 없었다. 반 아이들 모두 자신을 미워하는 것은 아닐까 하는 의심이 들 지경이었다. 특히 미술 선생이 칭찬한 그림은 최악이었다. 있지도 않은 팔자주름을 강조해서 30년 뒤의 세상에서 온 거울을 들여다보는 듯했다. 당장 달려가 찢어버리고 싶었다. 미술 선생이 그것을 교실 뒤에 붙였을 때는 아연

실색하지 않을 수 없었다. 브로마이드 사건 때문에 복수하는 걸까. 그러지 않고서야!

결국 그 그림이 화근이었다. 벽에 붙은 초상화를 본 영어 선생이 그림의 주인공을 단박에 알아맞혔을 때 손영희는 하늘이 무너지고 땅이 꺼지는 기분이었다.

"실물보다 낫네."

영어 선생이 무심코 덧붙인 한마디에 손영희는 파리해졌다. 저주에라도 걸린 듯 그림 속 얼굴을 급속히 닮아갔다. 팔자주름이 생기를 앗아갔고 입은 흉하게 일그러졌으며 광대뼈는 도드라졌다. 한순간에 30년이 흘러갔다. 저주받은 영혼, 상처받은 자의 얼굴이었다. 억울한 일을 당한 것처럼 볼이 화끈거리고 눈시울이 뜨거워졌다.

눈물을 비치지 않을 수 있었던 것은 배신감 덕분이었다. 배신감에 심장은 차가워졌다. 차가워진 심장은 미술실에서 발견한 잡지와 테이프에 대해 전혀 다른 진실을 들려주었다. 어쩌면 영어 선생이 미술 선생한테 빌렸던 것인지도 몰라. 아니, 미술 선생한테 선물한 것인지도. 아이들 말대로 제자와의 '썸씽' 때문에 쫓겨 온 게 틀림없어. 태양은 낮에 뜨는 별이 아니라 밤에는 죽는 별이었다. 손영희에게 세상은 이제 영원한 밤이었다.

잡지를 새것으로 바꿔놓을 생각은 접었다. 무엇을, 누구를 위해? 미술 선생이 눈치채든 말든 상관없었다. 차라리 알게 되었으면 싶기도 했다. 배신감을 감안한다면 손영희가 문제의 브로마이드를 아궁이에 던진 것은 당연한 수순이었다. 영어 선생과 관련된 것은 죄다 태워버리고 싶었다. 머릿속 기억까지도.

불쏘시개가 될 뻔한 잡지를 구한 것은 말미에 딸린 해외 펜팔 신청용 왕복엽서였다. 손영희는 화형식을 멈추고 잡지를 펼쳐보았다.

해외 펜팔을 하면 외국인 친구를 사귈 수도 있고, 영어 실력을 쌓을 수도 있고, 외국의 우표, 엽서, 화폐, 인형, 공예품, 레코드, 책, 잡지를 수집할 수도 있고, 해외여행, 유학, 이민의 기회를 만들 수도 있다는 광고에서 눈길을 사로잡은 말은 해외여행이었다. 유학이나 이민은 먼 세상 얘기처럼 들렸지만 해외여행이라면 사정이 달랐다. 수학여행 때 경주에 간 것 말고는 도 경계를 넘어본 적이 없던 손영희의 꿈은 고향을 떠나는 것이었다. 가급적 멀리 가고 싶었다. 낯선 공기 속에서 숨쉬고, 낯선 언어 속에서 침묵하고, 낯선 사람들 속에서 웃고 싶었다. 영어 점수가 가장 높은 것도 그 때문. 마을 사람 모두가 일가친척인, 심지어 집집마다 기르는 누렁이들조차 한 핏줄인 이곳에서 벗어나기 위해서는 영어를 잘하고 볼 일이었다. 해외여행이라는 말만으로도 숨통이 트이는 듯했다. 에어서플라이의 노래를 처음 들었을 때처럼.

왕복 엽서에 미주 지역 여성을 희망한다고 적은 것은 기왕이면 가장 먼 곳, 지구 반대편으로 편지를 부치고 싶어서였다. '대가리에 피도 안 마른 것들이'라는 말을 입에 달고 사는 부친의 서슬 퍼런 검열을 통과하기 위해서는 동성이어야 했고.

왕복 엽서는 엿새 뒤 돌아왔다. 아이오와에 사는 수잔 여사의 주소를 달고서였다. 내심 뉴욕이나 샌프란시스코 같은 대도시를 기대했던 손영희는 실망했다. 시골이라면 지금까지 살아온 것만으로도 충분했다. 유감스럽게도 펜팔은 잡지에 딸린 왕복 엽서로만 신청할 수 있었는데 달랑 한 장뿐이었다. 선택의 여지가 없었다.

펜팔가이드북의 조언대로 손영희는 우리나라에 대한 소개 위주로 편지를 썼다.

"중국과 일본 사이에 위치한 한국은 삼면이 바다로 둘러싸여 있고 사계절이 뚜렷합니다. 봄에는 온갖 꽃이 만발합니다. 여름에는 비가 많이 옵니다. 가을에는 산이 붉게 물듭니다. 겨울에는 눈이 많이 옵니다. 한국의 국화는 무궁화입니다……"

태평양을 건너온 편지를 받았을 때의 기분이란. 펜팔 편지를 보냈다는 애들은 더러 있었지만 답장을 받았다는 소리는 듣지 못했다. 별로 기대하지 않았던 터라 더 기뻤다. 잡지를 들고 아궁이 앞으로 가게 만든 최악의 초상화가, 초상화를 그린 애가, 초상화를 벽에 붙인 B사감이, 초상화가 실물보다 낫다고 한 영어 선생이 고마울 지경이었다. 달에 가면 이런 기분일까. 세상이, 지구가 온전히 자신만을 위해 파랗게 빛나고 있는 것 같았다. 신기하기도 했다. 편지를 쓰기 전까지만 해도 존재조차 몰랐던 사람한테서 온 편지는 신기하다 못해 비현실 적이기까지 했다.

사전을 지팡이 삼아 더듬더듬 해석한 결과에 따르면 수잔 여사는 한국(여사는 '남한'이라고 썼다) 전문가였다. 중국과 일 본 사이에 위치한다는 것은 물론 남과 북으로 갈렸으며 전쟁 (역시 6·25가 아니라 '한국전쟁'이라고 썼다)을 치렀다는 것까 지 알고 있었다. 손영희는 작은 충격을 받았다.

우선 '남한'이라는 단어. 손영희는 한국이 두 개라고 생각해 본 적이 없었다. 한국은 '코리아' 하나뿐이었다. 북한? 북한은 뒷덜미에 들러붙은 혹 같은 것이었다. 뿔 달린 도깨비들이, 빨 간 눈의 괴물들이 사는 곳. 하지만 저쪽이 북한이라면 이쪽은 남한이라고 불러야 논리적으로 맞았다. 수잔 여사가 쓴 대로, 코리아는 두 개였다. 노스코리아, 사우스코리아. 그러니 노스 코리아와 사우스코리아가 맞붙은 전쟁은 '코리안 워'.

남한이니, 한국전쟁이니 하는 생소한 말 때문이었을까. 아 이오와가 훨씬 더 먼 곳처럼 느껴졌다. 지구 반대편이 아닌 우 주의 반대편처럼.

수잔 여사는 작가 지망생이던 맏아들이 한국전쟁에 참전했 다고 적었다. 남한을 방문한 적은 없지만 친구의 고향처럼 친 근하다고, 남한의 젊은이와 편지를 주고받게 돼서 기쁘다고 했다. 친구가 되고 싶다는 말도 했다. 역시 작은 충격이었다.

손녀뻘인데 친구라니. 미국 사람들은 실없는 농담을 잘한다더니. 하지만 진심이 느껴졌다. 글씨가 가지런했다. 허튼소리를 할 사람이 아니었다.

두번째 편지부터는 남한이 아니라 손영희 자신에 대해 썼다. 칠남매의 막내라는 것부터 에어 서플라이를 좋아한다는 것까지. 외국어여서일까. 무슨 얘기든 털어놓을 수 있을 것 같았다. 영어 선생을 좋아했다는 것만 빼고. 문득 동경의 대상은 영어 선생이 아니라 선생이 근무했던 서울이었는지 모른다는 의구심이 들었다. 전에 없던 분별력이었다. 이처럼 생각을 영어로 옮기다 보면 낯선 자신을 발견해서 흠칫 놀랄 때가 있었다. 두 개의 거울을 이용해 비춰보는 뒷모습처럼.

수잔 여사는 정말이지 한국 전문가였다. 겨울이 춥다는 것도 훤히 꿰고 있었다. "부상당하면 피가 얼어붙어" 지혈이 필요 없는 "지옥 같은 추위"라고. 초신Chosin이라는 호수에서의 전투를 아느냐고, 그곳의 추위에 대해 들어본 적 있느냐고 물었다. 초신. 중국말을 쓰는 땅의 지명처럼 들렸다. 6·25전쟁 때 유엔군이 중공까지 치고 올라갔던가? 손영희는 자신의 무지가 부끄럽고 미안했다. 수잔 여사에게도, 수잔 여사의 큰아들에게도 괜히 부끄럽고 미안했다.

수잔 여사는 총에 대해서도 말했다. 카빈이라는 총은 가스 작동 방식인데 추위에 가스가 희박해져 무용지물이었다고 분통을 터뜨렸다. 전문적인 얘기라 손영희는 이해할 수 없었다.

고집불통 맥아더가 젊은이들을 사지로 몰아넣었다는 대목에서는 어안이 벙벙했다. 인천상륙작전으로 우리나라를 구한 맥아더 장군? 노병은 죽지 않고 다만 사라질 뿐이라는 명언을 남긴 전쟁 영웅이? 어른들이 맥아더 장군에 대해, 인천상륙작전에 관해 떠들 때의 분위기가 기억 속에서 또렷했다. 빛나는 눈빛, 감탄의 어조. 이순신 장군에 대해, 명량대첩에 관해 얘기할 때처럼. 누구더라? 당시 미국 대통령. 맞아 트루먼! 어른들은 트루먼이 겁쟁이였다고 혀를 찼다. 맥아더 장군의 말대로 만주에 원자폭탄을 떨어뜨렸다면 모택동도 일본 천황처럼 무조건 항복했을 거라고.

손영희는 아이오와에 대한 얘기가 좋았다. 아이오와는 미국에서 미네소타 다음으로 추운 곳이지만 "총알이 얼지 않도록 입안에 물고 있어야 할" 정도는 아니라고 했다. 눈이 한번 오면 엄청 쏟아진다고 했다. 지붕까지 쌓여 옴짝달싹 못 한 적도 있다는 것이었다. 교회에 가기 위해 굴을 뚫었는데 남편이 방향을 잘못 잡아 술집이 나왔다고 했다. 술집 이름이 '천국'이었단다. 굴 얘기가 나와서 말인데 북한군이 탱크도 지나갈 수 있는 땅굴을 파다 들켰다는 게 사실이냐고 물었다. 베트남전에 참전했던 조카는 땅굴 파기야말로 공산주의자들의 특기라고, 두더지의 발톱을 가진 자들이라고 했단다. 물론 자기 남편이 공산주의자는 아니라는 말도 덧붙였다. 공산주의라면 히틀러한테만큼이나 치를 떠는 사람이라는 말도 잊지 않았다. 참고로 말하자면 남편은 노르망디에 상륙하던 중 엉덩이에 총을 맞고 집에 돌아왔다고 했다.

큰아들은 작가가 되었느냐고 물었는데 답이 없었다. 손영희는 수잔 여사에게 무슨 일이 생긴 게 아닐까 걱정했다. 펜을 들지 못할 만큼 아프거나, 어쩌면 죽었을지도. 칠순이 다 된 노인이었으니까. 그 나이의 노인들은 밥을 먹다가도 화투를 치다가도 촛불이 꺼지듯 영원한 어둠 속으로 건너가버린다. 할머니도 그랬다. 감자를 캐다가, 광주리에 감자를 가득 채우자마자 쓰러졌다. 자신의 인생에는 더 캐낼 게 없다는 것처럼.

답장이 온 것은 다시 편지를 써야겠다고 마음먹었을 때였다. 옥수수 수확을 거드느라 편지 쓸 틈이 없었다고, 답장이 늦어서 미안하다고 했다. 손영희는 가슴을 쓸어내리며 편지를 마저 읽었다. 질문에 대한 답을 기대하면서. 하지만 궁금증은 끝내 풀리지 않았다. "헨리는 아직도 집에 돌아오지 못했어요. 그 아이는 여태 열아홉 살이에요." 큰아들에 관한 얘기는 그게 다였다.

서신 왕래는 해가 바뀌어도 계속되었다. 사진도 주고받았다. 수잔 여사는 가족사진을 보내왔다. 새하얀 2층 목조주택 앞에서 찍은 사진이었다. 남편, 두 아들 내외, 다섯 손주와 함께였다. 수잔 여사는 금발이었고 길쭉했다. 얼굴도, 코도, 귀도, 목도, 다리도 길쭉했다. 세월에도 꺾이지 않는 기품과 세월에 대한 체념이 깃든 길쭉함이었다.

　손영희는 독사진을 보냈다. 셋째 언니의 (결혼 예복으로 읍
내 양장점에서 맞춘) 꽃무늬 원피스를 빌려 입고 찍은 것이었
다. 가족사진은 없었다. 아버지 환갑잔치 때 찍은 게 있긴 했
지만 수가 너무 많아 창피했다. 조카들까지 스물다섯 명. 머릿
수도 머릿수지만 사진에 찍힌 제 표정이 마음에 들지 않았다.
세상에서 가장 불행한 자의 얼굴. 사진사가 '김치'라고 소리칠
때 곱씹은 생각이었다. 체신 공무원 시험에 합격하면 상경하
겠다는 뜻을 아버지한테 내비쳤다 "핵교 졸업하면 얌전히 살
림이나 배우다 시집 가"라는 지청구만 들었던 것이다. 그런데
정작 사진에 찍힌 얼굴은 세상에서 가장 촌스러운 자의 얼굴
이었다. 머리도 옷차림도 촌스러웠다. 아버지는 그 사진을 액
자에 끼워 처마 밑에 내걸었다. 손영희는 사진에서 제 얼굴을
오려냈다. 아버지의 불호령이 두려웠지만 누구도 알아차리지
못했다. 사람들은 제 얼굴을 확인하기 위해 사진을 들여다보
는 법이다.

　수잔 여사는 손영희의 복장에 놀라움을 표시했다. '모던'하
다는 것이었다. 여자들은 모두 흰 저고리에 까만 치마를 걸치
지 않느냐고 물었다. 황당했다. 여기가 북한도 아니고. 손영
희는 텔레비전에서 보았던 북한 여자들, 북한 권력자들의 음
모와 협잡을 다룬 드라마에 출연한 여배우들의 복장을 떠올렸
다. 수잔 여사는 집집마다 전기가 들어온다는 사실에도 깜짝

놀랐다. 램프나 초를 쓰는 줄 알았다는 것이다. 램프라니. 수잔 여사는 남한과 북한을 혼동하는 게 아닐까. 초는 정전이 되거나 등화관제 훈련 때만 사용한다고 썼다.

수잔 여사는 등화관제 훈련에 흥미를 보였다. 폭격에 대비한 훈련이라고 했더니 전쟁이 날까 무섭지 않느냐고 물었다. 손영희는 늘 전쟁이 무서웠다. 어릴 때는 전쟁 꿈을 자주 꿨다. 가족이 모두 죽고 혼자 잿더미 위에서 우는 꿈. 머리가 굵어지면서 뜸해졌지만 지금도 생리 때면 종종 찾아왔다. 수잔 여사에게 꿈에 대해 말할 수는 없었다. 언제부턴가 그 악몽이 부도덕하게 느껴졌기 때문이다. 편지에는 이렇게 적었다. 미군이 버티고 있어서 김일성도 함부로 쳐들어오지 못할 거예요. 편지를 부치기 직전 김일성을 괴뢰군으로 고쳤다.

큰아들에 대해 수잔 여사가 입을 연 것은 작년 서울이 올림픽 개최지로 선정된 직후였다. 일본의 나고야를 물리친 결과였다.

갑자기 수많은 전문가들이 텔레비전에 등장했다. 정치, 경제, 군사, 스포츠, 관광, 통역, 요리. 분야는 달랐지만 한결같이 핏대를 세웠다. 북한, 중공보다 먼저라는 사실에 큰 의미를 부여할 때 정치 전문가의 벗겨진 이마에는 파란(색깔을 식별할 수 있었던 것은 새로 들여놓은 컬러텔레비전 덕분이었다) 힘줄이 돋았다. 경제 효과가 수십 조라고 침을 튀길 때 경제 전문가의 관자놀이에 도드라진 힘줄은 푸르죽죽했다. 1972년 뮌헨 올림픽 때 팔레스타인 무장 단체의 테러로 아홉 명의 이스라엘 선수들이 목숨을 잃은 사건을 거론한 뒤, 올림픽의 성공적 개최를 방해하려는 북한의 도발에 철저히 대비해야 하는데, 특히 축구, 하키 등의 옥외 경기를 노릴 공산이 큰 행글라이더 부대 및 요트, 조정 등 해상 경기를 노릴 가능성이 높은 인간어뢰 부대를 각별히 경계해야 한다고 목소리를 높일 때 군사 전문가의 목은 거미줄처럼 얽힌 힘줄로 푸르뎅뎅했다. 양궁, 사격, 복싱, 유도, 레슬링 등 메달 가능성이 높은 전략종목의 꿈나무를 발굴해 '하면 된다'는 일념으로 훈련시키면 세계 4강의 성적도 가능하다고 열변을 토할 때 스포츠 전문가의 팔뚝에는 푸르스름한 힘줄이 불끈거렸다. 올림픽을 보러 전 세계에서 987,953명의 관광객이 방문할 것이라고 예측할 때 관광 전문가의 턱에 불거진 힘줄은 푸르데데했다. 올림픽 기간 동안 원활한 손님맞이를 위해 32,647명의 통역 자원봉사자를 양성함은 물론 온 국민이 영어는 기본, 제2외국어까지 구사할 수 있도록 외국어 교육에 국운을 걸어야 한다고 거품을 물 때 통역 전문가의 볼은 흥분한 힘줄로 푸르퉁퉁했다. 올림픽은 한식을 세계에 소개할 수 있는 굿 찬스인데, 가장 한국적인 것이 가장 세계적인 것이니 한식의 세계화를 위해서는 양식과 어설프게 믹스하는 쪽보다 오리지널리티를 추구하는 데 포커스를 맞춰 통일신라부터 대한제국까지 역대 다이너스티의 요리법을 연구

개발해야 한다고 역설할 때 요리 전문가의 귓불에 돋을새김된 힘줄은 푸르무레했다.

손영희는 통역 전문가의 말에 귀가 솔깃했다. 통역 자원봉사자. 32,647명 중 한 명으로 뽑히면 아버지도 서울행을 막지 못하리라. 손영희는 영어 공부에 더 매달렸다. 방향은 살짝 바꿨다. 문법보다는 회화에 더 신경 썼다. 캔 아이 헬프 유? 외국인에게 길을 안내하는 꿈을 심심찮게 꿨다.

"정말 자랑스러워. 헨리가 살아 있다면 아주 기뻐했을 거야."

올림픽 개최에 대한 수잔 여사의 반응이었다. 아들의 죽음이 헛되지 않아 다행이라고 운을 뗀 뒤 큰아들에 대해 작심한 듯 얘기했다.

"헨리는 특별한 애였어. 가을 햇살처럼 섬세한 아이였지. 내가 얘기했나? 이곳의 가을은 정말 근사해. 천국이 따로 없지. 아침에 현관문을 열고 나가면 밤새 새로 태어난 세상을 마주하는 기분이야. 간밤에 하느님이 새로 세상을 빚은 것처럼. 매일매일이 눈부시지. 길고 지루한 겨울이 오기 전에 만물이 마지막 생명의 불꽃을 태우는 게 역력해. 샛노랗게 이를 악무는 옥수수 알갱이 속에서, 빨갛게 얼굴 붉히는 단풍나무 잎 속에서, 기를 쓰고 파래지는 하늘의 가장자리에서, 고요하게 단단해지는 사슴의 뿔 속에서, 샘물처럼 차가워지는 공기 속에서. 만약 내가 당장 죽는다면 묘비에 이렇게 적도록 할 거야. 일흔 두 번의 가을을 즐겼다."

수잔 여사의 글은 그녀가 즐겼다는 계절만큼이나 아름다웠다. 특히 '샘물처럼 차가워지는 공기'라는 대목이 마음에 들었다. 그런 느낌이라면 손영희도 잘 알았다. 에어 서플라이의 노래가 귓가에 울려 퍼질 때의 느낌.

"한번은 헨리가 뜨거운 햇빛 속에서 우물을 물끄러미 들여다보고 있었지. 뭘 그리 보고 있느냐고 물었더니 이랬어. 엄마, 물이 타올라. 내가 다시 물었지. 물이 어떻다고? 아이가 또박또박 대답했어. 엄마, 물이 타올라. 헛것을 보거나 말실수하는 게 아니라는 것을 나는 알았지. 그 아이의 눈빛. 침착하면서도 꿰뚫는 듯한 눈빛. 우물이 아니라 우물 너머의 세상을 보고 있는 듯했어. 이해할 수 있겠어? 헨리는 물에서 불을 보고 삶에서 죽음을 보는 아이였던 거야. 어떻게 확신하느냐고? 내가 그랬으니까. 하지만 남편은 헨리의 섬세함을 이해하지 못했어. 심지어 못마땅해했지. 보이는 그대로 믿는 사람, 물은 물이고 불은 불인 사람이었으니까. 단순하지만 당나귀처럼 성실한. 술에 취할 때마다 남편은 고양이처럼 속을 알 수 없는 녀석이라고 구시렁댔지. 헨리가 들어본 적도 없는 나라의 전쟁에 뛰어들겠다고 했을 때야 남편은 손을 내밀었어. 이렇게 말하면서. '내 아들.' 마치 아들이라는 사실을 깜박하고 있었다는 듯. 나는 말렸어. 당나귀는 좋은 군인이 될 수 있지만 고양이는 그렇지 않으니까. 하지만 헨리는 물러서지 않았어. 전쟁을 겪어봐야 진짜 작가가 될 수 있다며. 포크너, 피츠제럴드, 헤밍웨이처럼. 헨리는 삶을 보기 위해 죽음 속으로 뛰어든 거야."

손영희가 아는 이름은 헤밍웨이뿐이었다. 『노인과 바다』라는 소설로 노벨문학상을 받은 미국 작가. '노인'도 헤밍웨이도 폐병과는 무관하다는 것이 소설과 작가에 대해 아는 전부였지만.

수잔 여사는 헨리의 죽음에 대해서도 얘기했다.

"처음에 그들은 헨리가 실종됐다고 했어. 초신 호수 전투, 뉴스위크가 '진주만 피습 이후 사상 최악의 패배'라고 기록한 바로 그 전투에서. 나중에는 전사했다고 말을 바꿨지. 하지만 헨리의 시신은 여태 돌아오지 못했어. 죽은 병사들을 두고 온 거야. 얼어붙은 전장에. 열 배가 넘는 중공군의 포위망을 뚫기 위해 어쩔 수 없었다고 했지. 나는 알고 싶었어. 헨리에게 대체 무슨 일이 일어났는지. 하지만 아무도 대답하지 않았어. 한국전쟁에 대해서라면 모두 입을 다물었지. 이상한 일이야. 베트남전에 대해서는 다들 한마디씩 하는데 한국전쟁이라면 아무도 입을 열지 않아. 헨리를 잃은 뒤로 나는 남편을 미워하지 않게 해달라고 기도하러 교회에 갔어. 기도를 하다가 문득문득 궁금했어. 정말로 들어본 적도, 만나본 적도 없는 사람들의 자유를 지키기 위해 우리의 아들들을 그곳에 보냈는지. 동봉한 책을 읽기 전까지는 말이야. 지난주에 헨리의 비석을 세웠어. 1차 세계대전에 참전했던 할아버지 곁에. 이런 글귀와 함께. '열아홉 번의 여름을 즐겼다.' 헨리가 총이 손에 들러붙어 항복은 꿈도 꿀 수 없었다던 혹한 속에서 눈감은 게 가슴 아파. 유난히 추위를 타는 아이였거든. 아이에게 한 가지 선물을 할 수 있다면 여름을, 그 애가 좋아했던 여름을 주고 싶어."

헨리를, 헨리의 죽음을 기억해달라고, 잊지 말아달라고 부탁하며 수잔 여사는 편지를 마쳤다.

수잔 여사가 보낸 책은 초신 호수에서 살아 돌아온 병사의 회고록이었다. 책갈피에 사진이 한 장 끼워져 있었다. 사진의 주인공이 누구인지 알아채는 것은 어렵지 않았다. 철모와 군복도 수잔 여사에게 물려받은 특징을 감추지 못했던 것이다. 기름한 얼굴, 꿈꾸는 듯한 눈빛, 눈 밑의 주근깨…… 머리를 깎고 입대한 수잔 여사를 보는 듯했다.

손영희는 헨리의 얼굴을 오려 수잔 여사의 가족사진에 붙였다. 수잔 여사 바로 곁에. 그리고 곧장 답장을 썼다. 만나본 적도, 들어본 적도 없는 사람들의 자유를 위해 꽃다운 젊음을 바친 헨리의 고귀한 희생을 절대 잊지 않겠다고, 죽는 날까지 기억하겠노라고.

초신 호수는 개마고원에 있는 장진호의 일본식(한국전 당시 미군이 사용한 지도는 일본이 제작한 것이었다) 발음이었다. 하지만 초신 호수가 장진호라는 사실이 모든 것을 설명해주지는 않았다. 6·25전쟁에 참전했다는 어른들조차 압록강을 향해 진격하던 유엔군이 중공군의 인해전술에 밀려 흥남 부두까지 후퇴했다는 것 이상은 몰랐다. 장진호 전투는 한국에서도 잊힌 역사였다.

한 문장 해독하는 데만 사전을 서너 번은 들춰봐야 하는 실력이었지만 손영희는 수잔 여사가 보내준 책을 끝까지 읽기로 결심했다. 포기하고 싶은 순간이 적지 않았다. 영어의 벽도 벽이지만 병사들이 겪었던 무시무시한 추위와 두려움을 읽는 것이 고통스러웠다. 그때마다 헨리를 기억하겠다고 한 약속을 떠올렸다. 여섯 달의 대장정 끝에 마지막 페이지를 마주한 것은 어제였다.

"하루에도 수십 번 죽음이 내 이마를 비껴간 그 17일 동안 나는 입이 얼어붙지 않도록 쉬지 않고 중얼거려야 했다. '내 비록 어둠의 골짜기를 간다 해도 재앙을 두려워하지 않는 것은 주께서 나와 함께 있기 때문이다.' 아들이 당시의 내 나이가 된 지금도 겨울이 오고 북쪽에서 한기가 몰려올 때면 나도 모르게 그때의 기도를 중얼거린다."

마지막 문장을 읽은 뒤로 손영희의 머릿속은 수잔 여사에게 편지를 써야겠다는 생각뿐이었다. 책을 다 읽었다는 사실을 한 시라도 빨리 알리고 싶었다.

손영희는 졸음을 몰아내기 위해 머리를 흔들며 연습장을 펼쳤다. 수잔 여사에게 보낼 편지의 초안을 쓰기 위해서였다. 유독 조용한 밤이었다. 전화선들도 잠잠했다.

"언니야, 요번 스승의 날에 영어 쌤 보러 갈까?"

화장실에 다녀온 정숙이 자리에 앉으며 말했다.

정숙은 고등학교 후배로 올 초에 들어온 신입이었다. 한 조가 되어 격일로 24시간 붙어 있다 보니 수다도 많이 떨었다. 영어 선생이 전근 온 것은 처의 폐결핵 때문이라는 것도, 이제는 건강을 회복했다는 것도 정숙을 통해 알게 되었다. 영어 선생이 이번 학기를 마치면 서울의 학교로 돌아간다는 소식 역시.

"글쎄."

말은 그리 했지만 손영희의 눈은 벽에 걸린 달력을 흘깃거리고 있었다.

"이번이 마지막 기회다. 스승의 날 아이모 무신 핑계로 보겠노?"

"생각 좀 해보고."

"쥐 죽은 거맹키로 조용하네."

"반상회가 늦어지나?"

"왔다!"

정숙이 기다리던 전화가 온 것처럼 반색했다.

"황 순경 아냐?"

"언니!"

정숙이 손영희를 흘겨보며 헤드셋을 머리에 썼다. 황 순경은 가끔 우체국으로 전화를 걸어와 정숙을 찾았다. 하지만 지난달 애인이 닭 서리를 하다 붙들린 뒤 정숙은 황 순경 얘기만 나오면 질색했다. 신고했던 닭 주인도 마음을 바꿔 선처를 호소했지만 황 순경이 엄정한 법 집행 운운하며 기어이 의령경찰서로 넘긴 것이다.

"궁지우체국임다…… 몇 번이예? 178번예?"

벽에 걸려 있는 시계의 바늘은 8시 55분을 가리키고 있었다. 아이오와는 열네 시간 늦으니 새벽 6시 55분이겠지. 손영희는 헤드셋을 머리에 쓴 뒤 연습장에 '내 친구 수잔 여사에게'라고 적었다.

숙직실에서 우체부 손길태가 추리닝 바람으로 나온 것은 인사말을 쓰고 있을 때였다. 'How are you? I am fine.'

"이 무신 소리고?"

"예?"

정숙이 헤드셋을 벗으며 물었다.

"희야, 니도 못 들었나?"

손길태가 손영희를 돌아보며 물었다. 손길태는 육촌 오빠였다.

"무신 소리예?"

손영희도 되물었다.

"희안하데이. 아덜이 폭죽 터뜨리는 것맹키로 따닥, 카는 소리가 났는데."

손길태가 출입구로 걸어가며 중얼거렸다.

"황, 황 순경."

손길태가 화들짝 놀라며 주춤 물러섰다. 우체국에 들어선 사내는 황 순경이 틀림없었다. 소총을 든 채였고 총구는 손길태를 향하고 있었다. 손영희는 제 눈을 의심하지 않을 수 없었다.

"황 순경, 이기 무신……"

손길태는 말을 채 마치기도 전에 쓰러졌다. 황 순경의 손에 들려 있던 소총에서 폭죽 터지는 소리가 났다. 곁에 앉아 있던 정숙이 책상 위로 고꾸라질 때 손영희는 직감했다. 이게 끝이 아니라 시작이라는 것을.

손영희는 부들부들 떨리는 손으로 전화선 한 가닥을 집어 교환기 맨 위쪽 구멍에 꽂았다. 아부지, 제발. 부친이 화를 입기 전에 구조를 요청하기를, 자신이 아버지의 말을 어머니에게 그대로 옮긴 것처럼 그 한 가닥의 전화선이 부친의 구조 요청을 고스란히 전해주기를 간절히 바라면서. 손영희가 재미삼아 '아이오와'라고 부르던 그 구멍은 이웃한 대평면우체국을 호출하는 회선이었고 부들부들 떨며 집어 든 전화선은 자신의 집 전화기에 연결된 것이었다.

다시 폭죽 소리가 들리는 것과 동시에 손영희는 목에 타는 듯한 통증을 느꼈다. 목에서 뭔가가 쿨럭쿨럭 쏟아졌다. 책상 위에 떨어진 것은 피였다. 피는 흩어지지 않고 엉겨들었다. 쏟아지는 물이 아니라 타오르는 불처럼. "엄마, 물이 타올라."

그 말을 이해할 수 있을 것 같았다. 피 웅덩이 위로 헨리의 얼굴이 떠올랐다. 손영희가 본 마지막 세상은 32년 전 개마고원의 한 호숫가에서 전사한 벽안의 병사였다. 수잔 여사, 죽을 때까지 아드님을 기억할게요. 손영희는 약속을 지켰다.

3. 정직·질서·창조·책임·본분·분수·주인의식·가정교육·국민 화합

"손 양 있나?"

황 순경의 목소리가 들려왔을 때 손백기(59·남)는 사흘째 태업 중인 대장과 씨름 중이었다. 어둡고 냄새 고약한 그곳은 팔촌 형네 뒷간이었다. 아랫배가 쿨렁거리는 기미가 느껴지자 마자 팔촌 형과의 중차대한 담판을 끊고 달려왔으나 영 소식이 없었다. 넘의 집 벤소여선가.

손백기는 미간을 찌푸렸다. 낯을 가리는 항문 때문이 아니었다. 카랑카랑한 목소리의 주인공 때문이었다. 입만 열었다 하면 "이놈의 촌구석"이라고 뇌까리는 방자한 말본새부터 어른들 앞에서도 반말을 서슴지 않는 불손한 태도까지 마음에 드는 구석이라고는 찾아볼 수 없는 작자였다. 하긴, 첫인상부터 '파이'였지.

황 순경을 처음 본 것은 작년 초겨울 궁지지서 부임을 환영하는 술자리에서였다. 지서에 새 식구가 오면 마을 유지급 남정네들이 과붓집 막걸리를 머리꼭지까지 채워주는 게 관례였다. 민과 관의 우호와 협력을 증진하기 위한 아름다운 풍습이었다.

황 순경의 첫인상은 차돌 같았다. 차돌이되 근육을 공들여 가꾼 차돌이었다. 근육이라는 가외의 피부를 온몸에 덧댄 듯했다. 얼굴조차 근육질이라서 입을 꾹 다물고 있는데도 볼과 턱의 힘줄이 서로 주먹질하듯 실룩거렸다. 근육질의 새끼 순경은 막걸리를 넙죽넙죽 잘 마셨다. 술로 입 주변의 근육이 말랑말랑해지자 말이 많아졌다. 해병대의 특등사수였다. 청와대를 지키던 몸이었다. 각하께서 어깨를 두드려줬다. 자랑질이 이만저만이 아니었다. 어린놈이 어디서 싸구려 약을 팔아. 손백기는 코웃음을 쳤다. 호랑이는 하룻강아지를, 프로는 아마추어를 한눈에 알아보는 법. 허풍임이 분명했다. 그러고 보니 메기처럼 '주디'가 톡 튀어나온 것이 딱 무면허 약장수, 영혼 없는 구라쟁이의 상이었다.

새끼 순경의 허풍은 디테일이 꽝이었다. 구라의 품격을 결정하는 것은 디테일. 구라에 혼을 불어넣는 것도 깨알 같은 디테일. 하느님은 아담의 뼈가 아니라 아담의 갈비뼈로 이브를 빚으셨다지. 갈비뼈! 이러니 믿지 않을 도리가 없지. 믿습니다, 아멘. 프로는 이렇게 말하지. 해병대 역사상 다섯 손가락 안에 드는 특등사수였습니다. 수고가 많다며 각하께서 오른쪽 어깨를 두 번이나 두드려주셨지요. 디테일의 마술에 빠삭한 손테일, 아니 손백기는 자타가 공인하는 궁지면의 타고난 이야기꾼, 거부할 수 없는 매력의 재담가, 못 말리는 빅마우스, 가십에 빠삭한 소식통이었다. 새끼 순경의 입 주변 근육이 말랑말랑해지기 전까지만 해도 술자리의 주연이 손백기였음은 당연한 일.

그런데 이런 말도 안 되는 일이? 관과 우호·협력을 다지기 위해 나온 민의 대표들, 궁지면에서 방귀깨나 뀐다는 남정네들이 새끼 순경이 늘어놓는, 밥상머리 방귀보다 듣기 민망한 허풍질에 넋이 나가 있는 게 아닌가. 마이크를, 스포트라이트를, 무대를, '나와바리'를 빼앗긴 손백기는 애먼 막걸리만 들이켰다. 낯은 붉으락푸르락 속은 화끈화끈, 목구멍을 내려가는 게 막걸린지 불덩인지 분간할 수 없었다.

언제부터 이토록 저럼한 구라가 사람들의 귀를 현혹했던가? 아침에 혼이 실린 구라를 들으면 저녁에 죽어도 좋다는 구라계의 도는 어디로 갔단 말인가? 궁지면 토크계의 호랑이 손백기는 굴러 들어온 하룻강아지를 잡아먹을 듯 노려보았다. 설령 나라를 구했어도 공을 스스로 떠벌리지 않고 남이 떠들도록 유도하는 것이 구라 군자의 도리이거늘! 당장 그입을, 주디를 닥쳐라. 하지만 손백기는 흉중의 말은 한마디도 못한 채 소화불량 환자처럼 끅끅거리기만 했다. 인정하고 싶지 않았으나 새끼 순경의 독무대였다.

민과 관의 선린을 위해 참고 참던 손백기도 노루의 귀를 맞췄다는 대목에서는 잠자코 있을 수 없었다. 구라에도 상도의가 있는 법이거늘. 달리는 노루의 귀라니! 듣자 듣자 하니 약이 아니라 뽕을 팔아?

손백기는 분연히 일어섰다.

"어디 가시게?"

이장이 물었다. 이장은 손백기의 육촌 동생이었다.

"자연의 부름을 받았네."

대놓고, 직접적으로, 노골적으로 얘기하지 않고 에둘러 표현하는 것이 구라 군자의 화법. 손백기가 점잖게 대꾸했다. 하지만 말투에는 노기가 서려 있었다. 손백기는 과붓집을 나서며 고개를 절레절레 흔들었다.

과붓집에는 화장실이 따로 없었다. 가게 뒤편의 광활한 산기슭이 화장실이었다. 손백기는 지퍼를 내리고 거시기를 꺼내다 화들짝 놀랐다. 새끼 순경이 어느새 곁에 서 있는 게 아닌가. 깜짝이야. 헛기침이라도 할 것이지. 쥐도 새도 모르게, 유령처럼 쓱 나타나는 것 또한 못마땅했다.

험, 험, 험. 손백기는 차선 바꾸는 차 깜박이 넣듯, 출발하는 기관차 경적 울리듯 헛기침을 세 번 하고서야 볼일을 보기 시작했다. 오줌 줄기가 달빛을 가르며 시원스레 뻗어 나갔다. 장타자의 티샷처럼 호쾌한 오줌발이었다. 막걸리를 들이부은 보람이 있었다. 들어간 만큼 나온다. 오줌발은 정직했다.

새끼 순경도 수문을 열었다. 에구구. 오줌발이 의외로 짧았다. 손백기의 오줌이 대포라면 새끼 순경의 오줌은 소총이었다. 역시 패기보다는 관록이요 연륜이었다.

"젊은 사람이……"

손백기는 뒷말을 생략했다. 승자의 아량이요 군자의 겸양이었다. 다만 자신을 대신해서 이 기념비적 장면을 세상에 널리 알릴 증인이, 구경꾼이 없다는 게 아쉬울 뿐. 달리는 노루의 귀를 맞혀? 그럼 나는 달리는 노루의 거시기를 맞힌다. 아무렴. 손백기는 속으로 콧노래를 불렀다. 술자리에서의 굴욕은 씻은 듯 사라졌다.

콩 볶는 듯 날카로운 소리가 봄밤의 정적을 깨뜨렸다. 콩 볶는 소리는 아니었다. 이 밤에 콩을 볶을 리 만무했다. 아낙네들은 문간방에 모여 여자들만의 쑥덕공론에 열을 올리고 있었다. 언제나 그래왔듯 남정네들 험담을 늘어놓고 있을 터. 귀가 간지럽지 않은 걸 보니 오늘 밤은 쑥덕공론의 화살을 피한 모양이었다. 험담이라니. 그 무렵, 손백기는 동네 아낙네들의 칭송을 한 몸에 받고 있었다. 다음 주에 떠날 여행 덕분이었다.

제주도 여행의 씨앗이 뿌려진 것은 4년 전 추수가 끝난 직후였다. 과붓집에서 막걸리를 마시다, 새로 일 벌이는 것에 남다른 열정과 재능을 지닌 손백기가 단풍 구경을 제안하자 누군가 단풍은 설악산이라고 추임새를 넣었는데, 또 다른 누군가 산은 한라산이라고 어깃장을 놓는 바람에, 설악산파와 한라산파로 갈려 옥신각신하다가, 과붓집 주인이자 주방장이자 지배인이자 종업원이자 명예고객인 서귀포댁이 한라산에는 가봤느냐고 묻는 통에 승세가 급격히 설악산파로 쏠리는 듯했지만, 승기를 거머쥔 설악산파마저도 무엇 때문인지 눈을 내리깐 채 막걸리만 홀짝거려 분위기가 침울해졌을 무렵, 분위기 다운되는 것을 체질적으로 견디지 못하는 손백기가 "까이 것, 우덜도 함 가보자, 제주도!"라고 소리치자 누군가 "배멀미 가 심한데……"라고 중얼거렸고 또 다른 누군가 "이참에 비행 기 한번 타보입시더"라고 바람을 잡는 바람에 부부 동반 제주 도 여행을 위한 친목계가 탄생했다.

바야흐로 역사적 이륙을 앞두고 있었다. 열다섯 쌍이 떠나 는 대규모 여행이었으니 마을 전체가 들썩일 만했다. 특히 아 낙네들은 옷을 새로 장만한다, 머리를 만진다, 야단법석이었 다. 부산을 떠는 와중에도 제주도 여행 창안자에 대한 칭송은 잊지 않았다. 하곡리의 굴뚝에서 연기가 피어오르기 시작한 이래 가장 오랜 시간 동안 아낙네들의 입방아에 오르지 않는 기록을 갱신하고 있는 남정네가 있었으니 바로 손백기였다.

구라계의 군자, 손백기도 뜻밖의 팬덤이 싫지만은 않았다. 마을 여론 주도층의 폭발적 지지를 감안하면 종신 이장도 가 능할 듯했다. 동네 사람들이 등을 떠밀면 못 이긴 척 수락할 용의도 있었다. 이미 이장직을 맡은 적이 있지만 다시 하면 안 된다는 법은 없었다. 감투 수집은 손백기의 소박한, 하나뿐인 취미였다. 하지만 재작년 임기를 마친 면장 경력이 걸림돌이 었다. 중대장에서 물러나 소대장 되는 꼴이 아닌가. 면장 감 투 쓴 것을 뼈저리게 후회했지만 부질없었다. 그때로 돌아간 다 해도 면장 감투를 물리치지 못했을 터. 그놈의 인기가 뭔 지, 손백기는 공연한 잡념에 에너지를 낭비하고 있는 셈이었다. 한낮의 보름달이요 밤에 뜬 무지개가 아닐 수 없었다. 이처럼 인기는 길에서 주운 목돈과 같아서 자꾸만 실눈으로 뒤를 돌아보게 만든다.

 팔촌 형네 뒷간에 쭈그리고 앉아 있는 손백기에게 돌아가자. 콩 볶는 듯한 소리에 놀란 손백기는 최소한의 조명 확보와 원활한 호흡을 위해 살짝 열어둔 문틈으로 밖을 내다보았다. 어둠 속에서 비명이 들려왔다. 콩 볶는 소리만큼이나 짧고 날카로웠다. 동네 남정네들 험담하는 소리가 아님은 분명했다.
 바깥의 어둠이 차츰 눈에 익었으나 사태의 전모는 여전히 어둠에 묻혀 있었다. 어둠도 어둠이지만 집 안에서 벌어지는 상황을 파악하기에 너무 멀리 떨어져 있었다. 처가와 뒷간은 멀수록 좋다는, 재래식 건축 양식의 결과였다.
 어둠은 두려움을 거둬 먹이는 유모. 손백기의 머리에 콩 대신 총이라는 단어가 불현듯 떠올랐다. 손백기는 관례에 따라 정기적인 막걸리 및 용돈 공급으로 다져놓은 민관 우호와 협력의 미덕을 믿고 싶었으나 콩을 볶는데 비명을 지를 리 만무했다. 콩이 아니라 총이 틀림없었다. 민중의 지팡이가 민중을 향해 삿대질도 아니고 총질이라니! 노인의 목소리를 내는 갓난애, 갓난애처럼 떼쓰는 노인에게 느낄 법한 공포, 자연의 순리를 거스르는 초자연적 현상에 대한 두려움이었다.
 손백기는 뒷간 문을 꽉 닫았다. 완전한 어둠. 관 속에 갇힌 기분이었다. 잠시 후 장지문을 거칠게 여닫는 소리가 들렸다. 손백기는 움찔했다. 냄새 나는 완전한 어둠 속에서 부들부들 떨었다. 황 순경이 뒷간 문을 벌컥 열 것 같았다. 새끼 순경이 자신을 죽이러 온 것만 같았다. 공포라는 짐승은 판단력이라는 풀만 뜯는다. 판단력이라는 풀만 뜯는 공포라는 짐승이 싸지른 망상, 외로운 어둠이 숙성시킨 완전한 망상이었다.

지구가 얼마나 돌았을까. 우당탕 하는 소리가 들리는가 싶다가 잠잠해진 것은 엉덩이 밑 검은 구멍으로 숨는 것을 심각하게 고려할 즈음이었다. 손백기는 귀를 쫑긋 세웠다. 아무 소리도 들리지 않았다. 그래서 더 무서웠다.

손백기에게 한 포기의 판단력만 남아 있었다면(황 순경이 분명 '손 양'이라고 소리친 데다, 백보 양보해서 '손가'라고 잘못 들었더라도 하곡리 주민의 99퍼센트가 손가였으니) 자신을 죽이러 왔다는 터무니없는 망상에 사로잡히지 않았을 테지만 덩치 큰 초식동물이 그러하듯 공포는 더 먹을 게 없을 때까지 입을 놀리는 법이다. 새끼 순경이라 불러서 앙심을 품은 걸까? 구촌 질녀와의 결혼을 반대해서? 그렇다고 총질을? 저 비현실적이고 초자연적인 현상을 설명하기에는 아무래도 역부족이었다.

순간 손백기의 입에 물려 있던 담배가 엉덩이 밑의 새까만 어둠 속으로 떨어졌다. 뇌리를 스친 유력하고 그럴듯한 망상 때문이었다.

오늘 낮 손백기는 이웃한 대평면 평천마을 새마을 진입로 준공식에 참석했다. 사돈이 논을 산 것마냥 속이 쓰렸다. 새마을 진입로는 궁지면의 숙원 사업이자 손백기의 꿈이었으니 그럴 만했다. 면장이 된 것도 상곡리 저수지 주변을 유원지로 조성하겠다는 큰 그림을 펼치기 위해서였다. 오리배를 띄우고 공중관람차와 회전목마를 설치하면 관광객이 벌 떼처럼 모여들 것이었다. 관광객의 주머니에서 나온 돈은 중곡리와 하곡리까지 흘러내릴 터. 누이 좋고 매부 좋은 일이 아니고 무엇이랴!

면장이 되자마자 황톳길을 2차선 포장도로로 바꾸기 위해 소매를 걷어붙였음은 물론이다. 하곡리에서 상곡리까지의 길은 취객의 걸음걸이마냥 오락가락했다. 첩첩한 산자락과 구불구불한 개천 때문이었다. 지도에 시원스런 직선을 그려 넣고 싶은 마음이 굴뚝같았지만 그러자면 산을 깎고 물길을 바꿔야 했다. 손백기의 수중에는 그만한 펜이 없었지만 마음을 움직일 혀가 있었다. 직선은 아니더라도 커브를 최대한 완만하게 만들기 위해 땅 주인들을 찾아다니며 설득했다. 경제 효과가 몇억이다. 오리배만 띄우면 자식들 학비 걱정은 붙들어매도 된다. 길이 반듯해야 번듯한 인물이 나온다. 동분서주 끝에 손백기는 대부분의 땅 주인한테서 도장을 받아냈다. 그놈의 구멍가게만 아니었다면 오늘 낮에 대평면 평천마을 입구가 아니라 궁지면 하곡리 입구에서 테이프를 끊었을 것이다.

구멍가게 주인은 모두가 기피하는 인물이었다. 베트남전에서 한쪽 다리를 잃었는데, 소주병을 입에 달고 살면서 (마을 사람들이 베트콩으로 보이는지) 툭하면 다 죽여버린다고 고래고래 소리쳤다. 손백기가 목숨을 걸고 세 번이나 찾아갔으나 매번 술냄새를 풍기며 횡설수설했다.

"저 산속에 베트콩 있다. 이 집 밑에도 있다. 베트콩은 어디에나 있다. 내 귓속에도 있다. 땅굴 파는 소리가 들린다."

용건을 꺼낼 기회조차 안 줬다. 한번은 어찌어찌 말을 꺼냈으나 "저수지에 땅굴을 파려고? 베트콩 새끼!"라는 고함만 돌아왔다. 구멍가게 주인의 정신은 베트남에서 여태 돌아오지 못해서 도장을 받기 위해서는 베트남까지 날아가야 할 판이었다.

문제는 구멍가게가 요충지 중의 요충지라는 점이었다. 상곡리에서 발원해 하곡리까지 흘러내리는 삼곡천은 상곡리와 중곡리를 가로지르며 흘렀는데 상곡리와 중곡리를 잇는 다리 너머, 그러니까 시장통과 상곡리로 들어가는 길 사이에 홀로 버티고 있었던 것이다. 구멍가게를 우회해서 새 길을 내려면 다리도 새로 놓아야 할뿐더러 시장통을 뚫고 산자락을 깎아야 했다.

결국 손백기는 임기가 끝날 때까지 첫 삽을 뜨지 못했다. 면장은 그만뒀지만 꿈을 접지는 않았다. 사업이 엎어진 것에 분개한 나머지 사람들이 구멍가게에 대한 조직적인 불매운동을 벌였을 때 이를 적극 말린 것도 일말의 가능성이나마 남겨두기 위해서였다. 손백기는 현재 궁지면 발전위원회장이었다.

새마을 진입로 준공식에는 군내 기관장들이 총출동했다. 의령군수도 왔다. 떡 본 김에 제사 지낸다고 황 순경(이라고 특정하지는 않았다)에 관한 불만을 넌지시 내비쳤다. 새끼 순경이 관례에 따른 용돈이 너무 약소하다고 푸념을 늘어놓았던 것이다. 주는 대로 받는다는, 민관 우호·협력 증진을 위한 관습법에 대한 중대한 도발이었다. 새끼 순경의 맹랑함을 좌시할 수 없었다. 버르장머리를 고쳐놓아야 했다. 의령경찰서장도 동석했지만 면장을 지낸 손백기는 치안 라인보다는 행정라인이 더 편하고 미더웠다. 궁지지서장에게 귀띔해도 가시적 효과가 없었던 것이다. 게다가 군수는 의령군 사회정화위원회의 수장이었다. 사회 지도층으로서 정의사회를 구현하자는 정부 방침에 솔선하고 수범하기 위한 일이니 군수의 귀를 빌리는 게 맞지 싶었다.

말이 나왔으니 말인데 공무원으로서 황 순경은 모범을 보이기는커녕 갖은 악행으로 동네 물을 흐리고 있었다. 결혼식도 안 올리고 살림부터 차려 풍기를 오염시키질 않나, 재미 삼아 한 닭서리를 절도로 몰아 시골 인심 야박하다는 소리를 듣게 하질 않나. 게다가 습관적인 노상방뇨는 또 어떤가.

손백기가 새끼 순경과 다시 오줌발을 겨루게 된 것은 새해를 맞아 민과 관의 우호·협력을 새삼 확인하는 자리에서였다. 그날도 산의 어둠 앞에서 바지 지퍼를 내리고 있자니 새끼 순경이 어느새 곁에 서 있었다. 새끼 순경은 차돌이 아니라 밀정이었다. 쥐도 새도 모르는 밀정. 차돌이든 밀정이든 상관없었다. 리턴매치든, 지명도전이든, 언제라도 상대해줄 자신이 있었다. 그날도 관록과 연륜의 포물선은 전설적인 장타자의 티셔츠처럼 호쾌하게 날아갔다. 그런데 이게 웬일? 새끼 순경의 티셔츠가 더 높이, 더 멀리 날아가는 게 아닌가!

손백기는 옆 사람 얼굴을 힐끗 쳐다보았다. 유감스럽게도 새끼 순경이 분명했다.

"멘장님, 보약이라도 지어 드셔야겠는데예."

새끼 순경이 거시기를 털며 말했다.

손백기는 어둠 속에서 부르르 떨었다. 굴욕감에 허파가 얼어붙을 지경이었다. 구경꾼이 없는 게 그나마 위안거리였다.

그 후로 손백기는 노상방뇨를 삼갔다. 정부의 대대적인 캠페인에 따라, 질서를 습관으로 만들기 위해 최선을 다했다. 어두운 과거를 청산하고 새사람이 된 것이다. 그러니 고발은 사사로운 감정 때문이 아니라 어디까지나 사회정화를 위한 일이었다. 새마을 진입로 사업 때문에 팬 갈등의 골도 수습해야 했다.

한목소리로 구멍가게를 비난하던 사람들이 반목하게 된 것은 누군가 무심코 내뱉은 "멍청한 상곡리 것들"이라는 말 때문이었다. 행정구역상 구멍가게가 상곡리에 속하니 아주 틀린 소리는 아니었으나 상곡리 사람들을 자극하기에는 모자람이 없었다. "고집스러운 중곡리 것들." 상곡리 사람들이 즉각 반발했다. 구멍가게 주인은 중곡리 출신이었다. 역시 일리 있는 비난이었다. 하곡리 사람들도 구경만 하지는 않았다. "쌍곡리 것들 때문에 될 일도 안 돼." 상곡리와 중곡리를 싸잡아 비난한 것인데, 여기에는 삼곡천의 명칭을 둘러싼 해묵은 감정이 깔려 있었다.

본래 삼곡천은 통곡천이라 불렸다. 이 야릇한 명칭의 기원에 대해서는 설이 분분했다. 여러 갈래 물이 한 골짜기로 모인다는 뜻의 '통곬'에서 왔다고 주장하는 사람들은 세 개의 산에서 흘러내린 물이 합류한다는 지리적 근거를 댔다. 그러니까 통곡천의 통곡은 하나의 줄기로 이어진 골짜기[通谷]를 의미한다는 것이었다. 목놓아 큰 소리로 운다는 의미의 통곡(痛哭)을 뜻한다고 주장하는 사람들은 나라에 큰 변고가 있을 때마다 개천이 우는 소리를 냈다는 역사적 근거를 댔다. 절충론을 펴는 사람들은 개천이 이 기슭 저 기슭에 부딪히며 흐르니 아프지 않을 리 없다는 풍수지리적 가설을 제시하며 통곡(痛谷)이 맞다고 주장했다. 하지만 '희한한' 이름을 바꾸자는 데는 이견이 없었다.

상곡리 사람들은 상곡리에서 발원하니 상곡천이라고 해야 마땅하다고, 중곡리 사람들은 중곡리를 가장 길게 지나니 중곡천이라고 불러야 옳다고 다투다 상곡리와 중곡리를 나누며 흐르니 쌍곡천은 어떻겠느냐는 묘안을 도출하기에 이르렀다. 하지만 하곡리 사람들의 생각은 달랐다. 개천이 지나가는 마을을 기준으로 삼는다면 하곡리까지 포함해서 삼곡천으로 불러야 한다고 못 박았다.

어쨌든 하곡리 사람들까지 가세하는 바람에 새마을 진입로 건설 무산의 후폭풍은 걷잡을 수 없이 커져서 민심이 갈기갈기 찢기고 말았다. 새마을 진입로 사업 재추진을 위해서는 찢긴 민심부터 꿰매야 했다. 외부의 적이라는 실이, 눈엣가시라는 바늘이 필요하다는 얘기. 로마인에게는 게르만족이, 게르만족에게는 유대인이 있었다면 손백기에게는 새끼 순경이 있었다.

사실 황 순경은 구촌 조카사위였다. 뼈와 피를 나누지는 않았지만 무지 가까운 인연임을 감안한다면 손백기의 고발 정신은 가히 읍참마속, 멸사봉공의 표본이라 할 만했다. 손백기는 궁지면 사회정화위원이었다.

황 순경의 총질이 군수에게 꼰지른 것 때문이라면? 말이 됐다. 되고말고. 망상은 자가발전하는 영구기관이다. 일단 발동이 걸리면 멈추는 법이 없다. 손백기의 머리에는 한 올의 판단력도 남아 있지 않았다. 공포가 물꼬를 트고 망상이 부추긴 원형 탈모의 속도와 기세는 이토록 가공할 만했다. 손백기는 정신적 대머리가 되었다. 공포라는 짐승은 판단력이라는 풀이 떨어지면 망상이라는 제 배설물도 마다하지 않는다. 싸고, 싼 것을 먹고. 공포와 고스톱을 치면 피가 남아나지 않는다. 공포는 먹기 위해 싸는 타짜 중의 타짜, 제 꼬리를 물고 있어서 절대로 굶겨 죽일 수 없는 우로보로스. 손백기의 얼굴은 담뱃재보다 창백했고 눈앞은 뒷간보다 캄캄했다. 패닉 상태였다.

얼굴 창백증과 눈앞 캄캄증은 며칠 전부터 손백기를 괴롭혔다. 정확히 말하자면 제주도 여행 출발 날짜가 정해진 뒤부터였다. 마누라가 용하다는 무당한테서 받아 온 길일이었지만 마음이 놓이지 않았다. 밤마다 괴이한 꿈에 시달렸다. 마을 사람들이 손백기의 집 지붕에 모여 있다. 모두 흰옷 차림이다. 손백기는 여행 일정에 대해 떠든다. 첫날은 어디를 가고, 이튿날은 어디를 구경하고. 아무도 대꾸하지 않는다. 무표정한 얼굴, 멍한 눈빛. 할 말이 없다기보다는 무슨 말인지 못 알아듣는 표정이다. 가만 보니 모두들 귀가 없다. 손백기는 제 귀를 만진다. 귀를 만지려는데 손은 입을 더듬는다. 피가 묻어난다. 마을 사람들 귀에서도 피가 흘러내린다. 어서 귓구멍을 막아야 한다. 점퍼 주머니를 뒤진다. 주머니에는 귀가 가득하다. 귀가 너무 많아서 누구 것인지 분간할 수 없다. 손백기는 매번 소스라치며 깨어났다.

곱씹을수록 기이한 꿈이었다. 왜 하필 지붕 위였을까? 왜 모두 흰옷을 입었을까? 피는 또 뭔가? 디테일의 황제에게는 모든 게 수상쩍었다. 귀 없는 얼굴들은 생각할수록 섬뜩했다. 침묵은 또 얼마나 무시무시하던가. 리액션이 없다는 거, 그것은 타고난 이야기꾼, 거부할 수 없는 매력의 재담가, 못 말리는 빅마우스, 가십에 빠삭한 소식통에게는 죽음이나 다름없다. 그렇다. 디테일의 황제는 자신의 장례식이라는 충격적 해몽에 도달한 것이다.

아무래도 불길했다. 비행기 사고가 아니더라도 심장마비로 죽을 것 같았다. 그러고 보니 심장 약을 먹기 시작한 게 4년 전 가을. 제주도 여행을 위한 계를 만든 시기와 일치했다. 게다가 출발일은 평소라면 약을 타러 병원에 가야 하는 날이었다. 모든 디테일이 비행기를 타지 말라 경고하고 있었다. 하지만 옷을 산다, 옷에 맞는 신발을 산다, 옷과 신발에 어울리는 핸드백을 산다, 설레발치는 마누라에게 여행을 포기하겠다는 말을 차마 할 수 없었다. 맡은 책임도 문제였다. 손백기는 친목계의 총무였다. 여행사에 이미 계약금 50만 원을 지불했다. 무르려면 위약금을 두 배로 물어야 할 터. 전쟁이 터지지 않는 한 취소는 불가능했다.

손백기가 반상회를 마치자마자 팔촌 형을 찾아온 것은 총무직을 넘기기 위해서였다. 부산으로 이사 간 동생의 딸을 맡아기를 정도로 거절 못 하는 성정의 소유자라면. 적당한 핑계도 마련해뒀다. 여행사 담당자의 본이 같았는데 나이는 아들 뻘이었으나 이름이 '천기'였다. 항렬상 큰형님 급이었다.

"내야 글마보다 한 끗 아래지만 행님은 한 끗 위 아입니까? 아무래도 행님이 나서면 여러 가지로 편의를 더 안 봐주겠습니까?"

손백기는 팔촌 형을 붙들고 말했다.

"그래 따지몬, 억기 행님이 더 안 낫겠나?"

손억기는 손만기의 사촌 형이자 손백기의 재종 형이었다. 뜻밖의 반론에 손백기는 말문이 막히고 말았다. 그래도 순순히 포기할 수는 없었다.

"환갑 넘긴 분한테 우찌 일을 시킵니까?"

"내도 작년에 환갑이었다. 이자뺐나?"

"내 말은 그라니까네…… 억기 행님은 셈이 어둡다 아입니까."

"억기 행님 상고 나왔다. 그것도 이자뺐나?"

팔촌 형의 눈이 가늘어졌다.

"니, 총무를 못 맡을 사정이라도 있나?"

어쩌면 사실대로 말하는 게 가장 좋은 방법인지도 몰랐다.

"행님, 절대로 소문 내면 안 됩니데이."

"안 낸다."

"실은 비행기 탈 자신이 없습니다. 죽을까 봐 무섭습니다."

손백기는 팔촌 형의 귀에 속삭였다. 겁에 질린 어린애처럼.

팔촌 형은 한동안 말이 없었다. 손백기는 팔촌 형의 입만 바라보았다.

마침내 팔촌 형이 입을 열었다.

"총무 맡아주는 거는 어렵지 않다만, 그리 몬 하겠다."

"와요?"

"다 니를 위해서다. 이번에 못 타믄 영영 못 탈 꺼 아이가? 백기야, 충무공께서 이리 말씀하셨다. 살고자 하면 죽을 것이요 죽고자 하면 살 것이다. 그라니까네……"

"잠깐만요."

손백기는 팔촌 형의 말을 끊고 벌떡 일어섰다.

"얘기하다 말고 어데 가노?"

"자연이 부릅니다."

배 속에서 신호가 왔다. 제주도 건보다 더 급했다. 급한 불을 끄러 손백기는 뒷간으로 달려갔다.

손백기가 뒷간에서 나간 것은 호흡곤란으로 의식이 뿌예질 무렵이었다. 뒷간에서 생을 마감할 수는 없었다. 총보다 똥냄새가 더 치명적이었다. 뒷간을 나서자마자 무릎이 꺾이고 정강이가 찌릿했다. 극도의 긴장 속에 장시간 동일한 자세를 유지한 탓에 찾아온 일시적 마비 증상이었다. 손백기는 마당에 주저앉아 다리를 주물렀다.

다리에 감각이 돌아오기까지는 뒷간에 쭈그리고 있던 만큼의 시간이 걸렸다. 일어서려는데 다시 무릎이 꺾였다. 직립보행은 아직 무리. 엉금엉금 기어서 마당을 가로질렀다.

맨 먼저 눈에 들어온 희생자는 팔촌 형이었다. 마루에 쓰러져 있었다. 복부에서 흘러나온 피가 마루에 흥건했다.

"만기 행님!"

어깨를 흔들어도 반응이 없었다. 맥도 잡히지 않았다. 손백기가 할 수 있는 일은 더 이상 어둠을 보지 않게 해주는 것뿐이었다. 눈을 감기는 손이 떨렸다. 총무를 떠넘기려 한 게 미안했다. 그래서 변을 당한 것 같았다. 망상은 끝이 없었다. 희생자도 끝이 없었다. 활짝 열린 문간방에 희생자들이 즐비했다. 팔촌 형의 어머니, 아내, 쌍둥이 딸, 조카딸, 조카며느리가 피를 흘리며 뒤엉켜 있었다. 지옥이 따로 없었다. 손백기는 눈앞의 현실이 믿기지 않았다. 여전히 패닉 상태였다. 눈물조차 내비치지 않은 게 그 증거였다.

안방의 전화기를 찾은 것은 본능이었다. 치솟는 불길을 발견한 사람이 "불이야!" 소리 지르듯, 물에 빠진 사람이 지푸라기 찾듯, 전화기 옆구리의 손잡이를 힘껏 돌렸다. 손백기의 본능은 본분을 다했지만 우체국은 그러지 않았다. 응답이 없었다. 다시 돌려도 마찬가지. 그래도 손백기는 전화기에만 매달렸다. 공포에 질린 뇌가 전화기 모양으로 쪼그라든 것처럼. 전화기라는 목표물을 쉽사리 놓을 수 없었다. 조난 중 붙든 한 조각 널빤지였다. 응답 없는 널빤지.

손백기는 허우적거리며 두 집 건너 이장네로 갔다. 황 순경과 부딪칠까 봐 담장에 바짝 붙어서 조심조심 걸었다. 황 순경이 담장 밑을 걸을 리 없다는 것은 기이한 믿음이었지만 그 믿음 덕분인지 이장네 당도할 때까지 무사했다.

이장네는 섬뜩하리만치 조용했다. 이장은 손백기의 재종 동생이었다. 재종 동생은 안방에 엎드린 채 피를 흘리고 있었다. 피의 봄밤이었다. 꿈자리가 사납더니. 손백기는 꿈을 떠올리며 새삼 몸서리쳤다.

"구기야!"

손백기는 재종 동생을 붙들고 흔들었다. 재종 동생은 숨을 쉬지 않았다. 이번에도 넋 나간 손백기를 전화기 쪽으로 떠민 것은 본능이었다. 고립된 자, 쫓기는 자의 본능이 도움을 청하기 위해 전화기의 손잡이를 맹렬히 돌렸다. 물에 빠진 자가 구하러 온 자의 머리끄덩이를 잡아채는 맹렬함이었다. 손잡이가 떨어져나가지 않은 것은 그날 밤의 작은 기적이라 할 만했다.

제발. 손백기에게는 진짜 기적이 절실했다.

기적처럼 목소리가 들렸다. 살아 있는 사람의 목소리를 들으니 이를 악물고 참았던 두려움이 입 밖으로 터져 나왔다.

"황 순경이다!"

수화기 저쪽의 말은 손백기의 겁에 질린 고함에 묻히고 말았다.

"순경이 총으로 사람 잡는다!"

손백기가 다시 소리쳤다.

사람을 구해야 할 순경이 사람을 잡다니. 기가 막힐 노릇이었다. 불귀의 객이 된 일가친척들의 얼굴이 주마등처럼 스쳤다. 목이 메었다. 목이 메어 고함이 잠시 소강 상태에 빠진 틈을 비집고 어디로 연락할 거냐는 질문이 귓등을 때렸다. 낯선 목소리였다. 궁지우체국에 근무하는 이장네 막내딸 영희가 아니었다. 콩떡같이 얘기하면 찰떡같이 알아먹던 영희 목소리가 아니었다. 어제가 비번이었으니 오늘은 근무일 텐데. 영희가 아니라면 신참인가? 타성받이는 믿음이 안 갔다. 급할 때는 역시 일가붙이뿐이었다.

"의령군청!"

손백기는 의령경찰서가 아니라 의령군청을, 이번에도 치안 라인이 아니라 행정 라인을 택했다. 의령경찰서에는 끈이 없었지만 의령군청에는 든든한 동아줄이 있었다. 팔촌 동생이 영농 지도계 직원이었다. 여행사 직원의 경우와 마찬가지로 연배로는 조카가 되어야 마땅했으나 족보상 레벨은 동급이어서 동생이라 불렀다. 조카급 동생이었다.

군청 당직이 전화를 받았을 때 손백기가 찾은 사람도 팔촌 동생이었다. 손백기의 팔은 밖으로 굽는 법을 몰랐다. 밖으로 굽다니. 비상시일수록 더 안으로 오그라드는 법.

"반기야! 반기야!"

손백기의 입에서 다짜고짜 고함이 터져 나왔다. 절박한 목소리를 감안한다면 고함이 아니라 절규요 비명이었다. 당직의 말이 귀에 들어올 리 만무했다. 손백기에게는 (당직한테) 들어야 될 말이 아니라 (팔촌 동생에게) 해야 할 말이 많았다.

전화를 끊었을 때 손백기는 무슨 말을 했는지 기억나지 않았다. 공포에 질려 고래고래 소리만 질렀다. 디테일의 황제답지 않은 신고였다. 평소의 손백기였다면 누가 어디에 어떤 자세로 쓰러져 있다는 것까지 생생하게 알렸을 텐데. 하지만 비상 상황이라는 사실을 알리는 데는 그만이었다. 질풍 같은 고함으로 목구멍의 공포를 뱉어내자 판단력의 불씨도 희미하게 살아났다. 이장이 마을 사람들에게 이런저런 소식을 알리는 방송 시스템의 입력장치, 마이크가 눈에 들어온 것이다. 마을 사람들에게 알려야 했다. 담장 밖에서 무시무시한 파괴자가 싸돌아다닌다고 경고해야 했다.

마이크를 쥐었으나 선뜻 입이 떨어지지 않았다. 공포가 다시 목구멍을 틀어막았다. 마을 사람들에게 위험을 알리자면 지나간 위험을 다시 불러들이는 위험을 감수해야 했다. 다가오는 파괴자보다 막 지나간 파괴자가 더 무섭다. 언제 돌아볼지 알 수 없으니까.

파괴자가 어디에 있는지 알 도리가 없다는 불확실성이 손백기의 숨통을 조였다. 이 집 담벼락 밑에서, 대문 앞에서 방송을 듣는다면? 상상에도 한계는 없다. 공포 속의 상상이라면 더 말할 것이 없다. 혹시 문간방에? 심지어 망상과 구분할 수 없을 때도 있다.

손백기는 마루로 나와 문간방을 살펴보았다. 데자뷔를 보는 듯했다. 학살의 데자뷔. 팔촌 형네 문간방을 보는 것 같았다. 재종 동생의 아내와 반상회에 참석했던 사람들 다섯이 총에 맞을 때 모습 그대로 쓰러져 있었다. 대부분 눈을 부릅뜬 채였고 무슨 말을 하려는 듯 입을 벌리고 있는 사람도 있었다. 피비린내가 진동했다. 터지지 않은 수류탄도 보였다. 황 순경은 없었다. 하지만 망상은 안심을 모른다. 또 다른 망상이 곧바로 바통을 이어받았다. 황 순경이 어딘가에 숨어서 지켜보고 있는 것만 같았다. 문간방의 불을 껐다. 불은 끈 것 역시 손백기의 본능이었다. 눈을 동그랗게 뜨고 귀를 쫑긋 세운 본능은 어서 숨으라고, 어둠 속에 몸을 감추라고 속삭였다.

이번에도 본능이 몸을 이끌었다. 손백기는 안방의 불도 끄고 마당으로 내려갔다. 주위를 둘러보았다. 헛간에 세워진 오토바이가 눈에 들어왔다. 재종 동생의 것이었다. 몇 번 타본 적 있지만 총알보다 더 빨리 몰 자신은 없었다. 손백기는 분수를 아는 사람이었다.

분수를 아는 사람 손백기는 세상에서 가장 어두운 곳에 숨었다. 뒷간에 들어가 문을 걸어 잠갔다. 자기도 모르게 바지춤을 내리고 쭈그려 앉았다. 습관은 상상력이 빈곤해서 패닉에 빠지는 법이 없다. 패닉을 모르기는 대장과 항문도 마찬가지. 사흘을 버틴 변비가 마침내 백기를 들었다. 배설의 쾌감이 전기처럼 찌르르 온몸을 훑어 내려갔다. 전기가 빠져나가자 목욕탕에 들어앉은 듯 나른해졌다. 지난 설에 가족과 인근 온천에 갔을 때의 느낌이 생생하게 떠올랐다. 순간 손백기의 얼굴이 굳어졌다. 가족을 까맣게 잊고 있었던 것이다. 애들은 집에 있을까? 마누라는? 여행 가기 전에 파마를 한다고 했지. 미장원에 간 게 틀림없었다. 그놈의 여행!

손백기는 마음이 다급했다. 뒤를 수습하기 위해 점퍼 주머니를 뒤졌다. 손에 잡힌 것은 두 번 접힌 종이였다. 반상회 때 돌린 유인물에는 정부가 대대적으로 추진 중인 의식 개혁 국민 운동을 위한 9대 실천 요강이 적혀 있었다. 정직·질서·창조· 책임·본분·분수·주인의식·가정교육·국민화합.

손백기는 종이를 비벼 황급히 밑을 닦기 시작했다.

4. 이루어질 수 없는 사랑

손미자(24·여)에게 황 순경은 세번째 사랑이었다. 사랑은
연락 끊긴 가족의 불행을 알리는 전보처럼 찾아왔다. 죽음, 비
쩍 마른 우체부, 그리고 간결한 문장. 사랑에 관한 손미자의
낭만적 환상을 규정하는 삼위일체였다.

먼저 불행. 손미자의 출생은 두 개의 죽음 사이에 끼어 있었
다. 하나는 손미자가 태어나기 두 해 전, 다른 하나는 태어나
고 두 해 뒤.

오빠가 되었을 첫 아기는 이름을 얻기도 전에 죽었다. 태어
난 지 닷새 만이었다. 세상에 나올 때부터 이상했다. 갓난애
가 도통 울지 않았다. 산파가 볼기를 때려도 새빨갛고 쭈글쭈
글한 핏덩이는 눈을 질끈 감은 채 입을 꼭 다물었다. 젖을 빨
때조차 아무 소리가 없었다. 배터리가 간당간당한 청소기처럼
시원하게 빨아들이지 못하고 머금을 뿐. 내뱉는 것도 신통치
않아서 숨소리는 희미하기만 했다. 인류 자신과 더불어 인류
의 양대 천적, 세균과 싸울 준비가 덜 된 채 나온 신참이었다.
의학적으로 인큐베이터가 필요한 생명이었으나 의료 기관이라
고는 메주와 함께 정체불명의 약초를 천장에 주렁주렁 걸어놓
은 '약방'이 전부인 벽촌이었다. 자고로 전쟁의 역사가 증명하
듯 훈련이 덜 된 신병의 쓰임새란 총알받이. 무균실의 엄호를
받지 못한 갓난아기는 세균 부대의 십자포화를 견디지 못하고

그만 숨을 거두고 말았다. 한번 울지도 못한 인생이었다. 웃음은 말할 것도 없다.

다른 하나의 죽음에는 이름이 있었다. 금박. 태몽에서 연유한 이름이었다. 지붕에 열린 금빛 박을 따는 꿈. 발길질이 요란한 걸 보니 아들이 틀림없는 데다 금빛 박이라니! 손미자 모친은 남편이 황가가 아닌 게 못내 아쉬웠다.

부창부수, 부부일심동체라고 했던가. 금쪽 같은 아들의 출생신고를 위해 면사무소에 간 손미자 부친은 아들의 한자명을 '金箔'으로 낙점했다. 호적계 직원이 박과의 한해살이 만초의 열매를 뜻하는 한자가 없다는 사실을 거만하게 지적질할 때만 해도 '근본 없는 호적계 놈'이라는 욕을 삼키며 이맛살을 찌푸린 그였다.

잠깐, 당황하고 흥분한 손미자 부친의 입에서 맴돌던, 사교와는 거리가 먼 표현의 유래에 대해 짚고 넘어가자면…… 휴전 회담이 진행될 무렵, 퇴로가 막힌 이현상의 남부군, 그러니까 빨치산 부대가 궁지면을 습격해 관공서라면 죄다 잿더미가 되었는데, 면사무소가 불에 탈 적에 호적대장도 연기가 되어 버렸다는 얘기.

아무튼, 아들의 장래에 해가 될까 봐 손미자 부친은 동족상잔의 비극에서 비롯된 욕지거리를 삼키기 위해 초인적인 인내심을 발휘해야 했다. 인내는 쓰고 열매는 달다고 했던가. 그날 인내의 열매는 '金箔'이라는 이름에서 확인할 수 있듯 참으로 눈부셨다. 태몽을 전해들은 근본 없는 호적계 놈의 근본 있는 '강추'의 결과였다. 냉정하게 말하자면, 금 세공사에게나 어울릴 이름이었으나 호적계 놈은 나라를 세울 이름이라며 침을 튀겼다.

손미자 부친은 나라를 세울 이름을 가진 아들이 볕 들 날 없는 쥐구멍에 황금시대를 가져올 거라 믿어 의심치 않았다. 백일을 앞둔 아이의 눈자위와 얼굴이 노래지기 전까지는. 그래도 설마 했다. 산파도 별거 아니라는 투로 말했으니까. 산파의 조언대로 아내에게 달걀 흰자를 먹였다. 삶아서 먹이고 부쳐서 먹이고 쪄서 먹이고 날로도 먹였다. 하지만 어찌된 영문인지 노른자만 먹은 어미 젖을 빤 것처럼 아들의 눈자위와 얼굴은 점점 더 노래져만 갔다.

"우야노, 아 똥이 시꺼멓다. 콜라맹키로 시꺼멓다."

아내가 울부짖는 소리에 손미자 부친은 더럭 겁이 났다. 이름이 너무 커서 아이를 잡아먹는 것은 아닐까? 당장 면사무소로 달려가 무르고 싶었지만 사람 이름은 장기판 졸이 아니었다. 대신 10리 근동의 유일무이한 의료 기관인 '약방'으로 달려갔다. 약방 영감은 인진쑥, 돌미나리, 사과, 배, 가막조개, 해삼, 자라, 논우렁 등 황달에 직방이라는 생물을 총망라한 특효약을 지어주었다.

나라를 세울 이름을 가진 갓난아기는 특효약을 달여 먹은 어미 젖을 빨고도 목조차 못 가눴다. 온몸이 샛노래져 황금을 입힌 듯했고 똥은 어미의 표현대로 걸쭉한 '콜라'였다.

손미자 부친은 아들의 이름이 못내 마음에 걸렸다. 분에 넘치는 태몽을 꾼 마누라가 야속하기도 했다. 아들 잡아먹을 한자를 강력하게 추천한 근본 없는 호적계 놈의 목을 조르고 싶었다. 급기야 면사무소로 달려갔다. 호적계 놈의 목을 조르기 위해서가 아니라 개명을 위해서였다.

호적계 놈은 손사래를 쳤다. 이름을 바꾸려면 재판을 받아야 한다는 것이었다. 재판이라는 말만 들어도 가슴이 벌렁거렸다. 죄인이 된 기분이랄까. 죄인이라면 죄인이었다. 속죄하는 마음으로 아들의 이름을 새로 지었다. 호적은 못 바꿔도 집에서만큼은 바꿔 불러야 했다. 작명의 원칙은 하나. 저승사자가 거들떠보지 않을 만큼 천할 것.

사흘 낮과 이틀 밤의 산고 끝에 유력하게 떠오른 이름은 개똥이였으나 개똥도 이름에 쓸려면 노랗다고, 황달을 연상시키는 컬러 때문에 탈락. 다시 사흘 낮과 이틀 밤의 산고 끝에 얻은 이름은 돌배였다. 장미과 낙엽 활엽 소교목의 열매를 일컫는 것이 아니었다. 황금 보기를 돌멩이 보듯 하라고 할 때의 '돌'과 겉은 노랗지만 속은 새하얀 과일인 '배'를 가나다순이라는 편의적 원칙에 따라 묶은 결과였다.

"돌배야!"

맥없이 목이 꺾인 황금빛 아들을 안고 소리쳤으나 언 발에 오줌 누기, 죽은 자식 불알 만지기였다. 세상 본 지 아흔아홉

날 만이었다. 나라를 세울 이름을 가졌으나 아무것도 세워보지 못한 짧고 허망한 생이 아닐 수 없었다.

두번째 아들마저 잃었을 때 손미자 부친은 술집으로 모친은 점집으로 향했다. 집에 돌아온 그들의 고막에는 두 개의 저주가 각인되어 있었다.

먼저 술집. 누군가 말했다. "여는 음기가 억수로 세다. 사내 잡아먹는 곳이라카이. 6·25 때 빨치산이 산에서 내려와가 쑥대밭을 맹글었을 때도 사내들만 작살났다. 그 빨치산 부대도 여자 둘만 살고 쉰다섯 명 다 안 죽었나?" "쉰여섯 놈이었다." 다른 누군가 말했다. "그뿐이가? 10년 전 돌림병 돌았을 적에도 사내들만 가삐따." "어데? 감나무집 할매도 죽었다." "니는 꼬부랑 할매도 여자로 보이나?" "이 문디 자슥 말하는 것 좀 보래이." 술집은 언쟁인지 막말인지로 뜨거워졌으나 손미자 부친의 심장은 깨달음으로 차가워졌다.

다음은 점집. 꿩 깃털로 장식한 모자를 쓴 무당이 흩어진 쌀알을 노려보며 말했다. "가스나 팔자가 드세. 독고다이. 평생 사내 없을 팔자야. 무남독녀. 외동딸로 살고 싶어 해. 골육상쟁. 오라버니도 죽이고 남동생도 죽여. 생기는 족족 죽여." 손미자 모친은 심장이 덜컥 내려앉았다. "우짭니까?" "혼자 살게 해야지." 무당이 잘라 말했다. 손미자 모친의 심장도 깨달음으로 차가워졌다.

그날 밤 베갯머리송사의 내용은 어렵지 않게 짐작할 수 있을 것이다. 대를 잇기 위한 밀실야합. 차가워진 두 개의 심장 은 뜨끈한 아랫목에서 하나의 차가운 결론에 도달했다. 살림 을 싸 말아 부랴부랴 고향을 떴다. '아들 잡아먹는 딸년'은 한 동네에 사는 형, 그러니까 손미자 백부에게 떠맡겼다. '자리 잡을 때까지만'이라는 단서를 달고서였다. 그 집은 현재 스코 어 아들만 셋. 무남독녀는 아니지만 외동딸로는 살 수 있을 것 이었다. 손미자는 고아 아닌 고아가 되었다.

두 해 뒤 손미자 모친은 아들 쌍둥이를, 백모는 딸 쌍둥이를 낳았다. 운명은 손미자에게 이토록 불친절했다. 이쯤 되면, 당 하는 사람 입에서 곡소리가 아니라 헛웃음이 새어 나올 법하 다. 비극이 지나치면 희극처럼 보인다.

우체부들은 응당 그래야 하는 것처럼 죄다 말랐지만 특히 손미자의 첫사랑은 바람 불면 날아갈 듯 가냘픈 체구로 이 집 저 집, 이 동네 저 동네를 돌았다. 언제나 같은 타이밍, 같은 동선이었다. 소포가 아니라 엽서요 행성이 아니라 위성이었 다. 그렇다면 우체부를 목이 빠져라 기다리던 손미자는 우체 통이요 망원경이었다. 우체통과 망원경. 다리가 없는 것들. 다 리가 없어서 다른 곳으로 갈 수 없는 것들. 이를테면 부산 같 은 곳.

진짜 가족이 있는 바닷가의 도시는 손미자에게 갈 수 없는 나라였다. 다리가 있어도 갈 수 없는 곳. 두 아들이 무사히 백일을 넘기자 손미자 모친의 신념은 마른 진흙이 되더니, 무탈하게 돌을 넘겼을 때는 굳은 시멘트가 되었다. 그래서 남편이 딸을 데려오자는 말을 꺼낼 때마다 눈에 쌍심지를 켰다.

"와? 또 생떼 같은 아덜 땅에 묻고 싶나? 내부터 묻어라."

손미자가 언제부터 우체부를 기다리게 되었던가. 열번째 생일 즈음 아버지로부터 짤막한 편지를 받은 뒤부터였을 것이다.

우리 집 맞딸 잘 있나? 아버지는 잘 있다. 니 어머니도 잘 있다. 일남이, 이남이도 잘 있다. 다 잘 있다. 할아버지 말씀 잘 듣거라. 큰아버지 말씀도 잘 듣거라. 사촌 오빠들 말도 잘 듣거라. 선생님 말씀도 잘 들어야 한다. 다시는 동네 구멍가게에서 외상으로 우유, 과자, 사탕 등등 사 묵지 마라. 절대로 그라지 마라. 자리 잡는 대로 대리러 가마.

네 번의 편지 끝에 받은 답장이요 아버지한테서 온 첫번째 기별이었다. 아버지는 조그마한 목각인형도 보냈다. 자개로 눈을 박아 넣은 아기 부엉이. 몸통은 빨갛게 칠한 뒤 니스를 발랐다. 자개 눈 빨간 아기 부엉이. 보고 또 보고 만지고 또 만졌다. 눈을 깜박이면 첫 선물이, 난생처음 받은 생일선물이 사라져버리기라도 할 것처럼. 아버지는 나의 밤을 지켜주기 위해 이 아이를 보내신 거야. 부엉이는 밤에도 눈을 붙이지 않으니까.

첫 선물이 감격스럽기도 했지만 아버지의 솜씨는 정말이지 훌륭했다. 아버지는 자개장롱 공장에서 일했다. 말이 공장이지 '오야' 한 명 밑에 '시다' 세 명이 전부인 영세 수공업장이었다. 아버지는 세 명의 시다 중 한 명이었고 어깨너머로 눈치껏 기술을 배우는 중이었다.

쟁기질만 하던 손미자 부친이 느닷없이 톱을 쥔 것은 가구 산업의 장래성 때문이었다. 왕이든 거지든, 남자든 여자든, 누구나 잠을 자야 하고, 자려면 이불이 있어야 하니 장롱은 필수. 특히 자개장롱은 혼수 목록 1호. 젊은이들이 어느 날 갑자기 독신주의라는 반(反)다원적 사상에 감염되지만 않는다면 망할 일은 없을 것이었다.

손미자 모친도 비슷한 비전을 가지고 있었다. 왕비든 하녀든, 키다리든 난쟁이든, 누구나 밥은 먹어야 하니 반찬도 필요. 그래서 김 공장에 나갔다. 김이야말로 밥의 영원한 절친. 나날이 수요가 증가하는 김밥은 또 어떻고. 외식 산업계의 블루칩. 어느 날 교육부가 모든 학교에 소풍 및 운동회 금지령을 내리지 않는 이상 김의 영광은 계속되리라. 쭈욱.

먹고사는 일의 속사정은 이와 같았으나 손미자의 믿음은 조금 달랐다. 아버지가 자개장롱 기술을 배우는 것은 자신의 뒤를 봐주기 위해서라고 철석같이 믿었다. 거듭된 고통 끝에 붙든 실낱같은 희망, 판도라 상자의 마지막 아이템이었다. 멀리서 염려하고 응원해주는 후견인이 있다는 희망도 없이, 여물

먹는 소에게 말을 거는 해거름의 쓸쓸함과 이름 모를 별에게 이름 지어주는 새벽녘의 적막을 어찌 견딜 수 있겠는가.

요컨대, 손미자는 자신이 버림받았다는 사실에서 달아나기 위해 자신만의 환상을 만들었다. 고아라는 환상. 멀쩡한 부모한테 버림받느니 아예 없는 게 나았다. 일종의 고육지계였다. 새벽별에게 이름을 붙이는 고독과 쌍둥이 사촌 여동생한테서 빌려 읽은 동화의 도움으로 빚어낸, 정교하고 캄캄한 환상이었다. 환상 속에서 아버지는 아버지 쪽의 먼 친척이, 큰아버지네 가족은 손미자를 하녀로 고용한 주인집 식구가 되었다. 주인 나리와 마님이 하녀를 구박하고 착취했던가? 궁지면의 소공녀가 밥 짓고 소 여물 먹이고 설거지하고 빨래하고 땔감을 긁어 오기는 했지만 어디까지나 자발적 노동이었다. 버림받지 않기 위한, 사랑받기 위한 몸부림이었다.

그러니 소공녀가 진짜로 기다린 것은 우체부가 아니라 후견인의 편지. 내심 엄마 부엉이도. '노을'(아기 부엉이에게 붙인 이름이었다)이 너무 불쌍했지만 엄마 부엉이를 만들어달라는 말은 차마 할 수 없었다. 그런 짓을 하면, 조르고 보채면 후견인마저 잃을까 봐. 명절 때나 얼굴을 볼까 말까 한 후견인이 어렵기도 했거니와 굳이 말하지 않아도 척척 알아주길 바라는 마음도 있었다.

유감스럽게도 아기 부엉이는 엄마를 끝내 얻지 못했다. 후견인이 비명에 간 것이다. 시외버스 운전사의 졸음 운전이 빚

은 사고였고, "아들 잡아먹는 딸년의 졸업 따위"라고 혀를 차
는 아내의 눈총을 뒤로하고 혼자서 소공녀의 국민학교 졸업식
을 보러 오던 길이었다.

소공녀는 이제 '애비 잡아먹은 년'이 되고 말았다. 더 이상
우체부를 기다리지 않았다. 진짜 고아가 된 것 같았다. 후견인
조차 없는 고아. 손미자 인생의 암흑기, '흑역사'가 시작되었
다. 문자 그대로, 눈앞이 캄캄했다.

고아라는 환상을 감안한다면, 여고 시절 라디오에서 흘러나
온 '고아'라는 제목의 노래를 처음 들었을 때 손미자의 눈에
붉은 눈물이 고인 것은 그리 놀랄 일도 아니다. 멜로디는 구슬
펐고 노랫말은 처량했다.

안개가 사라지듯 사랑은 잠시라고
엄마는 나에게 언제나 말하셨지
인생도 잠시라고 세상의 모든 것을
조심해 보라고 아빠도 말하셨지
그러나 엄마도 아빠까지
내 기억 속에서 사라졌네
언니도 말하셨지 친구를 조심해라
그러나 나에겐 친구도 없으니까
생일 선물 같은 것은 나는 몰라

그러나 내가 어른 되고 생일날 저녁에

내 아이는 나에게 선물을 조르겠지

우우우*

  소름이 돋았다. 번개가 훑고 지나간 기분. 누군가 자신의 삶에 곡을 붙인 게 분명했다. 앉으나 서나 자꾸만 흥얼거리게 되었다. 그럴 때마다 번개가 번쩍 몸을 훑고 지나갔고 세상은 더 캄캄해졌다. 그래서 또 번개를 불러내지 않을 수 없었다. 주문처럼 노래를 입에 달고 살았다. 엄마도 아빠까지 내 기억 속에서 사라졌네, 우우우. 나에겐 친구도 없으니까, 우우우. 생일 선물 같은 것은 나는 몰라, 우우우.

  나라에서 그 노래를 금지했을 때도 손미자의 머릿속에 다시 번개가 번쩍했다. 금지의 이유 때문이었다. 불신풍조를 조장한다. 명랑하지 않다. 이번에는 천둥을 동반한 번개였다. 천둥이 소리쳤다. 명랑하지 않다. 명랑하지 않다. 명랑하라. 명랑하라. 나라의 말이 옳았다. 당연했다. 나라가 허튼소리를 하겠는가. 큰아버지한테 맡겨진 것도, 아버지가 죽은 것도, 아버지가 기억 속에서조차 희미해진 것도, 친구가 없는 것도, 생일 선물 같은 것을 모르고 살게 된 것도, 명랑하지 않은 탓이었다. 아, 명랑!

* 윤연선, 「고아」: 원곡은 Claude Jerome, 「L'Orphelin」.

손미자는 명랑해지기로 결심했다. 아기 부엉이의 이름부터 바꿨다. 노을에서 샛별로. 밤은 건너뛰고 아침이 올 것이었다. 고등학교 졸업을 혼자 기념할 때도, 대구의 방직 공장에 취직할 때도, 옆집 건달 '빽구두'가 추근댈 때도, 야학 선생들의 말이 요령부득일 때도 명랑하려고 노력했다. 명랑하지 않거나, 명랑한지 아닌지 모호하거나, 꼭 명랑해야 할까 싶을 때면 각오를 다지기 위해 일기를 썼다. 명랑하지 않은 기분과 사연은 자진 삭제하고 명랑한 기분, 명랑한 얘기만 적었다. 명랑한 검열 덕에 문장이 짧아졌다. '『동물농장』 정독 요.' '쥐덫 구입 시급.' '비누 절약 철저.' 일기가 아니라 전보 같았다.

어느 봄날 아침 벼락처럼 꽃이 피듯, 손미자는 피어났다. 입술은 붉어지고 가슴은 봉긋해졌다. 돌아보게 하는 미모는 아니었으나 미소 짓게 만드는 젊음이었다. 젊음을 자축하기라도 하듯 웃을 때면 한쪽 볼에 옴폭 보조개가 패었다. 전에 없던 매력 포인트였다.

활짝 피어난 꽃, 손미자는 더 이상 천덕꾸러기 고아가 아니었다. 어엿한 아가씨, 명랑한 영혼의 청춘이었다. 명랑한 청춘답게 사랑은 영원하다고 믿었다. 두번째 찾아온 사랑이 이루어지리라 낙관했다. 독서 토론을 지도하는 '줄담배' 선생이 언젠가 자신의 붉은 마음을 알아줄 거라 기대했다. 세상 모든 것에 대해 조심하지 않았다. 조심하지 않고 친구를 사귀었고, 일단 사귄 친구는 조심성 없이 믿었다. 생일 선물도 믿었다. 쥐

꼬리였지만 월급을 손에 쥐면 영화를 봤고 가족들에게 보낼 선물을 샀고 남동생들 학비를 부쳤다. 손미자 인생의 봄날, 명랑의 황금기였다.

하지만 사랑은 언제나 불가능한 사랑이었다. 첫사랑도, 두 번째 사랑도 그랬다. 우체부는 당숙, 야학 선생은 대학생. 당숙에게는 당숙모가, 대학생에게는 대학생 여자친구(역시 야학 선생이었다)가 있었다. 둘 다 이루어질 수 없는 사랑. 불가능해서 안전했다. 버림받을 염려가 없었다. 무의식의 레벨에서 자기보호 프로그램이 작동된 결과였다. 공교롭게 우체부도 야학 선생도 비쩍 말랐다. 손미자의 무의식은 비쩍 마른 남자를 선호했다. 아버지처럼 마른 남자. 후견인의 죽음에 대한 애도가 끝나지 않은 것이다. 정작 손미자 자신은 까맣게 몰랐지만. 「이루어질 수 없는 사랑」이라는 노래를 입에 달고 살면서도 그랬다. 사랑의 침묵에 입술이 타들어가도록, 차가운 눈길에 발자국이 얼어붙도록, 하얀 길을 밤새워 홀로 걸으면서도, 가랑비에 눈물 젖도록 몰랐다.

손미자의 사랑은 역시나 진짜 이루어질 수 없는 사랑이었다. 간첩에게 포섭되어 근로자들을 의식화하고 체제를 전복하려고 했다며 형사들이 야학 선생들을 잡아갔다. 『전쟁과 평화』 『안나 카레니나』 『카라마조프가의 형제들』 『죄와 벌』 『의사 지바고』……소련 소설만 읽힌 게 결정적 증거라고 했다. 간첩을 사랑할 뻔하다니. 손미자는 깜짝 놀랐다. 펄쩍 뛰어오를 놀라움이되 절망은 아니었다. 누가 뭐래도 손미자는 명랑한 근로자였다. 정작 절망한 것은 줄담배 선생의 여자친구마저 간첩단의 일원으로 붙들려갔을 때였다. 시련을 함께 겪는 사랑은 더욱 단단해질 텐데. 이제 세상 그 무엇도 두 사람을 갈라놓을 수 없을 것이었다. 질투의 사소한 불꽃에도 사랑은 치명적 화상을 입었다. 이루어질 수 없는 사랑이란 안전하기는 해도 피부처럼 얇고 취약했다.

간첩단 사건은 가벼운 화상으로 마무리되지 않았다. 형사들이 자취방에 들이닥쳐 샛별이부터 일기장까지 닥치는 대로 쓸어갔다. 손미자도 경찰서에 불려갔다. 피고인인지, 참고인인지, 참고할 만한 피고인인지, 피고인과 다를 바 없는 참고인인지 알 수 없었다. 야학에서 무엇을 배웠고 독서 토론에서 무슨 말을 했는지 진술해야 했다. 가급적 명랑하게 얘기하려고 노력했다. 털어놓을 것도 별로 없었다. 내내 줄담배 선생 생각뿐이었으니까.

하마터면 샛별이 때문에 경을 칠 뻔했다. 형사는 부엉이가 왜 빨간색이냐고, 그러니 너도 빨갱이가 아니냐고 다그쳤다. 자개장롱 공장에서 일하던 아버지가 준 선물이라는 사실을 밝혔는데도 의심의 눈초리를 거두지 않았다. 자재장롱이라면 까만색도 있는데 왜 하필 빨간색이냐고 물고 늘어졌다. 심지어 아버지의 연락처를 대라고 했다. 아버지가 돌아가셨다는 사실을 확인하고서야 샛별이를 돌려주었다.

석방의 일등 공신은 단연 일기장이었다. 형사들은 일기장에 기대를 거는 눈치였으나 문장이 너무 짧고 명랑했다. 전보였으되 명랑한 전보였다. 형사들의 얼굴에 실망의 기색이 역력했다. 실망이 너무 컸는지 그냥 내보내지는 않았다. 다시는 불온한 책을 가까이하지 않겠노라는 다짐의 글에 지장을 찍은 뒤에야 풀려났다.

경찰서에서 나올 때는 참고인이었지만 공장에 돌아가서는 피고인이었다. 야학에 발을 들인 사람들은 몽땅 잘렸다. 코빼기만 내비친 사람들도 예외는 아니었다.

해고 사유를 묻자 공장장은 이렇게 말했다. "썩은 사과를 바구니에 그대로 두면 멀쩡한 사과까지 썩는 기라."

이게 다 이루어질 수 없는 사랑 때문이었다. 이루어질 수 없는 사랑은 이제 그만. 하지만 자신이 없었다. 좋은 시절의 손미자에게도 자존감이랄까 자신감이 부족했다. 나한테는 이루어질 수 없는 사랑이 딱이지. 눈부시면 외면하고, 따뜻하면 움츠러들었다. 양지에서조차 음지를 지향했다. 습관적인 결핍과 반복되는 좌절이 빚은, 명랑하지 못한 성정이었다.

이번에도 나라가 몸소 나섰다. 「이루어질 수 없는 사랑」을 부르지 못하게 한 것이다. 사랑이 왜 이루어지지 않아? 허무주의를 조장한다는 이유였다. 이번에도 손미자는 눈앞이 번쩍했다. 나라가 옳다. 나라는 언제나 옳지. 손미자는 일기에 이렇게 적었다. '사랑은 이루어져야 한다.' 이루어질 수 없는 사랑 따윈 개나 간첩이나 줘버려. 이 문장은 머릿속에서 삭제.
전보문치고는 너무 길었다. 앞으로는 이루어질 수 있는 사랑
만 하겠노라 다짐했다. 일단 고향에 가서 좀 쉬고.

　옆집 문간방 순경이 잔설이 채 녹지 않은 이른 봄날 '꽃구경
이나' 하자고 했을 때 손미자는 스스로에게 물었다. 이루어질
수 있는 사랑인가? 당숙뻘 우체부도 아니었고 간첩에 포섭된
대학생도 아니었지만 이번만큼은 신중했다. 좋은 시간을 가
지며 서로를 알아갔다. 전문대를 다녔다는 사실에 철렁했으나
중퇴했다는 말에 안도했다.
　"내는 문과 체질이 아이다."
　황이 말했다.
　"문과가 아이면 이공계?"
　손미자가 조심스레 물었다.
　"내는 무과 체질이다."
　"무과?"
　"조선시대에 태어났으면 무과에 급제했을 끼라. 장원급제."
　황이 어두운 목소리로 중얼거렸다.
　"아, 그 무과. 내는 종합 체질이다."
　손미자가 명랑하게 말했다.
　"종합?"
　"종고 나왔다 아이가."

손미자가 멋쩍게 웃으며 말했다.

"아, 종합고등학교."

황은 웃지 않았다.

처음 손을 잡은 것은 중학교 때 아버지를 잃었다는 말을 듣고서였다. 아버지도 경찰이었는데 무궁화를 어깨에 하나 더 얹자마자 쓰러졌다는 것이었다. 췌장암이라고 했다. 살아 있다면 지금쯤 서장은 떼어놓은 당상이었을 거라며 말끝을 흐렸다. 죽은 아버지의 직업을 물려받았다는 게 낭만적이고 멋져 보였다. 그래도 신중의 끈을 놓지는 않았다.

처음 밤을 허락한 것은 고향까지 찾아와 행패를 부리던 '빽구두'를 올림픽 금메달감 업어치기로 땅바닥에 메다꽂은 며칠 뒤였다.

지난겨울에 부임한 젊은 순경의 하숙방은 휑뎅그렁했다. 세 간이라고는 군용 담요 두 장과 자리끼를 담아놓은 양은 주전 자가 전부였다. 여관방 같았다. 다른 점이라면 벽에 걸린 산짐 승의 머리 박제뿐.

"사슴?"

"노루다."

"귀에 구멍이 나 있네?"

"내 총알구멍이다."

황이 코를 벌름거리며 말했다.

"빗나갔나?"

"일부러 맞힌 기다."

황이 정색하며 대꾸했다.

"와 귀를?"

"내기를 했다."

"일부러 맞힌 것 맞나?"

"달리는 놈을 맞혔다."

"정말?"

"내가 거짓말한다는 기가?"

황이 벌떡 일어나며 소리쳤다.

분하다는 듯 얼굴이 붉으락푸르락. 엽총을 들고 노루를 찾아 나서기라도 할 기세였다.

사냥 얘기 때문이었을까. 첫날밤, 황은 사냥꾼처럼 굴었다. 느낌이 그랬다. 밀어붙이고 파고들고 타격했다. 황의 정염은 탄환과 같았다. 뜨거운 폭발과 델 듯한 관통, 그리고 차가운 침묵. 상상했던 것과 많이 달랐다. 사냥감이 된 기분이랄까. 어둡고 서늘한 벽 밑에서 손미자는 귀에 총 맞은 노루처럼 어리둥절했다.

사랑을 나누기 전에 사냥 얘기 같은 걸 하는 게 아니었다. 언제나처럼 손미자는 스스로를 책망했다. 어색한 침묵이 가슴을 짓눌렀다. 무슨 말이라도 해야 했다. 사냥 얘기만 아니면 뭐든.

"그 사람은 우찌 됐는데?"

"뺵구두 신은 건달?"

황이 담배 연기를 길게 내뿜으며 반문했다.

손미자는 잠자코 대답을 기다렸다.

"대학에 보냈다."

"대학?"

"삼청교육대학. 다시는 얼쩡거리지 못할 끼다."

황이 담배를 재떨이에 비벼 끈 뒤 침을 뱉었다. 손미자는 황의 팔뚝을 쓸어보았다. 태권도 4단, 합기도 3단으로 다져진 팔뚝은 벽돌처럼 단단했다. 자기편이 되어준 사내는, 자기를 지켜준 사내는 처음이었다. 믿음직스럽고 든든한 팔뚝이었다. 달리는 노루의 귀를 일부러 맞혔다는 얘기를 믿기로 했다. 조선시대에 태어났다면 무과에 장원급제했을 거라는 호언도. 그만한 실력이면 수만 대군을 거느리는 장군이 되었을 테지. 여기 오기 전까지만 해도 대통령을 호위하는 부대에 있었다지 않는가.

"내랑 살래?"

황이 새 담배에 불을 붙이며 물었다.

손미자의 눈에 왈칵 눈물이 솟았다. 군용 담요로 알몸을 가린 채 프러포즈를 받고 싶지는 않았으나 이 사내라면…… 마침내 나에게도 사랑이 찾아온 건가? 진짜 사랑이? 한쪽 귀에 총알구멍이 난 노루 머리 아래에서 손미자는 숨죽여 흐느꼈다.

손미자의 일기는 그날을 다음과 같이 기록했다. '그토록 애타게 찾아 헤맸던 사랑은 담장 바로 너머에 있었다.' 평소보다 긴 문장이었다. 사랑에 빠진 자는 전보를 치지 않는 법. 사랑에 빠지면 문장이 무너진다.

황이 노루 머리를 들고 손미자의 자취방에 합류한 것은 열흘 뒤였다. 열흘이나 걸린 것은 백부의 완강한 반대 때문이었다.

"니는 내 딸이다. 내 딸이 혼례도 안 올리고 외간 남자랑 살면 남세스러워 우찌 얼굴 들고 다니겠노?"

젊은 순경에게는 결혼식 치를 돈이 없었다. 박봉은 홀어머니의 약값과 남동생의 학비로 다 들어가는 눈치였다. 궁하기는 손미자도 매한가지. 4년 동안 방직기 앞을 지켰지만 수중에 남은 것은 자취방 보증금과 폐에 염증이 생겼다는 진단서뿐이었다.

'돈이 웬수' '돈에 우는 사랑' '돈에 울고 사랑에 또 울고' '가난이 죄' '정녕 이루어질 수 없는 사랑인가' 일기의 문장이 다시 짧아졌다. 결혼은 어디까지나 현실이었다. 누구 말마따나 비즈니스. 에누리 없는 인수합병. 사업에는 낭만도 객기도 취중객담도 소용없다.

"말단 순경이라꼬 무시하는 깁니까? 이래 뵈도 각하를 경호하던 몸입니다."

술냄새를 폴폴 풍기며 황이 소리쳤다.

논점과 무관한 논거였다. 그래도 손미자는 고개를 끄덕끄덕.

"그래 잘났는데 와 이 촌구석까지 왔노?"

백부도 물러서지 않았다. 논점 일탈 논거를 이용한 되치기.

저를 만나러 온 거죠. 손미자는 이렇게 말하고 싶었지만 꾹 참았다.

"잘난 돌이 정 맞는다꼬, 너무 잘나가 물먹은 깁니다." 그릇된 논거, 주관적 판단에 의한 자기합리화.

"희한한 말 다 듣네. 잘났는데 와 물을 먹노?" 타당한 질문.

"이순신 장군도 모함을 받아가 감옥에 안 갔습니까?" 논점과 한참 무관한 논거.

"충무공께서는 감옥에서 나와가 나라를 구하셨다." 논점과 한참 무관한 논거와도 한참 무관한 반박. 백부는 이렇게 반박해야 했다. 이순신 장군의 억울한 옥살이와 이 동거가 무슨 상관이냐?

"아버지만 살아 계셨어도 여까지 오지는 않았을 낍니다. 빽이 없어가…… 실력보다 빽이 큰소리치는 더러운 세상!"

동정에의 호소. 우물에 독 풀기. 강력한 필살기 콤보에 백부의 눈빛이 잠시 흔들, 손미자는 심장이 쿵쾅.

"내는 다시 서울 갑니다. 언젠가 각하 곁으로 갈 낍니다."

황이 이를 악물며 말했다.

논점과 무관한 연타. 서울이라니. 손미자의 눈이 반짝.

"충무공께서 혼례도 안 치르고 합방하셨다는 소리는 몬 들었다."

백부가 전열을 정비하며 반격했다. 다시 논점으로.

"일단 같이 살고 결혼식은 형편되는 대로 치르겠습니다. 가을쯤 어떻겠습니까?"

논점 흐리기. 달력을 망연히 바라보는 손미자.

"옥에서 풀려난 충무공께서는 병사들에게 본을 보이기 위해 백의종군하셨다. 니는 민초들에게 본을 보여야 할 공무원이다. 어데 혼례도 안 치르고 살림을 차린다 카노? 그라고 나중에 딴소리 안 한다꼬 우찌 믿노?"

목소리를 높이는 백부. 고개를 떨어뜨리는 손미자.

"이거면 되겠습니까?"

황이 문서 한 장을 내밀었다. 혼인신고서였다. 그렇다. 사업에는 낭만이 아니라 서류가, 권리와 의무는 물론 권리와 의무의 이행 절차를 엄밀하게 밝힌 문서가 필요하다. 세상을 움직이는 것은 백만 전차가 아니라 한 장의 페이퍼. 작전 명령서 없이는 단 한 대의 전차도 움직이지 못한다. 권력은 말라버린 잉크 자국의 돌이킬 수 없음에서 말미암는 것. 말 한마디는 천 냥 빚을 갚지만 문서 한 장은 나라를 팔아넘긴다. 문명사회란 문서가 명령하는 사회가 아니던가.

그제야 황의 노루 머리는 담을 넘을 수 있었다. 문서의 힘이었다.

문서는 엄청 힘이 세지만 뒷공론을 제압하지는 못한다. 낮말은 새가 지저귀고 밤말은 쥐가 찍찍댄다. "순경이 동거가 웬 말이고?" "혼인신고도 안 했다 카더라." "황씨들은 성미가 급하다." "술만 마시면 미자를 팬다 카더라." '카더라' 통신을, 뒷공론을 봉쇄하려면 미장원을 폐쇄해야 하지만 긴급조치도 계엄령도 미장원을 문 닫게 할 수는 없다. 절대권력조차 미장원을 탄압하는 순간 망조가 든다. 헤라도, 마리 앙투아네트도, 에바 브라운도 머리는 만져야 하는 법. 중앙정보부에 끌려가도 빠져나올 구멍은 있지만 미장원에 찍힌 사내에게는 미래가 없다. 중앙정보부의 정보가 어음이라면 미장원의 정보는 자기앞수표. 만기가, 부도 위험이 없다. 주인이, 미용사가, 유행이 바뀌어도 정보원들의 자발성과 충성심은 변치 않는다. 권력은 고객들의 입에서 나온다. 정보를 공유한 자 모두가 권력자. 미장원은 시스템이고 민주공화국이다. 카이사르가 아니라 원로원이다. 궁지면의 원로원은 일찌기 황에게 '미친 호랑이'라는 불명예를 내렸다. 그 앞에는 이런 말이 생략되었다. 술만 들어가면.

봄비가 부슬부슬 뿌리던 그날 저녁, 반상회가 끝나자마자 자연발생적으로 소집된 궁지면 원로원의 주요 화제는 두 가지였다. 제주도 여행과 손미자의 부부 싸움. 둘 모두 손미자에게는 아픈 것이었다.

먼저 제주도 여행. 계원들은 달 착륙을 앞둔 우주인들처럼 흥분 상태였다.

"그날이 손 없는 날 맞나?"

"길일 중의 길일이다."

"솔직히 겁난다."

"비행기 사고로 죽을 확률은 벼락 맞아 죽을 확률보다 낮다."

"차라리 벼락 맞는 기 낫다. 비행기 사고로 죽으면 뼈도 못 추린다."

"죽어서 뼈는 뭐 하게?"

"재수 없는 소리들 고마 해라."

"김치는 싸 갈 수 있나?"

"냄새날 낀데."

"개안타. 비행기에서 밥도 묵는다."

"벤소도 있다."

"똥통을 매달고 난단 말이가?"

"하늘에서 그냥 뿌린다 카더라."

"더러버라."

"뭐가 더럽노? 거름되고 좋다."

"비행기에 미장원도 있으면 조을 낀데."

"와?"

"시간이 금방 안 가겠나?"

여기에 손미자의 목소리는 없다. 변변히 결혼식도 올리지 못한 처지라 제주도 여행은 달나라 얘기처럼 들렸다. 황과 다

툰 뒤라 침울하기도 했고.

파리 때문이었다. 잠자는 남편의 가슴에 내려앉은 파리 한 마리. 하루하고도 반나절 동안의 근무를 마치고 잠깐 눈 붙인 남편의 가슴에 내려앉은 파리 한 마리. 괘씸했다. 결혼식의 '결' 자만 꺼내도 돌 씹은 표정이 되는 남편의 가슴 위에서 꼼지락거리는 파리를, 제주도 여행 얘기에도 묵묵히 숟가락질만 하더니 상을 물리자마자 드러누운 남편의 가슴에 앉은 파리를 꼭 때려죽이고 싶었다. 제주도는 언감생심, 설악산이라도, 경주라도, 인근 온천에라도 신혼여행을 가려면 결혼식부터 올려야 하는데 저놈의 파리 때문에. 손미자는 파리를 내리쳤다.

"무슨 짓이고?"

황이 도끼눈을 뜨며 벌떡 일어났다.

"파리 잡을라꼬……"

"일부러 그랬제?"

"아이다."

"니도 내 무시하나? 결혼식도 못 올린다꼬 무시하나?"

발단은 파리였지만 결론은 한결같았다. 결혼식, 돈. 이틀에 한 번 눈 붙이러 오는 '빵이치기'로 받는 돈 10만 원에서 월세, 쌀값, 연탄값을 제하고 남은 3만 원으로 꾸려야 하는 생활의 피로. 크게 달라질 것 같지 않은 미래로 인한 무기력.

문을 거칠게 열고 밖으로 나간 황은 술냄새를 풍기며 돌아왔다. 양은 주전자가 날아갔고, 손미자의 눈이 멍들고, 말리러 달려온 당숙모가 땅바닥에 고꾸라지고, 당숙모의 비명을 듣고 달려온 당숙모의 아들, 육촌 동생이 뺨을 맞고, 뺨 맞은 육촌 동생이 내지르는 소리에 동네 사람들(모두 손미자의 친척이거나 친척뻘이었다)이 총출동하고서야 싸움이 멎었다. 황은 말리러 온 사람들을 적의에 찬 눈으로 노려본 뒤 씩씩대며 지서로 돌아갔다. 작전상 후퇴하는 군인처럼. 손미자는 그 눈빛이 마음에 걸렸다.

"니 눈이 와 그라노?"

손미자의 얼굴을 들여다보던 미장원 언니가 깜짝 놀라는 시늉을 하며 물었다. 손찌검을 당했다더니. 역시 정보는 틀림없었다.

"문지방에 걸려 넘어져가 쪼매 멍들었어예."

손미자가 앞머리를 쓸어내리며 얼버무렸다.

"문지방은 무신 얼어 죽을. 미친 호랑이한테 맞았다. 얹혀 사는 주제에 손찌검이 웬 말이고?"

손미자와 함께 입장한 당숙모가 얼굴을 찌푸리며 소리쳤다.

"자는데 깨워가 그란 깁니다. 그놈의 파리 때문에."

손미자가 기어드는 목소리로 말했다.

"하이고, 그래도 서방이라고 감싸기는. 우리 병철이 갸가 싸움 말리다 뺨까지 맞았다 아이가. 갸가 술 먹꼬 지서로 찾아가 순경이면 다냐고, 사람 패도 되냐고 따졌더니 뭐라 캤는지 아나?"

원로원은 당숙모의 보고를 기다렸다.

"순경질 때려친단다. 다 직이쁜단다."

당숙모가 어이없다는 얼굴로 말했다.

"성질머리 봐라!"

원로원은 황의 점잖지 못한 언사에 개탄을 금치 못했다.

"술이 웬수다."

미장원 언니가 명쾌하게 결론을 내린 뒤 냉장고에서 달걀을 꺼내 손미자에게 쥐여주었다. 미장원은 원로원이자 법원이었으며 응급실이었다.

손미자는 달걀로 눈 주위를 문질렀다. 눈꺼풀이 파르르 떨렸다. 남편에게 맞는 건 두렵지 않았다. 진짜 두려운 것은 버림받는 것.

그래서였을까. 미장원 문이 벌컥 열렸을 때 손미자는 혹시, 하는 마음이었다.

"손 양 여기 있나?"

역시 남편이었다. 손미자의 얼굴이 새침해졌다. 사과하러 온 거야. 때려서 미안하다고, 잘못했다고 빌러 온 거야. 월급 봉투를 고스란히 갖다주는 사람이, 일부러 신권으로 바꿔 오는 사람이 등을 돌릴 리 없지. 하지만 원로원은 얼어붙었다. 미친 호랑이도 제 말하면 온다더니. 양쪽 어깨에 건 총은 또 뭐란 말인가? 전쟁이라도 터진 건가? 제주도에 가야 하는데, 난생처음 비행기를 타는데.

손미자의 얼굴도 굳어졌다. 총 때문이 아니었다. 미장원을 둘러보는 남편의 얼굴에 표정이 없었다. 셋방 벽에 걸린 노루처럼. 사과하러 온 얼굴이 아니었다. 잘못했다고 빌러 온 얼굴이 아니었다. 미움도 분노도 없었다. 아무것도 없었다. 그런 얼굴은 처음이었다. 무시무시한데 슬펐다.

남편이 사람들에게 총을 겨눴다. 여전히 표정이 없었다.

딱, 딱, 딱.

명절 때 아이들이 땅에 던지는 폭죽 소리가 났다. 사람들이 비명을 지르면서, 비명을 지르기도 전에, 비명을 지르고 나서 쓰러졌다. 폭죽 소리 한 번에 한 명씩. 귀를 맞힐 생각은 아닌 것 같았다. 미장원이 도살되고 있었다. 카이사르가 원로원을 학살하고 있었다.

손미자는 꼼짝도 할 수 없었다. 죽음은 두렵지 않았다. 무슨 일이 벌어지고 있는지 이해할 수 없었다. 악몽을 꾸는 것 같았다. 어릴 적 손미자가 울음을 터뜨린 것은 악몽 때문이 아니었다. 악몽에서 깨어났을 때 혼자였기 때문이다. 정말로 두려운 것은 버림받는 것. 악몽이라면 차라리 깨지 말기를. 적어도 혼자는 아닐 테니까.

명치에 총을 맞는 순간 손미자는 달걀을 움켜쥐었다. 돌아선 사랑의 팔을 붙들듯. 깨진 달걀이 흘러내렸다. 이루어질 수 없는 사랑은, 껍질을 잃은 생명의 엑기스는 무섭도록 차가웠다. 스물네 해, 손미자의 온 생이 손가락 사이로 새어 나갔다.

전보처럼 찾아오는 것은 사랑만이 아니었다. 죽음 또한 그
러했다.

5. 정의란 무엇인가

담배 가게 주인이 어둠 속에서 불쑥 튀어나와 택시를 가로막았을 때 궁지지서장 김철호(47·남)는 인근 온천에서 돌아오는 길이었다. 온천욕과 만찬. 환상의 2종 세트 중에서도 온천욕이라면 사족을 못 썼다. 따뜻하고 부드러운 손길이 세포 하나하나를 어루만지는 듯한 느낌에 몸을 맡기고 있으면 류머티즘도 다 나은 것 같았다.

오늘의 온천행은 지역 유지들이 민과 관의 우의를 다지기 위해 마련한 자리였다. 우의 다지기라면 서로 등 밀어주고 한솥밥 먹기만 한 게 있을까. 부산에서 다섯 손가락 안에 드는 건설사의 세 손가락 안에 드는 현장 책임자인 최 소장도 '지서 식구들'이라고 거듭 친근감을 표시하지 않았던가. 큰물에서 노는 사람은 뭐가 달라도 달랐다. 꿔다 놓은 보릿자루와도 금세 친구가 될 만한 친화력의 소유자였다.

담배 가게 주인의 얼굴이 심상치 않았다. 넋이 나간 것 같기도 하고 겁에 질린 것 같기도 했다. 무슨 일이 벌어진 듯했다. 누가 술 먹고 주먹다짐이라도? 궁지지서장의 뇌리에 떠오른 '무슨 일'이란 그런 정도였다. 당연했다. 담배 가게 주인은 언제나 자라 보고 놀란 얼굴이었고 솥뚜껑을 찾지 못해 안달 난 사람처럼 굴었다. 무엇보다, 사건이라야 술자리 말다툼이 고작인 마을이었다. 대부분 악수하고 털어버릴 수 있는, 사건이라고 할 수도 없는 사건 아닌 사건, 비공식적인 사건조차 1년에 한두 번 있을까 말까였다.

재작년 정기 인사 때 김철호가 매의 눈으로 살핀 통계는 도내 파출소 및 지서의 최근 3년간 범인 검거율이 아닌 사건 사고 발생 건수였다. 궁지면은 독보적 꼴찌였다. 그간의 사건 사고라야 술집에서 벌어진 멱살잡이 두 건과 드잡이 한 건, 그리고 누렁이 한 마리가 쥐약인지 농약인지를 잘못 먹고 죽은 게 다였다.

김철호가 궁지지서 근무를 자청했을 때 동료들이 하나같이 고개를 갸웃거린 것은 당연한 일이었다. 국물도 없는 곳에 뭐 하러? 별 볼 일 없는 곳에 왜? 이런 말을 삼키는 표정들이랄까. 사실 김철호의 근무 평정이라면 노른자위, 이를테면 진급에도 유리하고 떡고물도 제법 떨어지는 곳으로 발령난다 해도 이의를 제기할 사람은 없을 터였다. 그도 그럴 것이, 김철호의 인사카드에 특별한 '공'은 없었으나 사소한 '과'도 없었다. 열 순경이 도둑 하나 막지 못한다고, 열 개의 공적으로도 한 개의 과실을 덮지 못하는 공직 사회의 결벽한 분위기를 감안하면 15년 동안 공식적인 징계는 물론 비공식적 흠집조차 남기지 않은 김철호의 경력은 결코 무시할 수 없는 '스펙'이었다.

무결점의 인사 기록은 운이 아니라 각고의 노력이 맺은 결실이었다. 위험은 가급적 멀리했다. 직업상 어쩔 수 없을 때조차 절대 무리하지 않았다. 무리하지 않는 것, 그것은 김철호의 인생 철학이었다. 언제 어디서든 넘지 말아야 할 선을 스스로 그었고 그 선을 넘는 법이 없었다. 화투판에 낄 때는 상한선과 하한선을 미리 정해두어 수중의 돈이 선을 넘을라치면 주저없이 패를 접었고, 술자리에서는 주량 이상은 한 방울도 더 입에 대지 않았다. 최 소장이 권하는 양주잔을 뿌리치고 일어설 수 있었던 것도 이런 습벽 덕분이었다. 국물 있는 곳에 파리 꼬이고, 별 볼 일 많은 하늘은 캄캄하고, 노른자만 먹으면 목이 막히기 마련. 김철호로 말하자면, 국물 있는 음식을 즐기지 않았고, 밤하늘의 별보다는 화투짝의 달을 아꼈으며, 노른자보다는 흰자를 선호했다.

"난리가 났습니다."

담배 가게 주인이 소리쳤다.

"전쟁이라도 터졌습니까?"

조수석에 탄 이 경장이 덩달아 소리쳤다.

담배 가게 주인을 놀리는 말투였다. 김철호는 미간을 찌푸렸다. 전쟁이라니. 요즘 것들은 전쟁이 얼마나 참혹한지 모른다. 머리 한쪽이 날아간 병사가 눈알을 찾아 참호 바닥을 더듬고, 제 팔을 든 병사가 위생병을 찾아 이리저리 뛰어다니는 생지옥을, 그것도 난생처음 겪었다면 저런 농담은 꿈도 꾸지 않으리라.

그랬다. 김철호에게 전쟁은 만년을 산다 해도 잊을 수 없는 숱한 '난생처음'을 안겨주었다. 난생처음 사람 죽이는 연습을 했고 난생처음 사람 죽이는 것을 보았다. 어떤 일이든 반복되면 익숙해지기 마련인데 죽음은 그렇지 않았다. 매번 낯설고 혼란스러웠다. 조금 전까지만 해도 나란히 오줌을 누던 사람이, 고향에 두고 온 애인의 머릿결 냄새를 입에 올리던 사람이, 누룽지가 그립다며 입맛을 다시던 사람이 돌처럼 차갑게 굳어버리는 것은 언제나 낯설고 혼란스러웠다. 모든 죽음은 늘 난생처음 겪는 죽음이었다. 첫번째든 열번째든 백번째든. 전장에서 돌아온 뒤로는 오줌을 눌 때마다, 젊은 여자의 머리가 찰랑거릴 때마다, 누룽지를 먹을 때마다 죽음을 떠올렸으며 살아남기를 잘했다고 가슴을 쓸어내렸다.

황 순경이 마을 사람들을 죽이고 있다는 말을 들었을 때 김철호는 지뢰를 밟은 기분이었다. 정말이지 발밑에서 '딸각' 하는 소리가 들리는 것 같았다. 전쟁통에도 지뢰를 밟은 적이 없었는데…… 행운이라면 행운이었다. 지뢰를 밟은 사람은 본 적 있었다. 지뢰는 그것을 밟은 자의 얼굴에서 먼저 터지는 것 같았다. 제가 눈 똥을 밟은 표정이랄까. 어쩌다 제 똥을 밟아본 사람은 안다. 기분이 얼마나 더러운지. 남의 똥을 밟았을 때는 욕할 대상이라도 있지만 제 똥을 밟으면 욕도 못 하지. 그래서 기분이 그토록 더러운 게지. 택시에서 내리는 김철호가 딱 그랬다.

담배 가게 주인은 지나치게 흥분한 탓에 횡설수설했다. 건너뛰고, 반복되고, 다시 훌쩍 건너뛰는 말의 줄기를 정리하면 황 순경이 부부 싸움을 하고 와서는 초저녁부터 소주를 들이부으며 "다 직이삘다"고 이를 갈더니 진짜로 총질을 해대고 있다는 것이었다.

"꼭 뭔 일이 터질 것 같아가 일찌감치 문을 닫지 않았으면 내도 지금 황천길을 헤매고 있을 깁니다. 황 순경, 글마가 가게에 수류탄을 던졌는데 다행히 불발이었다 아입니까. 근데 내하고 무신 원수를 졌다꼬 수류탄을 던집니까? 수류탄을? 지금껏 외상으로 받아준 술이 몇 말이고 고생한다꼬 챙겨준 담배가 몇 갑인데."

담배 가게 주인은 진저리를 쳤다. 황 순경이 사람을 죽인 것보다 수류탄 세례에 더 충격을 받은 듯했다. 김철호는 다 직이삘다는 말에 심장이 벌렁거렸다. 현장에 있었다면 자신을 맨 먼저 쐈을 거라는 생각이 뇌리를 스친 것이다. 담배 가게 주인은 술을 받아주고 담배를 챙겨줬는데도 수류탄을 선물 받지 않았는가. 그런데 자신이 준 것이라고는 호통과 잔소리뿐이었다.

올 것이 오고 말았다는 느낌이었다. 황 순경을 볼 때마다 조마조마했다. 청와대를 지키던 몸이라고 거드름을 피울 때마다, 더러워서 순경질 못 해먹겠다고 씨근덕거릴 때마다 시한폭탄의 시곗바늘이 재깍재깍 돌아가는 듯했다. 총질을 얼마나 잘하는지 자랑질하는 것도 마뜩잖았다. 해병대 특등사수였다고 어찌나 거들먹거리는지, 사격 대회에서 받았다는 메달을 아주 주머니에 넣고 다녔다. 심지어 달리는 노루의 귀를 맞혔다고 허풍을 떨었다. 달리는 노루의 귀? 무리였다. 혼인식을 올리기도 전에 살림부터 차린 것? 역시 무리였다. 마을 사람들 이목도 있으니 식을 서두르는 게 어떻겠느냐고 충고했을 때도 가난한 시골 순경은 사랑도 마음대로 못 하냐고, "더러워서 촌구석 순경질 몬 해먹겠다"며 눈알을 부라렸다. 한마디로, 무리를 일삼는 성격이었다.

청와대에서 부적격이면 이곳에서도 부적격이다. 환골탈태? 개과천선? 청와대에서 부적격이었던 자가 여기서 적합한 인간으로 다시 태어나는 일은 없다. 그런 확률은 말더듬이 목사를 만나는 것만큼이나 희박하다. 김철호는 기적이 아니라 확률을 믿었다. 확률. 김철호가 겁에 질린 것도 그 때문이었다. 무리를 일삼는 새파란 순경은 해병대 특등사수 출신이 아닌가.

"권총이오, 소총이오?"

김철호가 물었다.

"장총입니다."

담배 가게 주인이 팔을 활짝 벌리며 대답했다.

김철호의 낯빛이 창백해졌다. 카빈을 손에 쥔 해병대 특등사수 출신의 포악한 순경. 죽음의 확률이 놀란 맥박만큼이나 무섭게 솟구쳤다.

"카빈입니다."

이 경장이 끼어들었다.

김철호의 얼굴이 한층 굳어졌다. 맞아. 이 경장이 있었지. 이 경장이 곁에 있다는 것은 과녁이 하나가 아닌 둘임을, 그만큼 위험이 커짐을 의미했다. 다 함께 지서에 있었다면 자신 다음은 이 경장이었으리라. 이 경장만 챙긴다고 늘 입이 튀어나와 있었으니까. 억울한 비난이었다. 이 경장만 챙긴 게 아니라 황 순경만 안 챙긴 것이다. 수고한다며 막걸리를 받아주고, 명절 쇠라고 '떡값'을 찔러주는 것이 민가의 아름다운 풍속이라면 먼저 요구하지 않고, 금액을 명시하지 않는 것은 관가의 아름다운 풍속. 그런데 황 순경이 시도 때도 없이 손을 내민다는 원성이 김철호의 귀까지 들어왔다. 오죽했으면 처가 어른뻘 되는 전임 면장이 조치를 취해달라고 했을까. 하지만 김철호는 가만히 있었다. 할 수 있는 일이 없었다. 바닥까지 굴러떨어졌다고 울분에 차 있는 순경에게 주의나 견책 같은 징계가 무슨 의미가 있을까. 더 보낼 데도 없는데.

그랬다. 노른자위가 별로인 김철호에게는 최고의 근무지, 흰자위 중의 흰자위였으나 별을 선망하는 대부분의 경찰들에게는 별 볼 일 없는 곳 중의 별 볼 일 없는 곳이었다. 더구나 황 순경에게는 연고도 없어서 유배지나 다름없었다.

"사건이 발생한 게 언젭니까?"

이 경장이 물었다.

"쪼매 전입니다."

"언제요?"

"그러니까네, 얼마 안 됐습니다."

"정확히 언젭니까?"

"정확한 시간은……"

"어데요?"

이번에는 김철호가 물었다.

"지서가 텅 비어가 대평지서에 신고하러 가는 길 아입니까."

"황 순경 말입니다."

"하곡리 쪽으로……"

그때, 택시 기사가 급히 차를 돌렸다.

"차를 왜 돌립니까?"

이 경장이 소리쳤다.

"차비는 안 받을 테니까 여부터는 쪼매 걸어가이소. 궁지면
에는 몬 들어갑니다."

택시 기사가 겁먹은 목소리로 말했다.

"내는 대평지서에 신고할 테니 두 분은 퍼뜩 마을로 가보이
소. 기사님, 나가는 길에 내 좀 대평지서에 떨가주소."

택시 기사가 고개를 끄덕이자 담배 가게 주인은 전광석화처
럼 택시에 올라탔다.

김철호는 어둠 속으로 완전히 사라질 때까지 택시 꽁무니에
서 눈을 떼지 못했다. 택시 기사가, 담배 가게 주인이 부럽기
는 처음이었다.

지서 주변은 평소처럼 조용했다. 들리는 것은 어렴풋한 빗소리뿐. 지서 앞에 쓰러져 있는 몸뚱이가 아니었다면 담배 가게 주인의 말을 믿지 못했을 것이다. 청년은 예비군복 차림이었다.

"상곡리 법대생이……"

이 경장이 신음처럼 내뱉은 말이었다.

"아는 얼굴인가?"

"상곡리 박판구 씨네 삼대독잡니다."

상곡리의 수재, 장차 영감님 소리를 들을 인재라는 얘기를 들은 기억이 났다. 유례없는 가뭄으로 가을걷이가 신통치 않을 듯하자 아비의 학비 부담을 덜기 위해 입대를 자청할 정도로 효자라고 소문이 자자했다. 얼굴을 보기는 처음이었다. 불가근, 불가원. 김철호는 관할 주민에 대해서도 두 개의 선을 그었다. 너무 가깝지도 너무 멀지도 않도록.

"볼 때마다 어디가 억수로 아픈 것 같더니 인자는 편안하네. 그나저나 대가 끊겨 우야노."

이 경장이 고개를 절레절레 저으며 중얼거렸다.

김철호는 이 경장을 밀치고 법대생의 몸 이곳저곳을 만져보았다. 이마도 손목도 싸늘했다. 맥박이 없었다. 김철호는 법대생의 가슴께를 힘껏 눌렀다. 한 번, 두 번, 세 번. 가슴을 누를 때마다 총 맞은 자리에서 피가 왈칵 솟았다. 어서 눈을 떠. 숨을 쉬란 말이야. 김철호는 법대생의 심장을 미친 듯이 두드렸다.

"서장님, 진정하이소."

법대생의 목숨을 앗아간 것은 가슴을 뚫고 들어간 총알이었다. 가슴께에서 새어 나온 피가 비와 섞여 땅바닥으로 흘러내리고 있었다. 김철호의 낯빛이 사색이 되었다. 몸에서 피가 빠져나가는 기분이었다.

범죄 없는 마을은 김철호 일생의 역작이었다. 무리하지 않는 선에서, 피와 땀의 결정체였다. 절체절명의 위기도 있었다. 재미 삼아 한 닭서리를 황 순경이 절도죄로 의령경찰서에 넘긴 것이다. 그러고 보니 그때도 온천에 가 있을 때였다. 황 순경 이놈의 자식은 온천하고 원수라도 졌단 말인가. 사건 무마를 위해 진땀 뺀 것을 생각하면 지금도 이가 갈렸다. 도둑 맞은 게 아니라 판 것이라는 진술을 받아내기 위해 닭 주인에게 시세의 두 배를 쥐여줘야 했다. 부아를 돋운 것은 뜻하지 않은 지출이나 뜨악해하던 닭 주인의 표정이 아니었다. 무리했다는 점을 견딜 수 없었다. 하지만 선택의 여지는 전무했다. 자신의 마을에 범죄란 있을 수 없었다. 그런데 살인이라니. 더구나 자신의 부하가. 뒤통수를 제대로 얻어맞은 기분이었다. 김철호의 밋밋하고 납작한 뒤통수가 감당할 만한 충격이 아니었다.

필생의 작품이 쓰레기라는 오명을 뒤집어쓸 경우, 어떤 예술가들은 창밖으로, 다리 아래로 몸을 던진다. 중력의 존재를 확인하기 위해서가 아니다. 자신의 눈과 귀를 죽이기 위해서다. 이 꼴 저 꼴 보고 싶지 않아서, 이 말 저 말 듣고 싶지 않아서다. 상처받은 허영심만 한 살인자가 또 있을까. 지옥을 만든 것도, 천사의 맏형을 악의 우두머리로 만든 것도 상처받은 허영심이었다.

허공에 몸을 날리는 실패한 예술가들에게는 날개가 없지만 맹렬한 분노가 종종 안전그물 노릇을 한다. 분노가 수많은 예술가의 목숨을 구했다. 쓰레기라는 쓰레기 같은 말을 지껄인 쓰레기에 대한 분노. 그 걸레 같은 주둥이를 다물게 해주마. 그리하여 분노는 위대한 작품을 빚어내기도 한다. 황 순경, 이 문디 자슥. 하지만 김철호의 분노는 보란 듯 위대한 작품을 만들기는커녕 필생의 역작을 망친 자의 멱살을 쥘 기력조차 없었다. 안전그물? 김철호를 떠받친 것은 30여 년 전 전장에서 그랬던 것처럼 적에 대한 분노가 아니라 죽음에 대한 공포였다.

김철호는 휘둥그레진 눈으로 지서 쪽을 바라보았다. 어디쯤이었을까? 어디에서 쏘았길래 한 방에 심장을 박살냈을까? 얼마나 차가운 총알이기에 한 방에 이마와 손목을 얼어붙게 했을까?

총알이 빗발치는 전쟁터에서도 머리와 심장만 잘 지켜낸다면 한 방에 훅 가는 일은 없었다. 총알은 똘똘한 뇌와 아둔한 뇌, 용감한 심장과 비겁한 심장을 가리지 않았다. 사즉사, 생즉생. 죽기를 각오한 사람은 죽었고 살려고 기를 쓰는 사람은 살아남았다. 살고 싶다면 머리와 심장을 은폐하라. 철모를 한 순간도 벗지 마라. 참호를 파라. 참호를 깊이 파라. 김철호가 전쟁에서 살아남은 것은 전적으로 참호 덕분이었다.

대부분의 병사들은 참호 파기에 소홀했다. 목숨을 지켜주는 것은 구덩이가 아니라 총이라고 믿었던 데다 부대가 이동할 때마다 새로 파기도 귀찮았던 것이다. 특히 미군들은 땅 파기를 싫어했다. 무전만 치면 비행기가, 탱크가, 대포가 적을 쓸어버릴 테니 구덩이에 몸을 숨길 필요가 없다는 식이었다. 남이야 그러거나 말거나 김철호는 심혈을 기울여 참호를 팠다. 사격 실력은 제 발등에 쏘지 않는 게 어디냐는 비아냥을 감수해야 할 정도였고 할 줄 아는 영어라고는 "헬프 미"뿐이었지만, 참호 파기라면 얘기가 달랐다.

영어? 국제시장 언저리에서 배를 움켜쥔 채 쓰레기통을 뒤지던 김철호가 미군과 생사를 함께하게 된 사연은 이랬다.

일거리를 준다는 소리에 올라타고 보니 군인이 모는 트럭이었다. 어느 고등학교 운동장에서 제식훈련을 받던 도중 파란 눈의 군인들이 들이닥쳤다. 훈련병들을 일렬로 세우더니 자기들 총을 어깨에 메게 했다. 제식훈련 때 쓰던 목총보다 훨씬 길었다. 미 보병 주력 화기인 M1 개런드 소총이었는데 개머리판이 땅에 닿는 훈련병이 적지 않았다. 불행인지 다행인지 김철호의 어깨에 매달린 소총은 땅에 닿지 않았다. 개머리판에 흙을 묻히지 않은 다른 훈련병들과 함께 미군 트럭에 올라 탔다.

흑인 병사가 몬 트럭은 곧장 부산항으로 달렸고 그들을 기다리고 있던 것은 미군 수송선이었다. 수송선은 오사카로 향했다. 후지산 자락을 열흘 동안 박박 긴 뒤 다시 부산행 배에 몸을 실었다. 인천에 상륙한 미 해병대가 서울을 탈환했다는 소식을 들은 것도 그 배에서였다. 김철호는 미 9군단에 배속되었다. 공식적으로는 미군을 지원하기 위해 파견된 한국군이라는 뜻의 '카투사'. 미군 부대원이지만 정식 미군이 아니었으므로 군번조차 없었다. 호적 없는 군인이요, 유령 군인이었다.

미군들은 한국 군인을 보면 무조건 '킴'이라고 불렀다. 두 명이 함께 있으면 빅 킴, 스몰 킴. 셋이면 비기스트 킴, 빅 킴, 스몰 킴. 넷이면 비기스트 킴, 빅 킴, 스몰 킴, 스몰리스트 킴. 다섯 이상이면 손가락으로 지목했다. 김철호는 빅 킴이거나 비기스트 킴이었다. 평양을 찍고 운산까지 밀고 올라갔을 때는 두더지를 뜻하는 '몰mole' '몰 킴'으로 통했다. 참호 파는 실력이 경이로웠기 때문이다.

"우체국에 불이 켜져 있습니다, 서장님."

이 경장이 권총을 꺼내며 말했다.

김철호는 우체국의 불빛보다 이 경장의 권총이 더 반가웠다. 결코 무리하지 않는 경찰, 김철호는 온천에 가기 전 권총을 지서 무기고에 얌전히 넣어두었다. 총을 차고 욕탕에 들어가는 사람은 없으니까. 그런데 무기고 열쇠는 오늘 당직인 황 순경의 호주머니에 들어 있을 터. 총을 두고 간 것이 후회막심이었다.

김철호는 이 경장을, 아니 이 경장의 권총을 앞세우고 우체국으로 향했다. 지서 앞을 지날 때는 조마조마했다. (담배 가게 주인은 지서가 텅 비어 있었다고 말했지만) 황 순경이 기다리고 있을 것만 같았다. 카빈과 수류탄으로 무장한 채. 청년의 심장을 꿰뚫은 총알이 공포라는 독을 김철호의 심장에 심었다. 심장이 펌프질할 때마다 공포는 몸 구석구석으로 무섭게 내달렸다. 김철호는 공포를 제어하기 위해 안간힘을 썼다. 두려움으로부터 지켜주십사 기도하고 싶은 심정이었다.

만약 김철호가 실제로 기도했다면 우체국은 기도에 대한 응답이 아니었다. 우체국에서 기다리고 있던 것은 피비린내와 세 구의 시체였다. 두 명은 머리가, 나머지 한 명은 목이 피범벅이었다.

"우체부와 교환원들입니다, 서장님."

이 경장이 말했다.

악수라도 건네라는 걸까. 신임 서장에게 관내 체신 공무원들을 소개하는 것처럼 들렸다. 평소에는 철저함과 신중함으로 치켜세웠던, 이 경장의 꼼꼼한 스타일이 영 거슬렸다. 김철호는 가슴이 갑갑했다.

"불을 끄게."

"네?"

"불을 꺼."

"네, 서장님."

이 경장이 스위치를 껐다. 비명에 간 우체국의 눈을 감겨주기라도 한 걸까. 어둠 속에서 피비린내는 더 진동했지만 김철호는 그제야 겨우 숨을 쉴 수 있었다. 가능하다면 지구의 모든 불을 끄고 싶었다.

"껐습니다, 서장님."

"일일이 보고할 필요 없다."

"네, 서장님."

"서장님이라는 말도 고마해라."

"네, 서장님."

"또."

"아, 네. 그란데 우체국은 와 습격했을까요? 외부와 연락을 끊을라고?"

"……"

"황 순경 그래 안 봤는데 치밀하네 치밀해."

이 경장이 갑자기 말이 많아졌다. 두려워하는 기색이 역력했다.

"시끄럽다."

"네, 서장님."

우체국을 나서는 김철호의 귓전에는 황 순경의 울분에 찬 외침이 사이렌처럼 울렸다. 다 직이쁜다. 다 직이쁜다. 다 직이쁜다. 달리는 노루의 귀를 맞혔다는 소리는 허풍이 아닐지도 모른다. 김철호는 목덜미를 파고드는 한기에 몸서리쳤다.

지서도 두려움을 이겨내게 해달라는 기도의 응답은 아니었다. 무기고를 지키고 있어야 할 방위병들은 온데간데없고 무기고 문은 굳게 잠겨 있었다. 지금, 그리고 앞으로 한동안 제대로 무장한 사람은 황 순경뿐이라는 뜻이었다.

"경비 전화 돌려."

지서에 들어서자마자, 황 순경이 없다는 사실을 확인하자마자, 김철호가 명령했다.

"황 순경, 그 치밀한 자슥이 우체국도 저래 만들어놨는데, 경비 전화가 멀쩡하겠습니까? 서장님."

"확인 안 하나?"

"확인하겠습니다, 서장님."

이 경장이 경비 전화 수화기를 집어들었다.

"어라. 전화가 살아 있네!"

이 경장이 믿을 수 없다는 투로 중얼거렸다.

김철호는 수화기를 뺏어들었다. 의령경찰서 상황실이 곧장 나왔다. 상황실은 일이 터졌다는 사실을 알고 있었다. 신고가 접수되었다고 했다. 신고 시각, 신고자, 신고 내용을 물었다. 신고 시각은 한 시간 전이었고 신고자는 뜻밖에 군청 민방위과장이었다. 대평면에 사는 민방위과장이? 신고 내용은 더 뜻밖이었다. 순경 하나가 인질극을 벌이고 있다는 것이었다. 인질극이라니. 인질극을 벌이러 가기 위해 사람들을 닥치는 대로 죽였다고?

"기동타격대는?"

수화기 저쪽에서 설명을 마치자마자 김철호가 물었다.

"곧 도착할 겁니다."

"언제 출동했나?"

"그기……"

"언제 출동했냐고?"

역시 대답이 없었다. 김철호는 상황실장을 바꿔달라고 했다. 상황실장의 대답도 김철호의 두려움을 누그러뜨리지는 못했다. 오히려 부추겼다. 경무과장이 기동타격대를 이끌고 출발한 것은 신고를 받은 지 55분 뒤, 그러니까 지금으로부터 5분 전이었다. 앞으로 40분 동안이나 권총 한 자루로 지서를 지키고 있어야 한다는 뜻. 무기고 열쇠의 소재를 파악하느라 출동이 늦었다는 변명은 안 듣느니만 못했다.

"대평지서는예?"

"아직 안 갔습니까? 신고 받자마자 출동 명령 내렸는데……"

상황실장이 놀란 목소리로 되물었다.

그래도 김철호만큼 놀라지는 않았을 것이다. 엎어지면 코 닿을 거린데, 대체 뭐 하느라 여태…… 김철호는 눈앞이 캄캄했다. 운산에서 중공군에게 기습을 당할 때도, 다급한 전황을 알리는 전령보다 더 빨리 후퇴할 때도, 중공군을 저지하기 위해 매복 중이던 터키군의 총탄 세례를 받을 때도 이토록 캄캄하지는 않았다. 무엇이 달라진 걸까? 나이가 들어서 겁이 많아졌나? 그때도 겁은 많았다. 중공군 피리 소리만 들어도 오금이 저리지 않았던가. 황 순경이 명사수라서? 저격수라면 중공군에도 즐비했다. 대체 무엇이 달라졌을까?

이쪽 상황을 묻는 상황실장의 질문에 김철호는 말문이 막혔다. 파악 중이라고 둘러댄 뒤 신고 경위와 내용을 자세히 물었다. 알아낸 정보는 마을 주민이 군청 당직실로 신고했다는 게 다였다. 어디에 사는 누가, 뭐라고 신고했는지는 상황실도 몰랐다. 전화를 끊는 손길이 천근만근이었다.

김철호는 벽에 걸린 관내 지도를 노려보았다. 황 순경은 어디에 있을까? 부부 싸움을 하고서 술을 마셨다고 했으니 처를 찾아 나섰겠지. 황 순경의 집은 하곡리…… 지금은 어디쯤에서 저승사자 놀이를 하고 있을까? 삼거리 시장통까지? 스스로 넘지 말아야 할 선을 긋는 김철호는 눈으로 금을 하나 그리고 있었다. 하곡리와 중곡리를 이어주는 다리. 왜 하필 거기였을까? 짐승의 관절에 푸주한의 칼날이 꼬이듯 지도 위의 다리는 군사 전략가들의 눈길을 사로잡는다. 개가 전봇대를 그냥 지나치지 못하는 것과 같은 이치.

다리라면 중곡리와 상곡리 사이에도 있었다. 김철호의 추론은 이랬다. 사자도 배를 채우면 사냥감을 거들떠보지 않는 법. 저승사자에게도 넘지 말아야 할 선은 있을 테지. 평소에도 야간 순찰이라면 질색팔색이었으니까. 역시, 확신이 아니라 짐작일 뿐이었다. 공식적으로 범죄가 없는, 아니 한 시간 전까지만 해도 범죄가 없던 마을 지서장의 막연한 심리적 저항선에 불과했다.

지도를 노려보던 김철호의 눈이 파르르 떨렸다. 위쪽에는 넘지 말아야 할 선이 버티고 있지만 아래쪽은 허전했다. 황 순경이 돌아올 수도 있다는 뜻이었다. 게다가 연고지인 부산 쪽으로 도주하려면 지서 앞을 지나야 할 터. 무서운 깨달음이었다. 황 순경이 돌아오는 것, 기동타격대가 당도하기 전에 황 순경이 들이닥치는 것, 너무 끔찍해서 차마 상상하고 싶지도 않은 최악의 시나리오였다.

"삽, 삽 가져와!"

김철호가 다급하게 소리쳤다.

"땅 파는 삽 말씀입니까, 서장님?"

"퍼뜩!"

김철호의 목소리가 절박했다. 그 절박함이 두려움으로 뻣뻣하게 굳은 이 경장의 등짝을 떠밀었다.

삽을 들고 오는 이 경장이 기동타격대만큼이나 반가웠다. 정확히 말하면 이 경장의 손에 들린 삽이. 김철호는 삽을 낚아챘다.

"불 꺼."

뒷문으로 나가다 뒤를 돌아보며 김철호가 단호하게 명령했다. 삽 한 자루 쥐었을 뿐인데 눈빛에는 생기가, 목소리에는 핏기가 돌았다. 30여 년 전으로 돌아간 기분이랄까. 잠잘 때도 똥 눌 때도 야전삽을 손에서 놓는 법이 없었다. 총은 몰라도 삽은 절대로.

지서 뒷마당으로 나온 김철호는 담벼락 바로 앞을 파기 시작했다.

"구덩이는 왜 파시는 겁니까, 서장님?"

"참호다."

"참호예?"

"화력이 열세일수록 깊게 파고 버텨야 한다."

"지가 파겠습니다, 서장님."

이 경장이 삽을 뺏으려 했지만 웬걸, 김철호에게는 삽을 넘겨줄 마음이 눈곱만큼도 없었다. 참호에 관해서라면 누구에게도 뒤지지 않을 자신이 있었다. 마감한 본새만 봐도 인민군인지 중공군인지 알아맞힐 정도의 안목부터 한국 병사들을 졸로 보던 미군들마저 감탄하지 않을 수 없게 만든 정교한 삽질까지, 김철호는 참호를 파기 위해 태어난 사람 같았다.

유엔군 총사령관이 압록강 이남에 중공군은 한 명도 없다고 장담할 때 중공군의 낌새를 알아챈 김철호였다. 정찰 도중 전과 다른 참호를 발견한 것이다. 인민군의 참호보다 더 크고 깊었으며 삽질에 거침이 없었다. 말하자면, 대륙풍이었다. 김철호는 소대장을 붙들고 소리쳤다. "차이나! 차이나!" 그때 맥아더가 한 카투사의 타고난 안목만 믿었어도 전쟁의 양상은 크게 달라졌으리라. 김철호는 지금도 그 생각만 하면 입이 썼다.

역사를 바꿀 뻔한 안목도 안목이지만 솜씨는 또 어땠나. 한눈에 봐도 김철호의 참호는 예사롭지 않았다. 일단 규격이 일정했다. 눈짐작으로 대충 파도 자로 잰 듯 정확했으며 낮이든 밤이든 시간에 관계없이, 비가 오든 눈이 오든 날씨와 무관하게, 진흙이든 모래흙이든, 토질에 아랑곳하지 않고 한결같았다. 가로 1.5미터, 세로 2미터, 깊이 2미터. 온몸을 흙투성이로 만든 인체공학적 연구와 무수한 '삽질' 끝에 얻어낸 황금 비율이었다.

유엔군 사령부의 권장 기준은 가로, 세로, 각각 1미터였으나 김철호의 견해는 달랐다. 유사시 동료의 도움을 청할 때를 대비해 두 명이 동시에 사격할 수 있을 만큼 가로 길이를 늘렸다. 세로가 가로보다 긴 것은 휴식을 취할 때 발을 뻗기 위해서였고. 혹자는 적의 수류탄이 굴러 들어올 확률만 높아진다며 딴죽을 걸었지만 하나만 알고 둘은 모르는 소리. 참호가 비좁을수록 수류탄을 찾기도, 집어내기도 힘들어진다. 그래도 만전을 기하기 위해 바닥 가운데가 살짝 오목하게 팠다. 적의 수류탄이 굴러 들어오더라도 찾기 쉽도록. 김철호의 설계는 이토록 꼼꼼했다. 장인적, 예술가적 꼼꼼함이었다. 대륙풍의 호방함과 반도풍의 정교함을, 북방식의 폭과 남방식의 깊이를 두루 갖춘, 새롭고 혁신적인 스타일이었다. 굳이 이름 붙이자면 '김철호류'라 부를 수 있겠다.

김철호류의 창시자가 가장 신경 쓴 부분은 단연 깊이였다. 너무 얕으면 총에 맞기 쉽고 너무 깊으면 사격이 어려웠다. 사실 얕아서 문제인 적은 드물었다. 그랬다면 허공에 총질할 셈이냐는 비아냥은 듣지 않았을 터. 예술가를 괴롭힌 것은 언제나 눈물 젖은 빵이 아니라 깊이. 깊이에 대한 고민으로 한숨 쉬던 김철호 앞에 어느 날 트럭이 멈춰 섰다. 운전병이 내리는 모습을 바라보다 김철호는 눈을 크게 떴다. '발판'이라는, 참호 역사상 전대미문의 아이디어가 탄생한 순간이었다. 참호를 2미터 깊이로 파되 60센티미터 높이의 이중 발판을 만들어 평소에는 맨 윗단에서 경계를 하다 전투가 벌어질라치면 신속하게 두번째 발판으로 내려섰다.

김철호는 사람 죽이는 데는 재주도 관심도 없었다. 어차피 병사들의 목숨을 앗아가는 것은 적의 총알보다는 추위, 굶주림, 안전사고였다. 별을 세 개나 단 장군이 지프 사고로 목이 꺾이는 장면을 목격한 김철호였다. 참호 바깥에는 죽음이 널려 있었다. 위험을 최소화한다는 점에서 김철호가 설계하고 시공하고 감리한 구덩이는 완벽한 참호였다. 생명공학적으로 완전할 뿐만 아니라 아름답기까지 했다. 보는 눈을 황홀하게 하는 황금 비율은 물론, 부드러운 곡선으로 다듬어진 모서리부터 삽 자국을 찾아볼 수 없을 만큼 매끈한 단면까지, 미학적으로 흠잡을 구석이 없었다.

미군들은 김철호의 참호를 보고 "원더풀!"을 연발했고 '아트'라는 말도 아끼지 않았다. 포연 속에 핀 예술혼이자 전쟁에 대한 예술의 승리였다. 수많은 지휘관들이 김철호의 참호를 보러 왔고 특별 시범을 요청했다. 급기야 삽 한 자루 들고 이 부대 저 부대를 방문하기에 이르렀다. 삽질을 할수록 러브콜이 쇄도했다. 허리 펼 새가 없었다. 서로 모셔가려고 지프가 줄을 섰다. 헬기를 보낸 지휘관도 있었다. '목숨Life'이라는 이상한 제목의 잡지 기자가 표지에 싣겠다며 사진도 찍어갔다. 죽음에 대한 두려움만 빼면 좋았던 시절이다.

한 전쟁사가에 따르면, 미군 병사들의 사랑을 독차지한 것은 영화 「뜨거운 것이 좋아」의 히로인이 휴전 이듬해 펼친 위문 공연이었지만 한국전쟁 당시, 부하들의 목숨을 금쪽같이 여기던 지휘관들의 사랑을 독차지한 것은 어느 카투사의 참호 파기 시범이었다.

김철호는 사단 병력 앞에서 참호를 판 적도 있었다.

시범을 지켜보던 아이오와 출신의 한 병사는 이렇게 평했다.

"저 친구는 무덤이라도 파는 것처럼 진지하군."

죽음에서 삶을 보고 삶에서 죽음을 보는 눈, 불에서 물을 보고 물에서 불을 보는 눈, 만약 작가가 된다면 대성할 눈이었다.

6. 무궁화꽃이 피었습니다

탕탕탕. 문 두드리는 소리가 어렴풋이 들려왔을 때 의령군청 농촌지도과 영농지도계 서기 손반기(29·남)는 궁지면에 이웃한 대평면 자택에서 잠을 자고 있었다. 멀쩡한 보리를 뽑아내는 꿈에 시달리던 참이었다. (상부에 보고할) 새로운 품종의 벼 농사용 보온못자리 확보율을 높이기 위해서였다. 개량종 벼를 보급하기 위해서라면 수확을 앞둔 보리밭도 갈아엎어라. 이것이야말로 농업혁명이 아니고 무엇이랴.

혁명은 반혁명을 불러오게 마련. 녹색혁명의 뒤끝에도 반녹색혁명의 후폭풍이, 조정 국면이 도래했다. 정부에서 개발하고 보급하는 쌀은 찰기도 맛도 없지만 수확량은 획기적으로 늘어, 전량 구매해야 하는 정부에 획기적인 짐이 되고 말았다. 나락 한 줄기에 겨우 80알이던 것이 2백 알을 훌쩍 넘기게 될지 누가 상상할 수 있었으랴? 10헥타르당 소출이 6백 킬로그램 이상인 농가에 주기로 한 포상금이 대거 살포되어야 하는, 비상 상황이 도래할지 누가 짐작할 수 있었으랴? 나라의 곳간은 가득 찼지만 금고는 텅 빌 지경이었다. 특단의 조치가 필요했다. 그리하여 정부는 찰기는 보강하고 생산성은 줄인 개량종을 하나씩 내려보내기 시작했다. 그런데 이름이……

통일벼, 유신벼. 농업혁명의 초창기에는 볍씨 이름도 혁명적이었다. 그런데 요즘은? 수원 264호, 밀양 28호. 고정간첩

암호명 같았다. 아니나 다를까. "수원 263호는 숙청됐나?" "와 한 놈씩 찔끔찔끔 내려보내노? 김신조 부대맹키로 한 방에 내려보내고 치아삐라." 새 품종의 감칠맛을 목 놓아 외치는 손반기에게 돌아오는 것은 농부들의 조롱뿐이었다. 가뜩이나 변화라면 인상부터 쓰는 사람들인데, 새 품종을 보급하지 말라는 것도 아니고. 장땡, 9땡…… 아니면 갑오라도. 혹할 만한 이름을 지어주면 어디가 덧나. 치명적인 적은 내부에 있는 법. 정부미의 숙적은 일반미가 아니라 정부미 이름이었다.

이름에 관해서라면, 숫자에 대해서라면 누구보다 할 말이 많은 손반기였다. 새 품종명에 대한 농지거리를 들을수록 오기가 솟았다. 오기는 큰형의 이름이기도 했다. 손반기는 아들만 다섯이던 집에서 여섯째로 태어났다. 둘째 형은 사기, 셋째 형은 삼기, 넷째 형은 이기, 다섯째 형은…… 일기가 아니라 한기였다. 아들 다섯을 생산한 아내의 배가 다시 부풀어 올랐을 때 손반기 부친은 딸이기를 바랐다. 아들이라면 이름을 어찌 지어야 할지 난감했던 것이다. 원칙대로라면 여섯째 아들의 이름은 내림등차수열 공식에 따라

$$a_n = a_{n-1} - 1$$
$$a_6 = a_5 - 1$$
$$한기 - 1 = ?$$

영기가 되어야 마땅했다. 하지만 손반기 부친에게 0은 숫자도 뭣도 아니었다. 백번 양보해 숫자라 쳐주더라도 귀한 자식 이름에 어찌 아무것도 아님을 뜻하는 숫자를 끼워 넣겠는가. 아비로서 할 짓이 아니었다. 만에 하나 아들이 더 태어나기라도 한다면? 내키지 않지만 0이라는 숫자 아닌 숫자를 비상용으로 남겨둬야 했다. 그리하여 한기 동생은 반기가 되었다.

 꿈을, 아니 문을 두드린 이는 막내 처제였다. 군청에서 전화가 왔다는 것이었다. 손반기는 뒤숭숭했던 꿈자리를 떠올리며 불길한 예감에 사로잡혔다. 계장이 개량종 볍씨 보급 현황을 확인하려고? 눈꼬리에 매달려 있던 잠이 확 달아났다.

 전화는 처가 안방에 놓여 있었다. 손반기가 수화기를 받아 들기까지는 비를 맞으며 다섯 집을 지나야 했는데, 그러기 위해서는 골목에서 만난 두 명의 처가 쪽 어른과 간만의 봄비 얘기로 물꼬를 튼, 보리 작황에 대한 내용이 핵심이라기에는 왠지 망설여지는 버라이어티한 대화를 나누어야 했다. 처가 문턱을 넘어선 뒤에는 건넌방에서 과자를 먹으며 아내와 수다를 떨고 있던 두 처제들과 인사를 나누어야 했고 군청에서 오밤중에 왜 찾느냐는 아내의 질문에 신통치 않은 대꾸를 해야 했다. 마침내 안방에 들어가서는 장인, 장모에게 문안 인사와 늦은 시간에 번거롭게 해드려 죄송하다는 심심한 사과의 말을 건네야 했다.

전화를 건 사람은 당직인 재무과 윤이었다.

"손 서기 고향이 궁지면 하곡리 맞나?"

윤 서기 말대로, 손반기는 본디 궁지면 하곡리 사람이었다. 지금 살고 있는 대평면 대풍리는 처의 고향. 여자 쪽에서 시집살이를 가는 봉건적 관습을 깨고 처의 고향에 신접살림을 차린 것은 딸만 넷인 집의 맏이인 아내의 간청 때문이었다. 아우들과의 우애가 각별해서 친정 근처에 살기를 원했다. 반면 아들만 일곱인 집의 여섯째인 손반기는 아내의 청을 외면해야 할 만큼 형제들과의 관계가 돈독하진 않았다. 실은 가급적 멀리 떨어져 살고 싶었다. 어릴 적 형들은 이름 때문에 놀림감이 될 때마다 애꿎은 손반기에게 화풀이했던 것이다. 오기 형은 오기를 부리며, 사기 형은 사기꾼적 기질로, 삼기 형은 삼긴 대로, 이기 형은 이기적으로, 한기 형은 등줄기에 한기가 돌 만큼. 저항하는 기미라도 보이면 도끼눈을 뜨고 소리쳤다.

"지금 내한테 반기 드나?"

사내자식들이란 끊임없이 누군가를 놀리거나 괴롭혀야 직성이 풀리는 족속이기는 하다. 한순간도 가만히 있지 못한다. 하지만 손반기는 가만히 있는 데 발군의 재능을 타고난 아이였다. 다른 애들이 전쟁놀이할 때도, 개구리를 잡으러 몰려갈 때도 혼자서 가만히 있었다. 어쩔 수 없이 축구 시합에 껴야 할 때는 골키퍼를, 야구를 해야 할 때는 포수를 자청했다. 골대 앞에서든 홈플레이트 뒤에서든 웬만해서는 움직이지 않았다.

막기 힘든 공은 막지 않았고, 받기 어려운 공은 받지 않았다.

손반기가 좋아한 놀이는 따로 있었다. '얼음땡'과 '무궁화 꽃이 피었습니다'. 얼어붙은 듯 가만히 있기가 세상에서 가장 쉬웠다. 선생들은 툭하면 눈 감고 꼼짝 못 하게 하는 기합을 줬으나 손반기에게는 벌이 아니라 선물이었다. 전체 조회 시간, 교장의 끝날 줄 모르는 훈화 역시. 모두가 가만히 있는 순간의 희열이란! 밤하늘의 별처럼, 입안의 금이빨처럼, 반짝이는 것들은 죄다 가만히 있지. 논밭 대신 군청 의자를 택한 것도 가만히 있고 싶어서였다. 가만히 있기로 치자면, 친정 근처에 살자는 아내의 청이 못마땅해야 했으나 도리어 기꺼웠다. 군청이 더 가까웠던 것이다.

뜻밖에 부친도 흔쾌히 허락했다. 손반기 부친으로서는 아들 부자인 데다 여섯째 아들에게 '내 맛도 니 맛도 아닌' 어정쩡한 이름을 지어준 것이 못내 마음에 걸렸다. 유난히 병치레가 잦은 것도, 밥그릇을 반만 비우는 것도, 형들과 달리 몸집이 부실한 것도, 하룻밤만 잠을 설쳐도 얼굴이 반쪽이 되는 것도 다 모자란 이름 때문인가 싶었다. 대평면 대풍리라면! 큰 대 자가 두 번이나 들어간 지명이 여섯째 아들의 반쪽짜리 이름을 보완해줄 거라 기대한 것이다.

"궁지면 하곡리 맞습니다."

손반기는 재무과 윤에게 말을 놓지 못했다. 직급은 같았으나 두 호봉 높았고 나이도 한 살 많았다. 연공서열이라는 업계의 룰에 따르면 엄연히 윗사람이었다.

"일이 난 모양이야."

"무신 일이요?"

"순경 하나가 사람을 잡는다 카더라."

"무신 말씀입니까? 자세히 얘기해보소."

윤 서기는 당직실에 걸려 온 '희한한' 전화에 대해 얘기했다. 누군지는 밝히지도 않은 채 다짜고짜 순경 하나가 사람을 잡는다고 고함인지, 절규인지를 내뱉으며 손반기를 찾았다는 것이다.

"어디서 온 전화인지 확인해봤습니까?"

"뭔 일인지는 모르겠지만 일단 당사자에게 알리는 게 급선무 아이겠나 싶었다. 그라고 그걸 우예 확인하노?"

윤은 '당사자'라는 말에 유독 힘을 줬다.

"전화를 연결해준 교환원한테 물어보면 될 낀데……"

"그런 방법이 있었네. 그카믄 되겠다."

손반기는 아차 싶었다. 업계의 관행에 따르면 업무 추진은 아이디어를 낸 자의 몫. 손반기답지 않은 경거망동이었다. 평점심이 흔들린 것이다. 심상치 않은 신고 때문에? 아니다. 심상치 않은 신고에 자신의 이름이 언급되었기 때문이다. 공복들은 실명이 거론되는 것을 본능적으로 꺼린다. 사심 없이 일하는 공복일수록 그러하다. '조직 마인드'랄까, 공직 사회라는 거대한 시계의 일개 톱니바퀴라는 신념이 투철해서였다. 톱니

바퀴에게 이름이 있던가? 공복에게는 이름이 없다. 다만 직책이 있을 뿐.

손반기는 전화를 끊고 장인에게 한 통만 걸겠다고 양해를 구했다.

"무신 일인가, 손 서방?"

장모가 바짝 다가오며 물었다.

손반기는 희한한 신고에 대해 설명했다.

"누가 전화했을까, 손 서방?"

"군청 당직실로 연결해준 교환한테 물어봐야 할 것 같습니다, 장모님."

"퍼뜩 알아보게."

손반기가 전화기 손잡이를 돌리자 앳된 여자 목소리가 나왔다. 대평우체국 교환원일 터였다.

"쪼매 전, 군청 당직실로 전화 연결해준 교환원입니까?"

"아닌데예."

"당사자를 바꿔주소."

"어디신데예?"

"대풍면 대풍리, 아니 군청 농촌지도과 영농지도계 서기입니다."

"무슨 일인데예?"

손반기는 군청 당직실로 걸려 왔다는 희한한 전화에 대해 다시 한 번 얘기하지 않을 수 없었다.

"전화 바꿨는데예."

더 앳된 목소리였다.

해당 교환원과의 지극히 공적인 대화 끝에 희한한 전화가 궁지면우체국의 행정 라인으로 걸려 왔음을 알게 되었다. 행정 라인이라면 면장이나 이장네였다. 굳이 자신을 찾았다면 하곡리 이장을 맡고 있는 당숙뻘 형님일 가능성이 농후했다. 다른 데도 아니고 고향 일이었다. 다른 사람도 아닌 집안 어른의 신고였다. 하지만 공과 사를 엄격히 구분하는, 아니 사보다 공을 앞세우는 공복답게 손반기는 정확히 어느 행정 라인인지 확인을 요청했다. 교환원은 머뭇거렸다. 무엇 때문인지는 몰라도 망설이는 기색이 역력했다.

"무슨 일 생기면 누군가 책임져야 할 낀데······"

석연치 않은 느낌 때문이었을까. 공직 사회의 금기어가 튀어나오고 말았다. 손반기 자신도 화들짝 놀랐다. 권한이 적은 사람일수록 '책임'이라는 말을 두려워한다. 조직 사회에서 책임은 바윗덩어리 같아서 아래로, 낮은 곳으로 구르기 마련. 지위가 높다는 거, 권력을 쥐고 있다는 것은 그 바윗덩어리가 신속하고 깔끔하게 굴러 내려간다는 것을, 심지어 바윗덩어리를 아래로 떠밀 수 있다는 것을 의미한다. 우체국에서 교환원이 가재라면 군청에서 손반기는 게였다. 동서고금을 막론하고 두 갑각류는 동맹 중의 동맹, 가재의 손목을 비튼 게는 마음이 못내 불편했다.

어쨌거나 반응은 즉각적이었다.

"아무래도 이상해가 궁지우체국을 호출했는데 전혀 응답이 없어예."

"잠깐 자리를 비울 수도……"

"어데예? 이인일조라 응답이 없을 수는 없어예."

우체국이 불통이라면 예삿일이 아니었다.

"궁지지서는요? 우체국 바로 옆인데."

손반기의 말이 빨라졌다.

"지서예? 거기는 내무부 소속인데……"

손반기는 말문이 막혔다. 당장 지서에 연락해보라는 말이 목구멍까지 올라왔지만 교환원의 말이 옳았다. 계통에 따르는 거, 옆집 제삿상에 감 놔라 배 놔라 하지 않는 거, 그것은 부르주아 계급이 권력 분점을 위해 왕의 목을 친 이래 관가의 불문율이었다. 견제와 균형이라는 정신적 원리는 파티션, 칸막이라는 물질로 구현되었고 교환원의 지적대로 우체국와 지서는 족보가 달랐다.

공복 중의 공복, 손반기는 업계의 진리 앞에서 사사로운 감정을 영웅적으로 억눌렀다. 현역 공복들은 물론 공복 지망생들에게도 귀감이 될 만한 자세였다. 계통에 충실하게도 손반기는 군청 당직실을 연결해달라며 정중히 협조를 부탁했다.

당직실이 연결되자 손반기는 윤 서기에게 교환원과의 대화를 전했다. 희한한 전화가 하곡리 이장네에서 걸려 왔을 가능성이 농후하다는 짐작은 입 밖에 내지 않았다. 섣부른 짐작이나 어설픈 판단을 입에 올리는 것은 금물. 비상시에는 더욱 금물. 명시적 권한은 없고 잠재적 책임만 있는 사람들에게는 더더욱 금물. 구두 보고를 마친 손반기는 윤 서기의 지시를 기다렸다. 규정에 따르면, 비상시 공식적인 대응은 당직실 몫이었다.

섣부른 짐작이나 어설픈 판단을 자제하기는 윤 서기도 다르지 않았다. 팩트에 기댄 몇 마디를 주고받은 끝에 '윗선'에 보고해야 한다는 데 뜻을 모았다. 문제는 윗선의 방향과 높이였다. 사안의 성격상 농촌지도과의 윗선에 보고해야 하지 않겠느냐는 윤 서기의 신중한 물음에 손반기는 당직의 직무 성격상 당직실 담당자의 윗선에 보고하는 것이 적절하지 않겠느냐고 조심스레 되물었다. 윤 서기 말대로 사안의 성격에 따르자면 농촌지도과가 아니라 민방위과가 주무 부서에 해당하지 않겠느냐는, 의견이라기보다는 조직의 업부 분장에 대한 나름의 해석도 살며시 덧붙였다.

잠시 침묵이 흐른 뒤 윤 서기가 한층 조심스럽고 신중하게 내놓은 제안은 일단 각자의 윗선에 보고하자는 것이었다. 손반기는 윤 서기의 제안을 상황의 심각성 및 공식적 대응에 대한 일체의 '판단'은 각자의 윗선에 맡기자는 취지로 받아들였다. 아무도 안 하거나 모두 하거나. 언제나 그렇듯, 승자도 패자도 없는 결론이었는데 패자가 없다는 것, 아무도 지지 않는다는 게 중요했다.

손반기는 전화를 끊고 장인에게 한 통 더 써야 할 것 같다고 말했다. 물론 전화 손잡이를 다시 돌리기 위해서는 장모의 궁금증도 풀어주어야 했다.

계통상 손반기의 윗선은 농촌지도과 영농지도계장이었다. 계장의 집에는 전화가 없었다. 과장의 집에는 전화가 있었지만 계장을 건너뛰는 것은 조직의 안정과 기강을 심각하게 해치는 처사였다. 손반기는 대평면 대촌리 이장네로 전화해 계장을 불러달라고 했다.

계장이 전화 받기를 기다리는데 건넌방에 있던 아내가 와서 무슨 일인지 물었다. 손반기는 당직실로 걸려 왔다는 희한한 전화부터 계장에게 보고하기 위해 대기하고 있다는 것까지, 저간의 사정을 설명했다.

"별일 없겠지?"

손반기가 대답할 수 있는 질문이 아니었다. 그래서 가만히 있었다. 마침내 수화기에서 인기척이 들렸다. 계장이 아니라 이장이었다.

"아직 집에 안 왔다 카네."

"막걸리집에 함 가보소."

"그렇게까지 해야 하나?"

"급합니다."

"뭐가 그리 급하노?"

이장을 막걸리집에 보내기 위해 저간의 사정을 다시 한 번 설명해야 했음은 물론이다.

계장을 기다리는 동안 손반기는 과장에게 직접 전화해야 하지 않을까 갈등했지만 이번에도 계장의 체면, 아니 조직의 안정과 기강을 위해 가만히 있었다.

짐작대로 계장은 혀가 풀린 목소리로 전화를 받았다. 손반기는 희한한 전화 한 통에서 비롯된 일련의 상황을 보고했다. 보고를 제대로 이해했는지 미심쩍어서 확인하고 싶은 마음이 맹렬했지만 아랫사람의 분수에 맞게 가만히 있었다. 제대로 보고했다는 사실은 장인이, 장모가, 아내가 증명해줄 터였다. 그래도 확실히 해둬야 할 것이 있었다.

"지는 우얄까요?"

"과장님께 보고할 테니 일단 현 위치에서 대기해."

손반기가 그날 밤 받은 최초의 '오다'였다. 현장으로 달려가고 싶은 마음이 굴뚝같았지만 상급자의 지시를 받으니 마음이 홀가분하기도 했다.

"우짠 일인지 가봐야 하지 않나?"

장인이 물었다.

"대기하라는데 우얍니까?"

"저녁은 우옜노, 손 서방?"

장모가 물었다.

"라면으로 때왔습니다."

"문디 가스나, 서방 밥도 안 차려주고 동생들하고 노닥거리
노? 쪼매 기다려라. 저녁상 봐 올게."

장모가 아내를 흘겨보며 일어섰다.

"개안습니다."

음식에 관해서라면 누구도 장모를 말릴 수 없었기에 손반기
는 두 번 사양하지 않았다.

잠시 후 장모가 밥상을 들고 왔다. 손반기는 밥상을 전화기
곁에 놓았다. 현 위치에서 대기하라는 계장의 지시에 따르기
위해 오줌도 참았다.

전화벨이 울린 것은 손반기의 눈길이 자꾸만 문지방을 넘어
뒷간 쪽으로 향할 때쯤이었다. 당직실 윤 서기였다. 민방위과
에서 연락이 왔느냐고 물었다. 아니라고 하자, 민방위과 일마
들,이라며 혀를 찬 뒤 비상소집령이 내려졌으니 즉시 군청으
로 오라고 했다. 비상소집이라는 말에 손반기는 가슴이 철렁
했다. 궁지면은 현 위치에서 더 가까우니 곧장 가면 안 되겠느
냐 묻고 말았다. 대답은 직속 상관에게 물어보라는 것이었다.
윤 서기 말이 옳았다. 손반기는 얌전히 전화를 끊었다.

전화를 한 번 더 써야겠다고 장인에게 양해를 구하자 대체
무슨 일이냐고 장모가 물었다. 윤 서기와의 통화 내용을 설명
하려는 찰나 전화벨이 다시 울렸다. 이번에는 계장이었다. 계
장은 여전히 혀가 풀린 목소리였다. 민방위과에서 연락이 왔
느냐고 물었다. 아니라고 하자, 민방위과 넘들,이라며 혀를 찬

뒤 비상소집령이 떨어졌으니 즉각 군청으로 가라고 했다. 무슨 일이냐고 물었지만 구체적인 상황을 모르기는 계장도 마찬가지였다. 궁지면은 현 위치에서 더 가까우니 곧장 가도 되겠느냐고 묻자, 비상소집령을 내린 민방위과장에게 물어보라고 했다. 계장의 말도 옳았다. 손반기는 군말 없이 전화를 끊었다.

전화벨이 다시 울린 것은 전화를 또 쓰기 위해 장인에게 양해를 구한 뒤 장모에게 상황을 설명하고 있을 때였다. 이번에는 민방위과 김이었다.

"비상소집령이다. 퍼뜩 군청으로 뛰어온나."

"무신 일입니까?"

"순경 하나가 우체국 직원들을 인질로 잡고서 도망간 마누라 안 잡아 오면 다 직이삔다고 난동을 부린다 카네."

"어디서 들었습니까?"

"당직실로 신고가 들어왔다 카더라."

"누가요?"

"과장님이."

"민방위과장님 말입니까?"

"맞다."

"그래예? 현장이 더 가까운데 곧장 가봐도 되겠습니까?"

"그래? 과장님한테 물어볼 테니 쪼매 기다리라."

민방위과 김이 다시 전화한 것은 10분이 지나서였다.

"우야노, 과장님 벌써 군청으로 출발했단다. 과장님 도착할 때까지 기다릴래?"

"아입니다. 군청으로 가겠습니다."

"그랄래? 그라모 군청에서 보자."

전화를 끊는 손반기의 마음은 무거웠다. 어떤 상황인지 모르는 데다 고향을 지척에 두고 군청까지 가야 했기 때문이다.

"대체 무슨 일인가?"

장인이 굳은 얼굴로 물었다.

"정확한 거는 지도 모르겠습니다. 가봐야 알지 싶습니다."

"손 서방, 정초에 준 물건은 잘 갖고 있나?"

장모가 더 굳은 얼굴로 물었다.

"예."

손반기는 바지 주머니를 툭 치며 대답했다. 삼재가 꼈으니 잘 넘겨야 한다며 건네준 호신 부적을 지갑에 넣고 다녔다. 게다가 올해는 아홉수였다.

"여보."

아내의 얼굴은 누구보다 더 굳어 있었다.

손반기는 달력을 흘낏 바라보았다. 다행히 오늘 날짜는 아홉수와 무관했다.

군청 트럭이 현장, 그러니까 궁지면 하곡리 초입에 당도한 것은 손반기가 당직실에서 걸려 온 전화를 받은 지 한 시간 52분 뒤였다.

트럭이 지서 앞에 멈추자마자 농촌지도과 농촌사회지도계의 장이 튕기듯 짐칸에서 뛰어내려 조수석 문을 열었다. 조수석에는 민방위과장이 타고 있었다. 손반기도 짐칸에서 내렸다. 본가로 달려갈 수는 없었다. 개별 행동은 금물, 책임자인 민방위과장의 지휘에 따라야 했다.

"와 이리 어둡노?"

조수석에서 내린 민방위과장의 일성이었다. 아닌 게 아니라 난리가 났다는 동네는 이상하리만치 캄캄했다.

농촌지도과 장이 기다렸다는 듯 손전등을 켰다. 장은 늘 손전등을 지니고 다녔다. 농촌사회의 어둠을 밝히기 위해서? 아니다. 의전을 위해서였다. 직장 상사가, 그것도 실세 과장이 어둠 속에서 더듬거리는 꼴을 무기력하게 지켜본다면 얼마나 가슴이 찢어지겠는가. 의전이란 윗사람을 향한 무한한 휴머니즘. 공주 마마의 무료함마저 가엾게 여기는 하녀의 무구한 순정이랄까, 분주함이 장에게는 있었다.

의전이라는 비공식적 매뉴얼의 '하급자를 인솔하는 야간 순시 시 상급자의 동선 및 행동거지에 관한 지침'에 따라, 민방위과장은 장의 손전등 불빛을 앞세우고 지서로 향했다. 손반기도 민방위과장을 앞지르는 의전상의 결례를 범하지 않는 선에서 걸음을 재촉했다.

지서는 텅 비어 있었다. 민방위과장이 아무도 없느냐고 소리치자 뒷마당의 어둠 속에서 누구냐는 물음이 날아왔다. 이번에도 민방위과장은 손전등 불빛을 앞세우고 뒷마당으로 나갔다. 손반기도 뒤를 따랐다.

손반기의 눈에 맨 먼저 들어온 것은 담벼락 밑에 엎어져 있는, 예비군복 차림의 사내였다. 사내는 미동도 하지 않았다. 다음으로 눈에 들어온 것은 옆에 파인 구덩이였다. 구덩이에 누군가 있었다.

"서장님!"

민방위과장이 소리쳤다.

"정 과장님?"

민방위과장의 예리한 눈썰미가 포착한 대로 구덩이에 들어앉아 있는 이들은 궁지지서장과 차석이었다.

"우짠 일입니까?"

민방위과장과 지서 차석이 동시에 물었다.

"우체국에서 인질극이 벌어지고 있다 카던데……"

먼저 대답한 쪽은 민방위과장이었다.

"인질극이라고예? 우체국 직원들은 다 죽었는데 무신 인질극이요?"

지서 차석은 황당하다는 투였다.

"다 죽었다꼬?"

"집배원과 두 교환원 모두 서장님과 지가 발견했을 때는 이미 손을 쓸 수 없었습니다."

"세 명이나 죽었다고?"

"하곡리 수재까지 네 명입니다."

지서 차석, 이 경장이 구덩이 곁의 사내를 가리키며 말했다.

손반기는 깜짝 놀랐다. 하곡리 수재라면 만길이 아닌가! 게다가 우체국 직원 세 명이 당했다면……

"우체국 직원 누구 말입니까?"

손반기의 목소리가 떨렸다.

"집배원 길태 씨, 교환원 영희 양, 정숙 양."

이 경장이 대답했다.

가만히 있기를 좋아하는, 어지간해서는 꿈쩍 않는 다리만 아니었다면 손반기는 그 자리에 주저앉을 뻔했다. 손길태는 형님뻘 구촌 조카였고 손영희는 동생뻘 칠촌 조카였다. 아닌 밤중에 날벼락이 믿기지 않았다.

"우체국 사람들을 와?"

"외부와의 연락을 차단할라꼬 안 그랬겠나?"

"와요?"

"다 직이삔다고 했다카이."

"대체 무신 억하심정을 품었기에……"

"와 내한테 그라노? 황 순경한테 물어야지. 그라고 내가 황 순경 글마한테 을매나 잘해줬는데. 친동생맹키로 보살핀 기는 마을 사람들이 다 안다."

이 경장이 억울하다는 투로 소리쳤다.

"몇 명이나 왔심니까?"

지서장이 민방위과장에게 물었다.

"하나, 둘, 셋, 넷, 다섯, 여섯, 일곱, 여덟. 내까지 아홉임다."

민방위과장이 대답했다.

아홉. 그러고 보니 군청 트럭을 타고 온 사람은 아홉 명이었다. 손반기의 얼굴이 한층 어두워졌다.

"무기는요?"

지서장이 다시 물었다.

"무기예?"

민방위과장이 반문했다.

"총 말입니다."

"총이 필요합니까?"

군청 트럭에서 내린 사람들 모두 빈손이었다. 그들이 가지고 온 것이라고는 무슨 일인가 싶은 호기심, 별일 아니겠지 하는 무사안일, 방해받은 잠과 휴식에 대한 아쉬움, 시간 외 근무에 대한 불만, 아홉수에 대한 경계심뿐이었다. 그리고 손전등.

지서장의 얼굴이 불 꺼진 양초 같았다. 군청 직원들이 가져온 유일한 무기가 썩 흡족하지 않은 게 틀림없었다.

"필요하다마다요. 그러니까네……"

이 경장이 상황을 설명하기 시작했다. 황 순경, 부부 싸움, 병나발, 미친 호랑이, 카빈, 수류탄, 해병대 특등사수, 달리는 노루의 귀. 의령경찰서, 꾸물, 대평지서, 역시 꾸물. 이 경장의 말이 끝났을 때, 입을 꼭 다문 사람들은 섣불리 입을 열지 못했고 이미 입을 벌린 사람들은 쉽사리 입을 다물지 못했다. 표정은 달랐지만 어쨌거나 총이 필요하다는 점에는 이의가 있을 수 없었다.

"불 꺼."

민방위과장이 낮은 목소리로 말했다.

말이 떨어지기 무섭게 농촌지도과 장이 손전등을 껐다.

"지서 불도."

지서장이 말했다.

장이 득달같이 달려가 지서의 불을 껐다. 어둠 속에서 누가 먼저랄 것 없이 모두 구덩이 주변으로 모여들었다. 그제야 구덩이의 용도를 이해한 것이다. 하지만 구덩이는 이미 만원이었다.

"과장님, 내려가셔야 안 되겠습니까?"

장이 이 경장에게 눈치를 주며 말했다.

"과장님 내려오십시오."

이 경장이 비켜서는 시늉을 하며 말했다.

"내 같으면 눈썹을 휘날리며 튀어 올라올 낀데……"

장이 이 경장을 흘기며 중얼거렸다.

직급에 따르면, 주사보인 장은 서기급인 이 경장에게 상급자로서 의전이라는 비공식 매뉴얼을 일깨울 의무와 권리가 있었다. 그러니까 '상급자 수행시 하급자의 동선 및 배석에 관한 규정'의 세칙인 '위험 지역을 야간 시찰 중인 상급자 수행시 하급자의 동선 및 배석에 관한 지침'이 정한 대로 '본의 아니게 안전공간을 기(旣) 점유 중인 하급자는 상급자에게 신속히 해당 공간을 양보해야 한다'는 아름다운 조항을 일깨울 의무와 권리 말이다. 하지만 그곳은 지서 뒷마당, 그러니까 이 경장의 홈그라운드였고 자신보다 상급자인 지서장 앞인지라 의전의 달인도 그쯤 할 수밖에 없었다.

"개안타."

민방위과장이 손사래치며 말했다.

장이 이 경장을 노려봤다. 이 경장이 구덩이 가장자리로 바짝 붙었다. 그제야 민방위과장이 헛기침을 하며 구덩이로 내려갔다.

"예비군이라도 동원할까요, 서장님?"

민방위과 김이 물었다.

김도 손반기와 같은 상상을 하고 있었을까. 저 마당의 어둠 속에서 황 순경이 나타나기라도 한다면. 그런데 김은 왜 직속 상관이 아닌 유관기관의 상급자에게 물었을까? 똥인지 된장인지 분별을 못 해서? 아니다. 예비군 관련법 때문이었다.

"예비군 관련법에 따르면 적이나 무장공비가 부락에 침투하거나 민가에 침입시 그 소멸이나 체포를 위해 작전상 긴급하고 부득이하다고 인정되는 경우, 경찰서장이 주민의 소개나 출입통제 등의 긴급 조치를 취할 수 있습니다, 과장님!"

행정과 강이 나섰다.

"황 순경이 인민군이나 무장공빈가?"

민방위과장이 물었다.

"무장폭도를 깜박했슴다, 과장님."

강이 말했다.

"황 순경이 무장폭도인가?"

"무장하긴 했습니다만……"

"폭도의 정확한 뜻이 뭔가?"

"폭도라카믄……"

강의 얼굴에 낭패의 빛이 어른거렸다. 상급자의 질문에 대답을 제대로 못한다는 것은 감히 '노'라고 대꾸하는 방자한 말버릇만큼이나 승진에 심각한 결격 사유였기 때문이다.

"예비군을 소집해도 무기고를 열 수 없으니 헛일이야."

지서장이 잘라 말했다.

"무기고를 열 수 없습니까?"

강의 얼굴에 안도의 빛이 스쳤다. 무기고를 열 수 없어서 안도한 것이 아니다. 무기고를 열 수 없으니 예비군 소집은 무의미했고, 황 순경이 폭도인지 여부는 따질 필요가 없어졌다. 따라서 폭도의 정확한 뜻도 부질없었다. 무기고 관리의 난맥상이 강을 살렸다. 그래도 무기고를 열 수 없다니 심각한 상황이었다. 강의 얼굴에는 수심 또한 가득했다.

두 얼굴을 가진 것은 야누스만이 아니다. 인간이라는 피조

물의 내면에도 이처럼 야누스가 들어앉아 있다. 손반기의 내면에서도 야바위꾼의 손길이 춤을 췄다. 본가에 달려가 위험을 알릴 것인가, 지서 뒷마당 어둠 밑에 납작 엎드려 있을 것인가. 시시각각 마음이 바뀌었다. 납작 엎드려 있자니 지척의 본가가 눈에 밟혔다. 그래서 본가로 달려가자 마음먹을라치면 이번에는 시신이 발목을 잡았다. 상곡리의 수재, 만길을 쓰러뜨린 불운이 자신을 덮치지 않으리라 어찌 장담할 수 있겠는가. 더구나 아홉수에 아홉 명이라니.

의령경찰서 경무과장이 이끈 기동타격대가 당도한 것은 군청 트럭이 하곡리 어귀에 멈춘 지 20분 뒤였다. 일진 여섯 명이 도착하고 10분 뒤 이진 열세 명이 합류했다. 도합 열아홉이었다. 열아홉! 어둠 속에서 빈손으로 떨고 있던 사람들에게는 열아홉 자루의 총을 의미했지만 손반기에게는 또 하나의 아홉수를 뜻했다. 불길했다.

어쨌거나, 열아홉 자루의 총 덕분에 지서를 탈환할 수 있었다. 더 이상 담벼락 밑 어둠 속에 숨어 있을 필요가 없다는 얘기. 황 순경을 제압하는 것도 시간문제일 터였다. 모두들 이제 됐구나, 싶은 표정이었다. 지서장만 빼고. 경무과장에게 상황을 보고하는 내내 심각한 표정이었다. 곁에 있던 이 경장은 한 술 더 떴다.

"모두 한 방에 갔다 아입니까. 심장, 머리, 목에 정확히 한

방. 귀신 같은 솜씹니다."

"섣불리 체포하려 했다가는 인명 피해가 날 수도 있겠군."

경무과장의 얼굴도 굳어졌다.

"맞심다. 캄캄해가 수색도 힘듭니다. 예상 도주로에 잠복해 있다 잡아야 합니다."

지서장이 벽에 걸린 지도를 바라보며 말했다.

손반기의 눈길을 끈 것은 지도 옆에 걸린 달력이었다. 오늘은 음력으로 29일. 손반기의 심장이 쪼그라들었다. 또 하나의 아홉수. 몹시 불길한 밤이었다.

"일단 마을 주민들을 대피시켜야 안 되겠습니까?"

민방위과장이 물었다.

손반기가 하고 싶은 말이기도 했다.

"주민들이 골목으로 뛰어나오다 총알 세례를 받을 수도 있슴다. 불 꺼진 집에 숨어 있는 기 더 안전합니다."

이 경장이 대꾸했다.

"불이 켜진 집은 우짭니까?"

손반기가 물었다.

"23시가 넘었는데 불 켜진 집이 을매나 있겠나?"

이 경장이 말했다.

울 아부지는 애국가 나올 때까지 테레비를 본단 말입니다. 손반기가 차마 입 밖에 내지 못한 말이었다. 행여 부정 탈까봐, 말이 씨가 될까 봐. 군청 트럭을 타고 온 사람이 아홉 명만 아니었어도, 기동타격대가 열아홉 명만 아니었어도, 오늘이 음력으로 아홉수만 아니었어도 말했을 텐데. 손반기의 두개 골 안에 들어앉은 야누스라는 협잡꾼은 여태 손을 놀리고 있었다. 가만히 있을 수 없어. 가만히 있어야 해. 손반기의 손은 주머니 속의 지갑만 만지작거렸다. 지갑에는 운명의 주사위가 아니라 호신 부적이 들어 있었다.

경무과장이 지서장과 민방위과장을 제외한 모든 인원을 지서 밖으로 내보냈다. 명실상부한 수뇌부 회의였다. 안에서 문도 걸어 잠갔다. 빈틈 없는 밀실행정이 아닐 수 없었다.

작전 회의가 끝나자 경무과장은 기동타격대를 지서 앞에 배치했다. 황 순경의 도주로를 차단하고 외부에서 불순분자들이 유입되는 것을 막아야 한다는 것이었다. 실망스러운 결정이었지만 손반기의 수중에는 권한이 없었다.

민방위과장은 지서 앞길 양쪽 가장자리에 참호를 파라는 지시를 내렸다. 역시 실망스러운 지시였으나 손반기의 수중에는 권한이 없었다. 지서에서 내온 한 자루, 군청 트럭 짐칸에서 가져온 두 자루. 삽은 세 자루뿐이었다. 위에서 아래로 내려오는 것은 지시나 책임만이 아니다. 삽 또한 그러하다. 삽자루를 쥔다는 것은 모종의 책임을 진다는 뜻. 직급으로나 직위로나 손반기는 삽자루에서 자유로울 수 없었다. 하지만 가만히 있기를 밥 반 그릇 먹듯 해온 손반기의 삽질은 가만히 있는 것과 크게 다르지 않았다. 삽질이 아니라 숟가락질이었다. 파지 않고 깨작거렸다.

세상에 이런 일이! 지서장이 삽을 뺏어 들더니 직접 참호를 파기 시작하는 게 아닌가. 삽을 도로 뺏을 수도, 손 놓고 구경할 수도 없는 곤혹스러운 상황이었다. 손반기는 애꿎은 이마만 훔쳤다. 물론 이마는 땀 한 방울 없이 보송보송했다.

그런데 지서장의 손놀림, 발놀림이 예사롭지 않았다. 땅을 파는 것이 아니라 땅속에 뭔가를 만들어내는 듯했다. 화가의 붓질이요 뮤지션의 연주였다. 사람들이 하나둘 구덩이 주변으로 모여들었다. 총을 놓고, 삽을 놓고, 넋을 놓고 구경했다. 붓질은, 연주는 대담하면서 정교했다. 손질마다 드라마틱한 변화를 가져왔다. 손질 한 번에 새로운 공허가 탄생했다. 여백의 미. 비워낼수록 가득 찼다. 대화가의 붓질이요 그랜드마스터의 연주였다.

마침내 참호의 전모가 드러나자 누군가 벌떡 일어나 박수를 치기 시작했다. 다른 사람들도 기립박수로 경의를 표했다. 앙코르 콜이 없었던 것은 지서장의 이마에 흥건한 땀 때문이었다. 예술혼의 투명하고 짭조름한 결정만 아니었다면 지서장은 밤새 구덩이를 파야 했을지도 모른다.

전원 기립박수는 아니었다. 일어서지 않은 관객이 한 명 있었다. 손반기는 얼빠진 얼굴로 쭈그려 앉은 채였다.

"모래 자루만 앞에 쌓아두면 금상첨화일 텐데."

지서장이 예술혼의 투명하고 짭조름한 결정을 손등으로 훔

치며 중얼거렸다.

"볍씨 자루가 있습니다."

백일몽에서 깬 사람처럼 손반기가 소리쳤다.

손반기는 트럭 쪽으로 달려갔다. 평소 같으면 가만히 있어야 마땅했으나 순간적으로 자신의 기질이랄까, 특기랄까를 망각한 것이다. 기질을, 특기를 망각한 것은 정신만이 아니었다. 심장은 두근두근, 무릎은 후들후들, 머리는 어질어질했다. 끔찍하게 아름다운 예술품 앞에서 몸과 마음의 균형이 무너지는, 일종의 스탕달 신드롬이었을까? 아니다. 손반기를 사로잡은 것은 지서장이 삽질로 보여준, 가만히 있지 않겠다는 행동에 대한 결연한 의지였다. 손반기의 영혼과 육체도 가만히 있지 않겠노라는 결심으로 활활 타올랐다.

손반기는 뭔가에 홀린 듯 트럭 짐칸으로 올라갔다. 짐칸 한쪽에는 위에서 새로 내려 보낸 볍씨가 쌓여 있었다. 손반기는 볍씨 자루를 집어 들려다 멈칫했다. 자루에 찍혀 있는 품종명 때문이었다.

밀양 29호.

심장은 더 두근두근, 무릎은 더 후들후들, 머리는 더 어질어질해지는가 싶더니 잊고 있던 사실이 불현듯 떠올랐다. 아버지도, 어머니도 올해 아홉수가 아닌가! 그랬다. 부친은 예순아홉, 모친은 쉰아홉이었다. 추가된 아홉수가 시위를 건드렸다. 물을 넘치게 하는 마지막 한 방울이었다. 부모에게 위험을 알려야 했다. 담벼락 너머 어둠 속에서 파괴의 화신이 활보하고 있다카이. 길태 형님, 영희, 만길이를 죽인 살인 기계를 옆구리에 끼고 불빛을 노리고 있다카이. 불 끄이소. 오늘은 음력 스물아홉날, 오늘 밤이, 아홉수의 밤이 지나가도록 불 켜지 마소.

손반기는 날아오르듯 짐칸에서 뛰어내렸다. 중력이 약해진 걸까. 땅에 발이 닿았지만 허공에 떠 있는 듯했다. 손반기는 민방위과장 쪽을 힐끔 돌아보았다. 가만히 있으라고, 현 위치를 고수하라고 명령할 게 분명했다. 상명하복의 관성이 손반기의 발길을 붙들었다. 하지만 가만히 있기에 심장박동은 지나치게 빨랐고, 무릎 연골은 너무 말랑해졌으며, 뇌파는 엄청나게 활성화되었다. 이미 시위를 떠난 화살이었다. 부모를, 세상을, 우주를 구해야 한다. 우주의 평화를 위해서라면! 오, 피스! 손반기는 스물아홉 날 밤의 어둠 속으로 뛰어들었다. 가만히 있던 인생답지 않은 오지랖, 생애 최초의 반기였다.

지서장의 참호에서 멀어질수록 손반기의 무릎과 머리는 무거워졌다. 뜻밖의 반기에 주춤했던 중력이 본래면목을 회복한 것이다. 심장은 아직 콩닥콩닥했다. 우주적 평화에 대한 갈망이 아니라 총에 대한 두려움 때문이었다. 불 켜진 집을 지날 때는 불빛 속에서, 불 꺼진 집을 지날 때는 어둠 속에서 황 순경이 총을 겨눈 채 걸어 나올 것만 같았다. 고향 마을이 아니라 공동묘지를 지나가는 듯했다.

황 순경이 나타나면 가만히 있으면 돼. 얼음처럼. 가만히 있으면 술래도 어쩌지 못하는 법. 가만히 있기라면 자신 있지. 손반기는 어릴 적 한밤중에 묘지 근처를 지날 때 그랬던 것처럼 되뇌었다. 이번에는 노래가 아니었고 마음속으로만. 무궁화꽃이 피었습니다. 불 켜진 집을 지날 때도, 무궁화꽃이 피었습니다. 불 꺼진 집을 지날 때도, 무궁화꽃이 피었습니다. 술래가 돌아볼세라 멈추지 않고, 무궁화꽃이 피었습니다.

7. 불 꺼, 씨발 불 꺼

반상회에서 돌아온 아버지가 불을 끄라고 다짜고짜 소리쳤을 때 손영기(17· 남)는 무협지를 읽고 있었다. 계룡생 미완의 걸작이었다. 벌써 세번째였지만 눈빛은 게슴츠레, 입은 헤벌쭉, 읽고 있다기보다는 푹 빠져 있었다.

손영기는 무협지를 화들짝 덮었다. 불을 끄라는 고함은 부친의 심기가 좋같다, 아니 상당히 불편하다는 것을 의미했다. 게다가 진동하는 막걸리 냄새. 이어질 레퍼토리는 뻔했다. 아니나 다를까.

"니까이 께 무신 공부고? 다 치아삐라."

이어지는 한숨.

손영기의 예상이 살짝 빗나갔다. 두 소절이 생략되었다. "그래 봤자 미옥이 발뒤꿈치도 못 따라갈 놈이. 불알은 떼가 흰둥이한테나 줘버려." '미옥'은 동갑인 조카였고 '흰둥이'는 집에서 기르는 똥개였다. 미옥이, 미옥이. 입만 열면 미옥이는 어쩌고저쩌고. 미옥이가, 흰둥이가 입에 오르지 않았는데도 다 치아삐라는 일갈과 한숨 사이에서 조카에 대한 콤플렉스는, 거세에 대한 두려움은 더 사무쳤다. 말하자면 행간을 읽은 것이다. 무협지를 애독한 덕분이었다. 무협지는 행간이 넓다. 행과 행 사이에 강호가 들어앉아 있다.

손영기는 입을 삐죽이며 이불 밑으로 기어들어 갔다.

"엄니는?"

손영기 부친이 몸소 불을 끄고 이부자리에 드러누우며 소리쳤다.

"미장원 갔심다."

"또? 고마 미장원에서 살라 캐라."

몇 번 뒤척이는 소리가 나더니 오래지 않아 코 고는 소리가 들려왔다. 콧구멍에서 나는 소리라고 믿을 수 없을 만큼 요란 뻑적지근한 破空聲(파공성)이었다. 코가 아니라 雙穴砲(쌍혈포)였다. 護身罡氣(호신강기)가 어설펐다면 진즉 귀에서 피를 쏟았으리라.

하필 결정적인 대목에서. 손영기는 입맛을 다셨다. 절세의 미모를 지닌 묘령의 소저가 청풍방 방주와의 대결에서 치명상을 입은 파천황을 치료하는 장면이었다. 推宮過穴(추궁과혈). 혈도를 애무해 내상을 다스리는 무공을 시전하려면 부득불 속살을 맞대야 했다. 시전의 메커니즘상 성패를 좌우하는 것은 속궁합. 내공의 조화가 깨지면 환자는 물론 시전하는 자마저 복상사의 위험에 노출될 터. 죽기 아니면 까무러치기가 아닐 수 없었다.

강호의 향배를 가를 응급 처치에 가장 예민하게 반응한 것은 이번에도 손영기의 양물이었다. 남몰래 고민한 것처럼 성적 취향이 별나서가 아니다. 무림적 응급 시술에 대한 묘사가 에로틱하기 그지없었다. 소저가 파천황의 몸 구석구석을 물고 빨고 깨물며 혈로를 뚫기 위해 사력을 다했다. 소저의 입술이 파천황의 피로 붉게 물드는가 싶더니 파천황의 사타구니로, 아아! 잔뜩 독이 오른 육봉으로……

역시 계룡생! 손영기는 새삼 감탄을 금치 못했다. 김용, 고룡, 와룡생, 양우생. 이른바 무협지 4대 천황을 숭배하는 치들은 무협소설계의 사파, 이단으로 폄하했으나 누가 뭐래도 계룡생은 무협소설의 지존이었다. 특히 『파천황편력기(破天荒遍歷記)』가 백미였다.

우선 주인공의 캐릭터가 신선했다. 계룡생이 창조한 '파천황'은 여느 주인공과 달리 게으르고 제멋대로였다. 천하의 파락호였다. 화산, 곤륜과 더불어 강북무림을 호령하던 무당파의 적자였으나 무림 제패의 야욕에 눈먼 강남무림 신흥 문파 청풍방의 음모로 멸문의 화를 입고도 원수를 갚는 데 도통 관심이 없었다. 강호를 떠돌며 무공을 연마한 것은 소저들에게 잘 보이기 위해서였다. 어쩌다 본의 아니게 원수와 맞붙은 것도 파사현정의 대의명분이 아니라 자존심(내가 더 세!), 질투심(내가 더 센데……) 같은 사사로운 감정 때문이었다. 청풍방 방주, 마극강의 감언이설에 넘어가 죽마고우의 등짝에 비수를 꽂은, 화산파와 곤륜파 장문인과의 대결 역시 예외는 아니었다. 그들의 목이 달아난 것은 배신의 업이 아니라 애첩의 미모 탓이었다. 서리처럼 냉랭하던 절세가인의 마음과 몸도 파천황의 출중한 무공 앞에서는 봄눈 녹듯 무너졌다. 용기 있는 자가 아니라. 강한 자가 미인을 얻는다. 강호의 진리였다.

현실에서도 그랬다. 황 순경이 새침떼기로 소문난 큰누님뻘 조카의 환심을 산 것도 강해서였다. 옛날 애인이라며 찾아와 행패를 부리던 빽구두를 전광석화의 손속으로 '떡실신'시켰을 때 큰누님뻘 조카의 얼굴에 떠오른 감탄과 연모의 빛을 손영기는 두 눈 똑똑히 보았다. 땡땡이 내지 결석을 일삼으면서까지 솔숲에서 쌍절곤을 휘두르며 외공을 단련하는 것도 황 순경처럼 세지기 위해서였다. 손영기에게 현실은 강호요, 강호는 현실이었다. 그리고 황 순경은 궁지면의 파천황이었다.

계룡생의 천재성은 필력에서도 두드러졌다. 검술이면 검술, 권법이면 권법, 장풍이면 장풍, 의술이면 의술, 다루는 분야마다 붓 자국이 생생해서 유니크하지 않은 대목이 없었다. 승마술에 대한 묘사는 또 어떤가.

"말발굽이 지면을 박찰 때마다 파천황의 성난 육봉이 소저의 둔부를 쑤셨다. 아, 아윽, 흑. 난데없는 후배위 둔부 마사지에 놀란 강남절색, 왕 소저의 입에서는 차마 글로 옮기기 민망한 야릇한 신음이 연방 새어 나왔다. 탱천한 양기의 급습에 놀란 것이 어디 둔부뿐이랴. 고삐를 움켜쥔 손에도 자꾸만 힘이 들어갔다. 지면을 박차는 말의 질주는 더욱 맹렬해져 노도와 같았고 왕 소저의 풍만한 젖가슴이 출렁이는 모양새는 성난 파도에 올라탄 듯했다. 파천황의 육봉도 덩달아 격렬하게 움직였다. 가히 옥문을 부술 기세였다. 왕 소저의 신음 소리가 달밤의 피리 소리보다 높아졌다."

국민교육헌장은 몰라도 『파천황편력기』라면 술술 욀 수 있었다. 심장을 울렁거리게 하는 명문이요 거시기를 들고 일어나게 하는 격문이었다. 에로티시즘은 무협소설의 핵심 요소여서 다른 작가들도 방사에 관한 묘사를 남발했으나 계룡생의 스타일은 뭔가 달랐다. 다른 작가들이 노골적이라면 계룡생은 '아삼삼'했다. 다른 작가들이 빤하다면 계룡생은 '아리까리'했다. 다른 작가들이 까놓고 말한다면 계룡생은 에둘러 표현했다. 전모가 아닌 일부, 몸통이 아닌 깃털, 줄기가 아닌 곁가지로 상황을 전달했다. 감질나지만, 그래서 더 미치고 환장할 노릇이었다. 특히 소품 활용에 탁월했다. 소저의 궁둥이에 박힌 독화살촉 빨아내기(독화살은 늘 이런 부위에!), 결투 중 빗나간 젓가락 신공으로 소저의 옷 벗기기(미모의 소저들은 끈으로 묶는 타입을 즐겨 입지!), 번개를 동반한 폭풍우 속 경공술 추격전(번개가 번쩍할 때마다 달아나는 여고수의 젖은 옷은 시스루룩이 되고) 등등.

앞서 언급했듯 생사가 달린 대목에서 거시기가 불끈할 때마다 손영기는 자신이 이상한달까, 이를테면 변태는 아닌지 내심 걱정하지 않을 수 없었다. 업계의 전문용어로 '페티시즘'이라고 일컫는 비급의 원리를 어렴풋하게나마 눈치챈 것은 국어 수업 덕분이었다.

시는 왜 쓰는가? 감동을 주기 위해서다. 그래서 비유법을 쓴다. 개중 환유법은 표현 대상과 관련된 사물이나 속성을 활용하는 방법이다. '차나 한잔'이라는 말은 음료수를, '짜장면이나한 그릇'이라는 말은 중국요리를 먹자는 말이다. 유레카. 머릿속의 운무가 걷히는 기분이었다. 절체절명의 장면에서 거시기가 불끈한 것은 성적 취향이 별나서가 아니라 작가의 시심에감동해서였다. 『파천황편력기』는 한 편의 시였고, 계룡생은 무협소설계의 두보였다.

사주경계에 능한 손영기가 부친의 인기척을 놓친 것은 작가의 시심에 감동해서이기도 했지만 귀가가 예상보다 일렀기 때문이다. 평소 같으면 반상회 마치고 밤새 동양화를 감상했을텐데. 초장에 개털이 된 걸까? 모친도 미장원에 가서 노마크찬스였는데. 안방에 엎드려 마음껏, 밤늦도록 계룡생의 시심에 아랫도리를 내맡길 만반의 준비가 되어 있었는데. 해방의시간이 너무 짧았다.

그랬다. 손영기에게 반상회는 달에 한 번 찾아오는 해방의시간이었다. 해방이란 몸과 마음이 속박과 제약으로부터 벗어남을 의미한다. 아버지는 속박과 제약의 상징이었다. 한마디로 '꼰대'였지만 프로이트 박사의 이론과는 다른 의미에서였다. 손영기는 모친에게도 관심이 없었다. 엄마보다는 할머니라는 호칭이 더 어울릴 만큼 나이 차가 컸다. 실제로 손영기를낳기도 전에 할머니가 되었다. 큰아들, 그러니까 손영기의 대사형, 아니 맏형이 첫째를 얻은 것이다. 손영기는 조카와 나란히 초등학교에 입학해야 했다.

손영기는 부친의 코가 뿜어내는 파공성이 일정한 박자를 탈 때까지 기다렸다. 부친의 수면을 방해하지 않기 위해, 숙면을 1초라도 앞당기기 위해 미동도 하지 않았다. 여섯째 사형, 손반기한테 사사받은 金剛不動神功(금강부동신공)이었다.

부친의 코 고는 소리는 아직 불완전했다. 손영기는 마음이 급했다. 무협소설계의 두보에게 빨리 돌아가고 싶었다. 급기야 迷魂術(미혼술)이라는 魔功(마공)까지 꺼내들고 말았다.

'잠든다. 잠든다. 깊이 잠든다.'

손영기는 부친의 얼굴을 떠올리며 주문을 외었다.

"드르렁, 드르렁, 푸."

부친의 호흡이 안정적인 삼박자의 궤도에 오르기 무섭게 손영기는 추리닝 바지 주머니에서 손전등을 꺼냈다. 이불을 머리 끝까지 뒤집어 쓰고 손전등을 켰다. 손전등을 입에 물고 양 팔꿈치로 중심을 잡은 채 무협지를 펼쳤다. 이토록 안정된 자세라니! 한두 번 해본 솜씨가 아니었다. 흡사 먹이를 노리는 사마귀 같았으니 금강부동신공 중 螳螂之勢(당랑지세)였다.

마침내 손영기는 파천황의 목숨이 백척간두에 내몰린 장면으로 돌아갈 수 있었다. 절세의 미모를 지닌 묘령의 소저가 펼치는 口脣血路開放神功(구순혈로개방신공)이 바야흐로 절정을 향해 치달았다. 이런이런…… 해괴하게도, 소저는 파천황의 양물을 입에 물었다. 더 해괴하게도 손영기의 아랫도리가 움찔했다. 진짜 해괴한 것은 목숨이 간당간당한 파천황이 진심 부러웠다는 점이다. 손영기는 꿀꺽 침을 삼켰다. 그다음은? 침이 아니라 페이지를 넘겨야 했다. 아! 계룡생은 늘 이런 식이지. 손이 게으름 피울 새가 없었다. 내용을 익히 알고 있어도 마찬가지. 뽕쟁이가 뽕을 갈급하듯, 손가락에 침을 묻히고 서둘러 페이지를 넘겼다.

"죽은 듯 쓰러져 있던 양물이 돌연 용틀임했다. 하늘을 향해 고개를 바짝 치켜들었다. 비구름을 부르는 용이었다. 천하를 떠받칠 기둥이었다. 단단하고 거대해졌다. 신묘한 양적 변화가 아닐 수 없었다. 양기가 대극의 기운과 변증법적으로 합일을 이뤄 주화입마의 위축에서 벗어난 것이다. 새파랗던 양물에 혈색이 돌기 시작했다. 죽었던 것이 살아났다. 양적 변화가 가져온 질적 변화, 양물적 생산수단과 구순적 소비수단의 대립과 모순을 극복한 결과였다. 소저의 붉은 입술이 촉촉해졌다. 화타의 입술이 따로 없었다."

난해한 한자어들도 아랫도리의 양적 변화를 막지 못했다. 앞선 두 번의 독서 때와 마찬가지로 이 대목에서는 도저히 참을 수 없었다. 손영기는 모로 누운 뒤 추리닝 바지 주머니에서 신문지 조각을 꺼내 거시기를 감쌌다. 거시기를 움켜쥔 손을 앞뒤로 움직일 때마다 바스락거리는 소리가 났다. 신문 쪼가리의 경박함에 깜짝 놀라 동작을 멈추고 귀를 쫑긋 세웠다.

"드르렁, 푸."

우려대로 부친의 코 고는 소리가 두 박자로 급해졌다. 손영
기는 손전등을 끄고 숨을 죽였다. 이러니 혼자만의 방이 절실
할밖에. 獨手放射(독수방사)의 세계에 입문한 뒤로는 더욱 그
랬다. 마음 놓고 느긋하게 多多利〔딸딸이〕를 칠 공간을 갖는
게 소원이었다. 통일은 그다음. 띠동갑인 손위 형, 반기의 분
가로 제 차지가 될 줄 알았던 작은방에 하숙을 치기로 부친이
결정했을 때 손영기는 목 놓아 울부짖었다. 하늘은 어찌하여
나에게 거시기는 주고 방 한 칸 허락하지 않는 것인가.

부친의 코 고는 소리가 다시 삼박자를 되찾았다. 손영기는
안도의 한숨을 내쉬었다. 주춤했던 손이 다시 분주해졌다. 먼
저 신문지를 조심조심 구겼다. 불필요한 마찰음을 줄이기 위
해서였다. 티슈급으로 유순해진 신문지로 움츠러든 거시기를
감싸고 조물거렸다.

부친을 의식한 탓일까. 거시기는 당최 흥분의 기미가 없었
다. 드르렁, 드르렁, 푸. 부친의 코 고는 소리에 맞춰, 단단해
지다 김이 빠지기를 반복했다. 궁지면의 글래머, 궁지면의 왕
소저, 우체국 교환원 정숙 씨의 육감적인 입술을 떠올리는 필
살기도 소용없었다. 거시기만 쓰렸다. 속은 더 쓰렸다. 티슈
급으로 유순해진 신문 쪼가리를 눈물을 머금고 주머니에 도로
집어넣지 않을 수 없었다.

손영기는 손전등을 다시 켰다. 쓰린 거시기와 더 쓰린 속을

독서로 달랠 요량이었다. 계룡생의 마술적 필력은 이불 동굴의 암흑 속에서도 빛났다. 암흑이라서 더 빛났다. 읽기 시작하자마자 빠져들었다. 부친의 코 고는 소리는 딴 세상 얘기였다.

파천황이 죽음의 문턱에서 돌아와 눈을 떴을 때 묘령의 소저는 온데간데없고 검법이 그려진 두루마리만 놓여 있었다. 파천황이 그토록 찾아 헤맨 御天逆鱗劍(어천역린검)의 초식을, 곤륜파 장문인을 처치하고 되찾은 문파의 비급『용비어천(龍飛御天)』의 마지막 장이 뜯겨나가 익히지 못한 무당파 최종 필살기를 필사한 것이었다. 그런데 묘한 글귀가 적혀 있었다.

燈下不明(등하불명).

파천황은 문득 등잔 밑을, 아니 제 몸뚱이를 내려다보았다. 웃통이 벗겨진 채였다. 파천황의 머리칼이 번개를 맞은 것처럼 곤두섰다. 파천황은 개울물에 등을 비춰 보았다. 아아, 두루마리에 필사된 것과 똑같은 초식이 물 위에 떠 있는 게 아닌가. 필살기를 짊어지고 다녔다는 탄식과 청풍파 방주에게 패배의 빚을 갚을 수 있게 되었다는 기쁨도 잠시, 파천황의 눈이 가늘어졌다. 위화감 때문이었다. 더러 소저들의 등을 품기는 했으나 어떤 소저에게도 등을 맡긴 적은, 뒤태를 허용한 적은 없었다. 소저는 등에 그려진 초식을 어찌 발견했을까? 치료차? 뜸 자국은 가슴팍에만 남아 있었다. 그렇다면 어떻게 등짝을? 무엇 때문에 뒤태를?

파천황은 저도 모르게 엉덩이에 손을 가져갔다. 실로 망측

한 의심이었다.

"영기야!"

손영기의 부친이 막내아들의 이름을 부른 것은 묘령의 여인, 본의 아니게 十九禁(십구금) 응급 처치를 받은 뒤로 파천황이 오매불망 그리던 경국지색의 소저가 불구대천 원수의 자식이라는 사실이 밝혀지는 대목에서였다.

손영기는 숨이 멎는 듯했다. 부친의 호명 때문이 아니었다. 제 이름을 부르는 소리는 귀에 들어오지 않았다. 듣고 싶지도 않았다. 어떻게 이런 이야기를!

손영기가 계룡생의 상상력에 재차 경탄을 금치 못하는 순간에도 손영기 부친은 숨이 넘어갈 듯 막내아들의 이름을 불러댔다. 꽃노래도 한두 번이다. 반복은 짜증을 유발한다. 더구나 이름을 부른다는 것은 모종의 임무가 있다는 뜻. 아버지뿐만 아니라 형들도 그랬다. 아버지가 대사형에게 내린 심부름은 둘째, 셋째, 넷째, 다섯째, 여섯째 사형을 거쳐 손영기에게 떨어졌다. 둘째, 셋째, 넷째, 다섯째 사형에게 내린 심부름도 사정은 다르지 않았다. 무엇 때문인지 아버지는 여섯째 사형에게는 심부름을 시키지 않았다. 아무튼 집안의 모든 심부름을 손영기는 독차지하지 않을 수 없었다. 심부름을 위해 태어난 사람, 그것은 손영기의 별호였다.

"왜요?"

손영기의 목소리가 뾰족했다. 소심한 반항, 아버지가 비몽사몽일 때나 가능한 소소한 호사였다.

"邪異茶(사이다)나 한 병 사 온나."

손영기 부친은 바지 주머니에서 동전을 주섬주섬 꺼내 머리맡에 던졌다. 무협지의 남은 분량을 가늠하는 손영기의 입이 잔뜩 튀어나왔다. 동전을 주워 보니 정확히 사이다 한 병 값이었다. 남이었다면 어둠 속에서, 게다가 취중에 딱 맞게 동전을 꺼낸, 취권의 고수 뺨치는 귀신 같은 솜씨에 혀를 내둘렀겠으나 손영기의 가슴에는 부친에 대한 원망만 가득 차올랐다. 어지간한 하곡리 어른들이 다 든 제주도 여행 계도 돈이 쌨다며 빠진 짠돌이였다. 무려 3박 4일. 완전한 해방의 기회를 빼앗긴 게 두고두고 아쉬웠다.

손영기는 입을 쓰게 다시며 방을 나섰다. 밖에는 부슬비가 뿌리고 있었다. 손영기는 대청마루 기둥에 걸린 밀짚모자를 머리에 썼다. 빈 장독에 숨겨둔 쌍절곤도 꺼내 뒤춤에 찔러 넣었다. 이젠 무서울 것이 없었다.

강호는, 아니 마을은 쥐 죽은 듯했다. 들리는 것은 빗소리와 제 숨소리뿐. 발소리도 들리지 않았다. 애당초 발소리를 내지 않았기 때문이다. 땅이 아니라 공기를 밟고 걸었다. 輕空術(경공술)의 일종인 虛空踏步(허공답보)였다. 경공술의 핵심은 걷는다는 행위 자체를 의식하지 않는 것, 중력을 애써 무시하는 것, 딴생각하기. 딴생각하기라면 식은 죽 먹기였다. 수업 시간마다 雜念注入神功(잡념주입신공)을 갈고닦은 결과였다.

손영기는 어둑어둑한 고샅을 빠져나가며 파천황의 뒷이야기를 상상했다. 파천황은 청풍방 방주에게 설욕할 수 있을까? 귀추는 작가만 알 터인데 계룡생이 옥에 갇히는 바람에 억측만 분분했다. 무엇보다 궁금한 것은 묘령의 소저, 그러니까 청풍방 방주 딸과의 인연이었다. 이에 대해서도 묘령의 소저가 여장 남자라 맺어질 수 없다, 본래 남자였으나 청풍방의 비급을 연마하다 여자가 되었으니 문제없다, 아니다 자웅동체가 되어 파천황에 맞선다 등, 풍설이 난무했다. 역한 기담이 아닐 수 없었다. 계룡생에게 직접 묻고 싶은 심정이었지만 감옥으로 찾아갈 수는 없었다. 면회는 고사하고 금서를 봤다는 게 들통나 투옥될지도 몰랐다.

『파천황편력기』는 불온서적으로 낙인이 찍혔다. 음란해서? 어불성설, 다른 무협지들이 기녀라면 『파천황편력기』는 요조숙녀였다. 계룡생의 죄목은 국가보안법 위반이었다. 주인공이 (한국을 떠올리지 않을 도리가 없다는) 강남무림이 아닌 (북한을 연상시키지 않는다고 확신할 만한 증거가 없다는) 강북무림 출신이라서, 희대의 악당 청풍파 방주가 대머리라서, 문제의 시술 장면에서 변증법적 합일 운운해서…… 갖은 풍문이 들려왔지만 손영기는 수긍할 수 없었다. 굳이 죄를 묻자면 골 때리도록 재밌게, 참을 수 없이 '꼴리게' 쓴다는 것, 그래서 시간과 정자를 과하게 빼앗는다는 정도?

마을 입구에 당도하도록 개미 새끼 한 마리 보이지 않았다. 지나치게 조용하고 어두웠다. 담벼락 너머에서 자객이라도 튀어나올 것 같은 밤이었다. 손전등마저 약이 떨어졌다. 손영기는 사주경계에 만전을 기하며 전진했다.

우체국도 지서도 어둠에 묻혀 있었다. 기이한 일이었다. 손영기는 우체국 앞에서 걸음을 멈췄다. 우체국에 한 발짝만 들여놨다면 사태의 심각성을 금세 깨달았을 테지만 손영기는 경거망동하지 않았다. '쫀' 것은 아니다. 궁지면의 무협지 마니아는 오히려 스릴을 즐겼다. 우체국과 지서 중 한 곳만이라도 불이 켜져 있었다면 이야기가 달라졌을 수도 있을 것이다. 두 곳 모두 불이 꺼졌다는 게 맹점이었다. 손영기의 맹점은 무협지였다. 보이지 않는 것은 보게 했고 보이는 것은 보지 않게 했다. 교환원이 종일 근무하는 우체국에 불이 꺼질 리 없다는 합리적 의심도 고수의 예민한 '촉' 앞에서는 힘을 쓰지 못했다. 무협적 상상 속에서 이례적으로 불이 꺼진 郵政鏢局(우정표국)은, 역시 평소와 달리 캄캄한 捕盜官衙(포도관아)는 일종의 暗數(암수), 과객을 유인해 곤경에 빠뜨리기 위한 함정이었다. 간계와 살기를 품은 덫이었다.

손영기는 얄팍한 속임수에 놀아날 하수가 아니었다. 우정표국의 이례적인 어둠을 가볍게 무시했다. 포도관아의 유례없는 어둠도 일축했다. 捕卒(포졸)의 기습에 비명횡사한 書生(서생)의 시신은 어찌 된 걸까? 손영기를 무협의 세계에서 현실로 불러냈을 절대적인 경고는 포도관아 뒷마당에 파헤쳐진 구덩이 곁에 엎드려 있었다. 치워진 시신이야말로 그날 밤 당직을 선 운명이 마련한 진짜 암수, 교묘한 함정이었다.

운명은 함정도 파지만 힌트도 준다. 문을 닫은 담배 가게, 그것은 운명이 허락한 세번째 힌트였다. 문 닫은 모습은 처음이었으므로 손영기는 고개를 갸웃거렸다. 등화관제 훈련이라도 하는 걸까. 민방위 날도 아닌데. 합리적 의심은 거기까지. 무협지라는 맹점이 다시 주도권을 틀어쥐었다. 煙草店(연초점)이 문 닫은 것은 위험이 아니라 奇緣(기연)의 징조였다. 손영기는 상곡리 초입에 있는 구멍가게를 떠올렸다. 또 한 명의 고수, 취권 창시자의 본거지. 황 순경이 궁지면의 파천황이라면 구멍가게 사내는 궁지면의 '소화자'였다. 늘 코가 삐뚤어지도록 취해 있어서가 아니다. 목발을 짚고도 솔숲을 한달음에 올랐다. 번개다리였다. 그뿐인가. 외다리로 버틴 채 목발을 창처럼 휘둘렀다. 손이 보이지 않았다. 번개손이었다. 쌍절곤 연습을 하러 가다 우연히 목격하지 않았다면 마을 사람들이 그렇듯 주정뱅이 취급했을 것이다. 황 순경이 자타가 공인하는 고수라면 구멍가게 사내는 아는 사람만 아는 은둔 고수였다.

손영기는 발길을 돌려 왔던 길을 되짚어갔다. 가랑비에 옷 젖는다더니 그새 길 곳곳에 웅덩이가 만들어졌다. 손영기는 고인 빗물 위를 걸었다. 우천시에 요긴한 경공술, 踏雨無痕(답우무흔)이었다.

담배 가게 문이 닫힌 것은 과연 기연의 전조였다. 구멍가게에 거의 당도할 무렵 손영기는 인기척을 감지했다. 시장통의 어둠에서 엄청난 내공이 느껴졌다. 궁지면에서 그 정도 내공의 소유자는 두 명뿐이었다. 손영기는 담벼락에 찰싹 붙었다. 담벼락 그림자 같았다. 천리안도 속이는 暗影隱身術(암영은신술)이었다. 손영기는 인기척이 다가오기를 기다렸다.

엄청난 내공의 주인공은 역시나 황 순경이었다.

손영기는 암영은신술을 풀고 황 순경에게 다가갔다. 마을 사람들은 포악하다, 불손하다, 고지식하다며 욕했지만 손영기의 평가는 정반대였다. 포악한 게 아니라 터프했고, 불손한 게 아니라 패기 넘쳤으며, 고지식한 게 아니라 주관이 뚜렷했다. 황 순경은 손영기의 영웅이었다.

"행님!"

손영기가 황 순경에게 다가서며 반갑게 소리쳤다.

형님? 황 순경이 呼兄(호형)을 허한 것은 교환원 정숙 씨 애인의 닭 서리를 신고한 뒤였다. 정숙 씨 애인이라면 달걀을 슬쩍했더라도 그냥 넘어갈 수 없었다. 정숙 씨 애인이라는 이유만으로 용서 불가였다. 황 순경은 잘했다며 머리까지 쓰다듬어주었다. 여섯이나 되는 형들 중 누구도 그런 적이 없었다. 나이 차가 커 가뜩이나 어려운데 삼촌뻘 형들은 머리를 쓰다듬기는커녕 틈만 나면 때리고 팼다. 형들을 죽이고 싶었다. 반기 형만 빼고. 하지만 때리는 형들만큼이나 안 말리는 반기 형도 밉기는 매일반이었다. 황 순경이 진짜 형이었으면. 황 순경을 볼 때마다 입맛을 다셨다. 진짜 형들에게 복수하기 위해서는 황 순경처럼 강해지는 수밖에 없었다. 황 순경이야말로 진정 대사형이었다.

"누꼬?"

황 순경은 인기척을 전혀 느끼지 못한 눈치였다. 천하의 파천황에게도 암영은신술이 통한 것이다.

"영깁니다."

손영기가 우쭐한 목소리로 대답했다.

"오밤중에 우짠 일이고?"

"사이다 사러 갑니다."

"사이다?"

"아부지가 한 병 사 오라 캤는데 담배 가게가 문을 닫아가 요기 구멍가게 가는 길입니다."

"담배 가게가 문을 닫았다꼬?"

"희한하게 우체국도 지서도 불이 꺼져 있다 아입니까."

황 순경이 손영기를 물끄러미 바라보다 주머니에서 담배를 꺼냈다. 말로만 듣던 末寶盧(말보로)였다. 황 순경이 한 개비 입에 문 뒤 손영기에게도 권했다.

"양담배는 불법 아입니까?"

손영기가 목소리를 낮췄다.

"개안타. 피워도 된다."

손영기는 주위를 둘러보며 담배를 받았다. 황 순경이 성냥으로 불을 붙여주었다. 황 순경은 담배를 손가락 끝에 끼우고 입에 가져갔다. 끼우고 있다기보다는 달고 있었다. 어마어마한 악력이었다. 鐵沙掌(철사장)이 부족했던 걸까. 손영기는 흉내를 내다 담배를 떨어뜨릴 뻔했다. 아직 갈 길이 멀었다.

황 순경이 담배를 빨았다. 한 번의 가벼운 흡입만으로 절반이 타들어갔다. 객잔도 째로 날려버린다는 애주방, 애연방의 필살기 暴風吸入(폭풍흡입)이었다. 손영기는 눈알이 튀어나올 만큼 깊게 빨았으나 결과는 미미했다. 흡입은커녕 풀무질에 불과했다. 감히 넘볼 수 없는 4차원의 벽, 황 순경을 손영기는 새삼 우러러보았다.

"혹시 지서 앞에서 이상한 거 못 봤나?"

담배 연기 때문인지 황 순경이 눈을 가늘게 뜨고 물었다.

"이상한 거예?"

"평소에 못 보던 거 말이다."

"아무것도 못 봤심다."

"참말이가?"

"못 봤심다. 그란데 웬 총입니까?"

"무장공비가 나타났다."

"공비요? 어데예?"

"산속으로 도주했다."

"와! 진짜 공비가 우리 마을에 나타났다꼬요? 그래서 우체국이랑 지서에 불이 꺼졌구나. 근데 총이 와 두 자룹니까?"

"박 순경이 집에 잠깐 다녀온다며 맡겼다."

손영기는 눈을 빛내며 황 순경에게 한 발짝 다가갔다. 영화에서만 보던 可擯血包(가빈혈포)였다.

"이거 카빈 맞지예?"

"맞다."

"실물은 처음입니다. 한 자루는 지가 메고 있을까예?"

"개안타."

"만져봐도 되겠습니까?"

"안 된다. 실탄 장전된 기다."

"와! 장난 아이네. 수류탄도 진짭니까?"

"진짜다."

"교련 시간에 모형은 봤는데…… 만져봐도 됩니까?"

"안 된다."

"안전핀은 안 건드릴게예."

"그래도 안 된다."

손영기는 내심 실망했지만 대사형 앞이라 내색하지는 못했다.

"공비가 몇 놈이나 됩니까?"

잠깐의 공백 뒤 손영기가 다시 물었다.

"여섯 놈이다."

"그놈들은 무신 총을 가졌습니까? 총격전이 벌어졌습니까? 다른 경찰들은 어딨습니까?"

"영기야, 니 사이다 사러 간다 했지? 같이 가자. 내도 목 마르다. 사이다나 한 병 마셔야겠다."

"그라입시다."

손영기는 구멍가게로 향했다. 황 순경과 보조를 맞추기 위해 경공술은 쓰지 않았다. 불이 켜진 집이 보일 때마다 불을 끄라고 소리쳤다. 불 꺼. 공비가 나타났다. 그래도 말을 듣지 않으면 이렇게 소리쳤다. 불 꺼, 씨발 불 꺼, 공비가 나타났다.

고함은 점점 커졌다. 아예 처음부터 욕을 곁들였다. 들뜬 목소리였다. 소리를 내지르니, 욕설까지 마음껏 내뱉으니 부쩍 강해진 것 같았다. 무장공비는 두렵지 않았다. 파천황이 곁에 있지 않는가. 拔刀(발도)하자마자, 용비어천검의 첫 초식을 펼치려고 자세를 잡기도 전에, 서슬퍼런 劍氣(검기)만으로도 공비 한 부대쯤은, 강북무림이 내려보낸 殺手團(살수단)쯤은 추풍낙엽처럼 쓰러질 터였다. 강호에 파천황을 상대할 자는 마극강뿐. 아니, 마극강조차 종내 무릎 꿇을 운명이었다. 파천황은 천하무적이니까. 하지만 상대가 소화자라면?

손영기는 늘 궁금했다. 파천황과 소화자가 맞붙으면 누가 이길까? 용비어천검과 취권 중 어느 쪽이 더 셀까?

두 절정 고수의 대결을 상상하는 것만으로도 손영기는 피가 끓었다. 아드레날린이 마구마구 분비되는 느낌이랄까. 목소리의 데시벨도 덩달아 올라갔다. 불 꺼, 씨발 불 꺼. 손영기의 외침이 첩첩암흑 속에서 쩌렁쩌렁 울렸다. 破腸魔頭聲(파장마두성). 10리 밖 짐승의 내장도 찢는다는 무시무시한 소리. 목이 아니라 머리에서 내는 소리. 실은 이렇게 외치고 싶었다. 불 켜, 씨발 불 켜. 파천황과 소화자가 맞짱 뜬다.

불안 요소가 하나 있었다. 밤은 깊어 이미 三更(삼경), 구멍 가게가 여태 문을 열었을지 미지수였다.

마침내 상곡리로 넘어가는 다리가 눈앞에 나타났다. 손영기의 눈길은 이미 다리 너머로 향했다. 다행히 구멍가게에는 불이 켜져 있었다. 무림지존을 가릴 일전은 이제 돌이킬 수 없었다.

중곡리와 상곡리를 잇는 상천교 위에서 손영기는 황 순경을 흘깃 돌아보았다. 황 순경의 얼굴이 잔뜩 굳어 있었다. 갈증 때문일까? 파장마두성의 파괴력 때문일까? 아니다. 역시 천하의 파천황도 절세고수 소화자와의 매치업이 부담스러운 것이다. 손영기는 세기의 대결에 대한 기대로 가슴이 뛰었다. 황 순경도 상천교를 건넜다. 돌아올 수 없는 다리를 건넌 것이다.

미닫이문을 연 손영기를 맞은 이는 소화자가 아닌 소화자의 처였다. 구멍가게 여자는 가게 안쪽의 내실에서 눈을 비비며 나왔다. 이마 한가운데에 얇게 썬 오이 하나가 붙어 있었다. 턱이 빠져라 하품을 해도 오이는 그대로였다. 내실은 침침했다. 구멍가게 사내는 보이지 않았으나 어둠 속에서 엄청난 내공이 느껴졌다. 방에서 풍겨 오는 술냄새도 내공만큼이나 강력했다. 만취한 소화자. 무림지존을 가리기에 완벽한 조건이었다.

"웬 총?"

구멍가게 여자가 황 순경을 향해 물었다.

"무장공비가 나타났다 아입니까."

손영기가 대꾸했다.

"무장공비?"

구멍가게 여자의 눈이 커졌다.

그때였다. 내실에서 은밀한 움직임이, 강렬한 살기가 느껴졌다.

"여섯 놈이 산속으로 달아났다 아입니까."

"여섯 놈이나?"

구멍가게 여자의 눈이 더 커졌다.

"걱정 마이소. 우리 행님이 무서워가 못 내려올 낍니다. 사이다나 한 병 주이소."

"이 촌구석에 뭐가 있다고……"

구멍가게 여자가 중얼거리며 냉장고에서 사이다를 꺼내 손영기에게 건넸다.

"황 순경은?"

구멍가게 여자가 물었다.

"내도 사이다 한 병 주소."

"우야노? 사이다가 똑 떨어졌다. 콜라는 있는데……"

"정말 없습니까?"

황 순경이 물었다.

"엄따. 저게 마지막이다."

구멍가게 여자가 손영기의 손에 들린 사이다를 턱으로 가리키며 말했다.

"이거는 행님이 마시이소."

손영기가 사이다를 황 순경에게 내밀며 말했다.

"니 아부지는?"

"콜라 사 가면 됩니다."

"개안켔나?"

"개안심다. 아지매 병따개 주이소."

병따개는 필요없었다. 황 순경이 진열장 가장자리에 사이다 주둥이를 대고 툭 치자 병뚜껑이 휙 날아갔다. 손이 보이지 않았다. 보이지 않는데 흔들리고 날아갔다.

황 순경은 사이다를 벌컥벌컥 들이켰다. 목울대가 오르락내리락했다. 폭풍흡입의 호쾌한 광경을 손영기는 뿌듯한 눈길로 지켜보았다.

"니도 한 모금 해라."

황 순경이 말했다.

사이다는 3분의 1쯤 남아 있었다.

"개안심더."

"마셔라."

손영기는 대사형의 도량에 울컥했다. 할아버지뻘 아버지한 테도, 삼촌뻘 형들한테도 받아보지 못한 배려였다. 사이다를 마시는데 목이 멨다. 사이다는 달고 날카로웠다. 구밀복검, 첫 맛은 꿀 같고 뒷맛은 칼 같았다.

황 순경이 갑자기 총을 치켜든 것은 사이다가 바닥날 즈음 이었다. 눈 깜짝할 새였다. 천하제일검의 발도술이 따로 없었 다. 총을 치켜든 것이 아니라 팔을 뻗는 듯했다. 감탄할 새도 없이 황 순경의 손가락 끝이, 아니 총구가 불을 뿜었다.

사이다에 육갑자의 공력을 일순 증진시킨다는 靈丹妙藥(영 단묘약)이라도 녹였을까. 손영기는 총구에서, 아니 손가락 끝 에서 탄환이 발사되는 것을 똑똑히 보았다. 보았다기보다는 느꼈다. 파공의 기운을 감지한 것이다. 총알보다 촉이 더 빨랐 다. 촉이 너무 빨라서 총알은 오히려 느릿느릿 움직이는 듯했 다. 서양의 물리박사 我人始他人(아인시타인)이 설파한 대로 속도란 그토록 상대적이었다.

벼락같은 彈指神功(탄지신공)의 과녁은 오이였다. 구멍가게 여자의 이마에 붙어 있던 오이 한 조각. 구멍가게 여자가 도끼 에 찍힌 통나무처럼 쓰러졌다. 행님이 와? 손영기는 사이다병 주둥이에서 입을 떼지 못한 채 생각의 끈을 더듬었다. 상황을 파악하려고 애썼지만 정신을 집중할 수 없었다. 수업 시간에 그랬듯 온갖 잡념이 머릿속으로 파고들었다. 소용돌이치며 밀려드는 잡념의 홍수 속에는 초등학교 5학년 성적 통지표에 적힌 행동 발달 평가도 끼어 있었다. 그것은 소용돌이의 눈처럼 흔들림 없이 더욱 또렷해졌다. '산만하고 게으름.' 그때부터였을 것이다. 정말로 산만하고 게을러진 것은. 5학년 때 담임은 4학년 때도 담임이었는데 그해에는 이렇게 적었지. '게으르고 산만함.'

황 순경의 손가락 끝이 다시 번쩍했다. 또 한 번의 탄지신공. 손영기는 자신을 향해 날아오는 탄환을 물끄러미 바라보았다. 행님이 와? 풀리지 않는 의문이 가슴을 향해 날아들었다. 불덩이가 가슴을 때리는 듯했다. 뜨거운데 차가웠다. 뜨거워서 더 차가웠다. 그때 체내에 불완전하게, 임시로 흡수된 사이다의 탄산이 생체반응을 일으켰다. 끄윽. 거나한 트림이었다. 탄환이 심장을 슬쩍 비껴갈 정도로. 덕분에 즉사는 면했다. 하지만 쇠 쪼가리가 살인적 속도로 몸을 파고든 충격은 녹록지 않았다. 더 큰 충격은 탄지신공의 주인공이 파천황이라는 사실이었다.

무릎이 꺾이는 순간에도 손영기는 믿을 수 없다는 듯 파천황을 향해 손을 뻗었다. 영웅에게 악수라도 청하는 모양새였으나 파천황은 손을 잡아주는 대신 고개를 갸우뚱거렸다. 동시에 유리병이 파천황의 귀를 스치며 날아갔다. 조금만 늦었어도 얼굴에 정통으로 맞을 뻔했다. 일견 취객의 허허실실 같앉으나 실은 숙련된 회피 동작이었다. 파천황이 취권까지? 아슬아슬하게 파천황의 얼굴을 비껴간 것은 可口可樂(가구가락) 병이었다. 米國(미국)에서 들여온 가구가락이 틀림없는데 무슨 조화인지 내용물이 까맣지 않고 노랬다.

"으아아!"

가구가락이 날아온 쪽에서 엄청난 기합이 들려왔다. 경천동지할 사자후였다. 진열장에 머리를 기댄 채 손영기는 똑똑히 보았다. 소화자가 내실의 어둠 속에서 튀어나오는 것을, 목발을 휘둘러 파천황의 무쇠팔(총)을 내리치는 것을, 총이 날아가는 것을. 파천황과 소화자가 주고받은 최초의 일합. 꿈에 그리던 승부가 눈앞에 펼쳐지려는 참이었다.

아아, 진검승부! 구멍가게 바닥에 피를 쏟으며 차갑게 식어가는 손영기의 얼굴에 미소가 어렸다.

소화자가 기습적인 선방으로 검을 날려버렸지만 파천황에게는 또 하나의 검이 있었다. 어깨에 걸쳐 있던 검이 어느새 손에 들려 있었다. 반면 소화자의 목발은 내려뜨려진 채였다. 목발을 휘두를 수 없는, 역동작의 곤경에 몰린 것이다. 소화자에게 압도적으로 불리한 형세였다.

파천황의 승부수는 역시 탄지신공이었다. 승부수를 펼치나 싶었는데 단말마의 신음을 내뱉으며 주춤거렸다. 소화자의 목발이 파천황의 아킬레스건, 유일한 약점, 약한 고리, 거시기를 강타한 것이다. 허를 찌르는 초식이었다. 휘두르기가 아니라

들어 올리기, 검의 날이 아니라 등으로 타격하기. 아아, 이것은 어천역린검! 무림의 전설, 용비어천검 최후의 초식, 무당파의 최종 필살기를 직접 보다니. 손영기는 죽어도 여한이 없었다. 다만 이 대결의 끝을 보지 못하는 것이 못내 안타까웠다. 세기의 대결, 파천황과 소화자의 대결을. 아니, 이것은 파천황과 마극강의 대결. 구멍가게 사내는 소화자가 아니라 파천황이었고 파천황인 줄 알았던 황 순경은 마극강이었다.

손영기는 목이 타는 듯했다. 손에 쥔 사이다 병은 비어 있었다. 사이다 한 모금이 간절했다. 영단묘약을 녹인 사이다 한 방울이면 벌떡 일어날 텐데. 눈앞이 가물가물했다. 추웠다. 뼈가 얼어붙는 것 같았다. 무시무시하게 추운데 견딜 수 없이 졸렸다. 本元眞氣(본원진기)가 급격히 희박해지고 있었다.

8. 지옥으로부터 7미터

밤손님이 아니라면 손님이라고는 도무지 찾아올 것 같지 않은 늦은 봄밤, 구멍가게 문에 매달아놓은 깡통이 딸그락거렸을 때 최상구(36·남)는 가게 안쪽에 딸린 방의 침침한 벽에 기댄 채 콜라를 홀짝이며 텔레비전을 보고 있었다. 이틀 전 개막한 대통령배 고교야구대회의 오늘 경기 하이라이트였다. 최상구는 콜라만큼이나 야구를 좋아했다. 코카콜라처럼 미제였으니까.

최상구가 미국을 동경하게 된 것은 빵을 얻어먹기 위해 파란 눈의 선교사가 운영하는 교회에 다니던 아홉 살 때부터였다. 의령 읍내의 교회까지 50리 길을 쉬지 않고 달렸다. 달리노라면 굶주림을 잊을 수 있었다.

할렐루야. 선교사는 하느님의 위대함에 대한 증거가 여기 있다며, 승전을 알리기 위해 마라톤 평야를 주파한 병사만큼이나 용감한 영혼이라고 최상구를 치켜세웠다. 실제로 최상구가 왕복으로 달린 거리는 39.3킬로미터였다. 거의 마라톤 풀코스에 가까웠다. 42.195킬로미터. 그것은 최상구가 품게 된 꿈까지의 거리였다.

미국에 대한 막연한 동경을 품고 있던 소년이 그 나라의 위대함을 실감한 것은 월남전에 참전하고서였다. 수송함부터 C레이션까지, 미제는 기대를 저버리는 법이 없었다. 파월 장병들을 다낭으로, 나트랑으로 실어나른 미군 수송함은 극장까지 갖추고 있었다. 식사는 먹거리 박람회 같아서 상어지느러 미수프나 염소혀스테이크같이 진귀한 요리가 즐비했다. 바다 위의 호텔이나 다름없었다.

만 3천 톤급 수송함에서 가장 인상적인 것은 뭐니 뭐니 해도 좌변기였다. 세상에, 느긋하게 앉아서 볼일을! 이토록 편해도 되는 걸까. 똥이란 쭈그려 앉아 온 신경을 집중해도 나올 똥 말 똥. 걸터앉아서는 도무지 아랫배에 힘을 줄 수 없었다. 쭈그려 앉는다는 것, 그것은 재래식 변소의 무릎 혹사적 구조가 강요한 미개한 습속이 아니라 무게중심을 겸허하게 낮춤을, 언젠가 흙이 되어 안길 위대한 어머니 대지에 대한 무한한 존경을 의미했다. 대부분의 한국 병사들은 엉덩이 받침을 발판 삼아 위태롭게 쭈그린, 몹시 겸허한 자세를 확보하고서야 위대한 어머니 대지에 무한한 존경을 겨우 표할 수 있었다. 하지만 최상구는 건들건들 걸터앉아 멀뚱거리는 안일한 자세에서도 거름을 쑥쑥 잘 뽑아냈다. 말하자면 아메리칸 스타일이었다.

그래도 두루마리 휴지라는 물건은 난감했다. 미제 휴지는 밑을 닦기에는 엄청나게 하얗고 믿을 수 없을 정도로 부드러웠다. 돼지 목에 진주 목걸이요 비단으로 가마솥 닦기가 아닐 수 없었다. 휴지의 순백은 변의 불순을 적나라하게 드러낸다. 서설 위에 눈 오줌이 샛노래 보이는 것과 같은 이치. 공연히 건강을 염려하게 만든다. 솔직히 말하자면, 너무 보들보들해서 닦아도 영 개운치 않았다. 똥 누고 밑 안 닦은 기분이랄까. 항문기적 쾌감을 도통 느낄 수 없었다. 등은 수세미로 벅벅 문지르고 밑은 신문지로 박박 닦아야 제맛. 변기를 꽉 틀어막는다는 치명적 문제를 야기했지만 화장실 청소 당번병에게 총을 맞을지언정 신문지를 포기할 마음이 최상구에게는 눈곱만큼도 없었다. 다른 한국 병사들처럼 기름진 양식 때문에 설사에 시달렸다면(두루마리 휴지는 탁월한 흡수력으로 이때 진가를 발휘했다) 또 모를까.

그랬다. 안타깝게도 대부분의 한국 병사들은 미군의 전투식량에 적응하지 못했다. C레이션을 먹으면 속이 느글거리고 부글거렸다. 배 속이 정글이라 몸이 늘 무거웠다. 좌변기에 걸터앉은 것처럼 힘을 쓸 수 없었다. 맹호부대도 청룡부대도 사정은 대동소이했다. 이빨 빠진 호랑이, 비늘 벗겨진 용이었다. 전쟁도 먹고살자고 하는 짓인데. 총 없이는 싸워도 김치 없이는 못 싸우겠다. 병사들은 스파이시 소스를 곁들인 쇠고기 요리로 매운맛에 대한 기갈을 겨우 달래며 볼멘소리를 했다.

아메리칸 스타일 최상구조차 매운맛이 간절할 때가 있었다. 소대원이 죽거나 죽음과 진배없는 부상을 입은 날에는 K레이션을 찾았다. 파월 장병들을 위해 대한민국 국방부에서 부랴부랴 개발한 K레이션 깡통에는 고추조림부터 깻잎절임까지, 맵거나 짠 음식만 담겨 있었는데 가장 핫한 아이템은 단연 김치였다. 매우면서 짰다. 통조림 기술조차 전무한 고국에서 만든 김치 통조림이었다. 대만해협이 통조림의 도살장이라면 남중국해는 통조림의 무덤. 덥고 습한 공기 속에서 깡통은 부풀고 내용물은 부패하기 마련. 그런데 열과 습기에 취약한 김치가 통조림의 도살장과 무덤을 건너온 것이다. 김치 상륙작전, 병참보급사에 길이 남을 기적이었다. 로마를 무너뜨리기 위해 코끼리 부대를 이끌고 알프스를 넘은 한니발의 기습에 버금가는 쾌거였다.

일찍이 한국전쟁을 기술하면서 어느 카투사의 참호 파는 솜씨에 주목한 바 있던, 미국의 저명한 전쟁사가는 특유의 신랄한 어투로 이렇게 평했다.

"시든 채소 쪼가리가 한국군을 완전히 다른 부대로 만들었다. 비실비실하던 한국 병사들이 배꼽에 철심이라도 박은 듯 기적적으로 빠릿빠릿해졌다. 호랑이의 이빨이, 용의 비늘이 새로 돋았다. 조용한 아침의 나라를 지키던 맹호와 청룡이 그제야 베트남에 상륙한 것이다."

사소한 것에서 역사를 바꾼 비밀을 발견한다던, 바늘구멍으로 우주를 본다던 뉴저널리즘의 창시자조차 놓친 것이 있다. 모든 기적은 초자연적 현상을 동반하는 법. 김치에서 녹물이 나오고 김치찌개 맛이 나는 것은 기적의 일부였다. 또 하나. 김치 통조림이라는 기적을 맛보고도 C레이션의 시나몬케이크로 입가심해야 직성이 풀리던 한 병사의 존재 역시 기적의 사소한 일부였다. 그 한국 병사는 모두들 '설사 폭탄'이라고 꺼리는, 육즙에 조린 돼지고기스테이크도 마다하지 않았다. 심지어 함께 나오는 코코아파우더를 몽땅 뿌려 먹어도 뒤탈이라는 것을 몰랐다. 잘 먹고 잘 눴으므로 몸이 가벼웠다. 전령병으로 발탁되기에 모자람이 없는 가벼움이었다.

이처럼 최상구는 항문만 빼고 속속들이 아메리칸 스타일이었다. 당연히 미군의 전투식량을 사랑했다. 맛도 맛이지만 버릴 것이 없었다. 심지어 C레이션 상자조차(참고로 C레이션 한 상자는 세 개의 깡통과 하나의 액세서리 비닐팩으로 구성되었는데, 깡통에는 고기 요리, 쿠키나 빵류, 과일이나 케이크 같은 디저트가, 액세서리 팩에는 담배, 종이성냥, 커피, 프림, 설탕, 소금, 후추, 추잉껌, 깡통 따개, 휴지가 들어 있었다) 쓸모가 있었다. 다른 병사들은 깡통 속 음식을 데우거나 커피 물을 끓일 때 연료로 썼지만 최상구는 구겨서 밑을 닦았다. 신문지 대용이었다. 깡통도 버리지 않았다. 중대전술기지 외곽에 둘러친 철조망에 걸어두면 훌륭한 경보기가 되었다. 지금처럼.

텔레비전을 보고 있던 최상구가 가게 문에 걸어둔 깡통이 딸그락거리는 소리를 놓치지 않은 것은 말 그대로 텔레비전을 보기만 했기 때문이다. 볼륨을 완전히 죽여놓고 있었다. 수상한 소리를, 침입의 기미를 놓치지 않기 위해서였다. VC(양키들은 베트콩을 그리 불렀다)들은 중대전술기지를 넘볼 만큼 대담했다. 주로 어둠을 틈타 공격했기에 밤마다 기지 외곽에 청음초(聽音哨)를 매복시켜야 했다.

도마뱀 울음소리가 고막을 두드려대는 매복의 밤, 청음초들의 적은 VC들이 아니라 모기, 뱀, 졸음이었다. 모기를 쫓기 위해서는 벌레 퇴치용 미제 연고를 온몸에 발랐고, 뱀의 접근을 막기 위해서는 담배를 참호 주변에 뿌렸지만, 염병할 졸음에는 뾰족한 수가 없어서 각자 자신만의 수단을 강구해야 했다. 해남 출신 김 일병은 추잉껌을 씹었고 인제 출신 박 이병은 기도를 했으며 괴산 출신 오 상병은 딸딸이를 쳤다. 의령 출신 최상구는 콜라를 마셨다. 콜라의 톡 쏘는 맛이 졸음을 몰아냈다. 만에 하나 설핏 잠들더라도 뒷간이나, 뒷간 비슷한 곳을 찾는 꿈에 시달리다 번쩍 눈 뜨기 십상이었다. 졸음의 난적은 빵빵해진 오줌보, 수면의 천적은 요의, 최상구는 탄창을 채우는 심정으로 콜라를 들이켰다. 오줌은 빈 콜라병에 눴고 가득 차면 병뚜껑으로 막아두었다. 백병전에 대비하기 위해서였다.

코카콜라, 그것은 의령군 궁지면 중곡리 출신 최상구에게 미국의 상징이었다. 섹시한 맛 때문에? 아니, 병에 새겨진 단어 때문이었다. enjoy. 그 말의 뜻을 알려준 이는 대학물까지 먹었다는 소대장이었다. 엔조이 코카콜라, 코카콜라를 즐겨라. '즐기다.' 최상구에게는 생소한 말이었다. 세상을 본 이래 한순간도 즐긴 적 없는 인생이었다. 과자든 만화든, 담배든 영화든, 뭐라도 즐기기 위해서는 돈이 필요했다. 최상구의 주머니는 늘 비어 있었다. 주머니 달린 바지를 입기도 쉽지 않았다. 주머니조차 없는 인생이었다. 월남전에 자원한 것도 주머니 달린 바지를 입기 위해, 주머니에 뭔가를 채우기 위해서였다.

월남으로 떠나기 직전 동정을 버린 부산하고도 완월동의 노란 방 한구석에 벗어둔 카고바지에는 주머니가 주렁주렁 달려 있었는데 거기에는 건빵, 초콜릿, 알사탕, 구두약, 6달러, 유서가 담겨 있었다. 처음이라고 하자 조막만 한 손으로 입을 가리며 웃던 아가씨는 한 번 더 하자고 했다. 요금은 안 받겠다고, 공짜로 해주겠다는 것이었다. 뜻하지 않은 보너스였지만 그래도 최상구는 즐기지 못했다. 혹여 아가씨가 마음을 바꾸기라도 하면, 화대를 추가로 물어야 하면, 부두까지 택시를 타고 갈 수 있을지, 머릿속이 분주했던 것이다.

'한 번 더'가 끝난 뒤 아가씨는 진짜로 기본 요금만 달라고 했다.

"주머니 하나만 골라라. 거 든 거는 니꺼다."

감동한 나머지 최상구가 충동적으로 말했다.

아가씨가 찍은 주머니에서 나온 것은 유서였다. 전사할 경우 까막눈인 부친에게 전달될 편지.

"최 이병님요, 소원 하나만 말해보이소."

아가씨가 먹먹한 눈빛으로 말했다.

최상구는 한 번 더,라고 말하고 싶었지만 출항 시간이 코앞이었다.

"웃어봐라. 손으로 가리지 말고."

아가씨는 잠시 망설이더니 눈을 찌푸린 채 웃었다. 한가운데 윗니가 뻐드렁니였다.

"보기 흉하지예?"

"개안타."

"정말예?"

"예쁘다."

"거짓말."

"진짜다."

이럴 수가. 여간해서 웃지 않는 최상구의 얼굴에 미소가 떠올랐다. 강아지풀로 문지르는 것처럼 얼굴이 간질간질하고 아랫목에 놔둔 주발처럼 심장이 따끈따끈했다. 아가씨와의 수작을, 아니 애정 어린 대화를 즐기고 있었던 것이다. 하지만 개념이 없으면 감정도 없는 거나 마찬가지. 뻐드렁니를 부끄러워하게 만드는 것은 뻐드렁니라는 말. 두려움이나 떨림 같은 단어가 없다면 애인에게 고백하러 가는 길의 심장 과잉 박동이 두려움인지 떨림인지 어찌 구분할 수 있겠는가. 그러니까 최상구의 머릿속에는 아직 즐긴다,는 개념이 없었다. 엔조이의 뜻을 알기 전, 코카콜라의 벌처럼 톡 쏘는 가르침을 받기 전이었다.

코카콜라의 나라에서 온 병사들은 저마다 무엇인가를 엔조이했으며 엔조이했느냐고 물었다. 아침을, 점심을, 저녁을, 간

밤을, 위문편지를, 헬리콥터를, 헬리콥터에서의 사격을, 조니 워커를, 마리화나를, 조니워커를 곁들인 마리화나를, 썹을, 마리화나 뒤의 썹을……

　총알이 어디서 날아올지 알 수 없던 남국의 전장에서 최상구가 엔조이한 것은 일당과 C레이션이었다. 이병의 일당은 1달러 25센트였다. 제 발로 기지에 돌아온다는 것은 하루치 일당을 더 받을 수 있음을 의미했다. 일병으로 진급하자 1달러 35센트로 올랐다. 상병 때는 1달러 50센트였다. 최상구는 일당보다 C레이션을 더 엔조이했다. C레이션의 내용물은 계급과 무관했으니까. 소위의 C레이션에도, 이병의 C레이션에도 설탕은 한 봉지뿐이었다.

　구멍가게 문에 매달린 경보기가 울렸을 때 먼저 움직인 쪽은 최상구가 아니라 최상구의 처였다. 손님 상대는 마누라 몫이었다. 오이 마사지 중이던 마누라가 조막만 한 손으로 오이를 서둘러 떼어내고 내실을 나갔다.

　최상구는 텔레비전 위에 걸린 괘종시계로 시선을 던졌다. 자정이 가까운 시각이었다. 얼마 전부터 마누라는 하곡리 초입의 담배 가게에 질 수 없다며 밤늦도록 가게 문을 열어두었지만 해만 저물어도 인적이 끊기는 산골 마을이었다. 해가 진 뒤로 손님을 맞는 경우는 정글에서 VC를 찾아내는 것만큼이나 드물었다. 최상구는 번을 서던 밤처럼, 정글을 수색하던 한

낮처럼 귀를 쫑긋 세웠다. 도마뱀 울음은 들리지 않았다. 대신 총, 무장이라는 수상쩍은 말이 들려왔다. 최상구의 두개골 밑에 매달린 빈 깡통들이 일제히 달그락거리기 시작했다. 황색 경보였다.

최상구는 문 쪽으로 꼼지락거렸다. 문 뒤에 몸을 감춘 채 고물 자전거에서 떼어낸 백미러를 슬쩍 내밀었다. 진열장 사이로 마누라의 뒷모습이, 그 너머에는 추리닝 차림의 여드름쟁이가, 또 그 너머에서는 수상쩍은 연기가 피어올랐다. 양담배 연기였다. 연기만 봐도 알 수 있었다. 말보로 아니면 카멜. 감이 그랬다.

가장 엔조이했던 C레이션 중에서도 최상구가 리얼리 리얼리 엔조이한 것은 담배였다. 양식을 먹은 뒤에는 양담배가 제격. 양담배 특유의 드라이한 풍미가 양식의 느끼한 뒷맛을 잡아주었다. 말보로, 켄트, 살렘, 팔말, 카멜, 체스터필드, 쿨…… 상표를 떠올리기만 해도 입에 침이 고였다. 양키들은 럭키스트라이크를 선호했지만 한국 병사들에게는 기피 대상이었다. 담뱃갑에 그려진 붉은 원이 사격 연습장의 표적을 연상시킨다나 어쩐다나. 심지어 총 맞고 죽은 병사들의 주머니에는 십중팔구 럭키스트라이크가 들어 있다는 소문까지 돌았다. 한국 병사들에게 가장 인기 있던 양담배는 윈스턴이었다. 맛이 순하고 잘 빨렸다.

양담배는 연기도 달랐다. 국산보다 살짝, 보통 사람의 육안으로 분간하기 어려울 만큼만 조금 더 푸르스름했다. 연기의 입자가 작아서 파동 짧은 청색광의 산란이 활발했기 때문이다. 높은 하늘이 더 푸르게 보이는 것과 같은 이치. 그러니까, 양담배의 연기는 가을 하늘처럼 때깔이 좋았다. 물론 눈 밝은 사람들에게만 해당되는 얘기.

최상구는 눈이 밝았다기보다는 연기에 민감했다. 끼니때도 굴뚝이 연기를 뿜어내지 않기 일쑤인 집에서 자라서인지 연기에 대한 간절함이 있었다. 이웃집 굴뚝의 연기를 눈에 넣을 듯 바라보며 밥상의 메뉴를 상상하는 숱한 저녁을 보내서인지 연기를 향한 절박함이 있었다. 끼니때마다 간절하고 절박해지는 삶이었다. 파장이 짧다는 것, 그것은 불안정을, 좌충우돌을, 질풍노도를 의미한다. 빛이 산란하듯 부딪치고, 들이받고, 엇나가고, 파랗게 씩씩댄다.

파장이 너무나 짧은 인생, 최상구의 삶을 반석에 올려놓은 것은 양담배의 연기였다. 월남에서 돌아온 뒤 전매청 부산 지부 양담배 단속반에 전격 스카우트된 것이다. 연기만 척 봐도 양담배를 딱 집어내는 귀신 같은 능력을 국가와 민족을 위해 쓰게 해달라는 중대장의 강력한 추천에 힘입은 결과였다. 불나방이 빛을 향해 돌진하듯 푸르스름한 연기를 쫓아 경양식집으로, 호텔 로비로, 병원 수술실로, 달리는 택시 안으로 뛰어들었다. 발각된 자들은 귀신에 홀린 얼굴로 뒷돈을 찔러주며 선처를 호소했다. 주머니가 두둑해지지 않을 도리가 없었다.

최상구 인생의 전성기였다. '에이전트 오렌지'에 도사리고 있던 다이옥신인지 뭔지 때문에 한쪽 다리가 썩어 들어가기 전까지는.

부산의 한 병원에서 한쪽 다리를 절단하고 고향에 돌아와서는 보기 힘들던 푸른 연기였다. 최상구는 마른침을 삼켰다. 마누라와 추리닝이 진열장 쪽으로 비키자 양담배를 피우는 자의 정체가 드러났다. 전투복 차림이었고 어깨에 총을 메고 있었다. 카빈. 이번에는 최상구의 심장에 매달린 깡통이 요란하게 달그락거렸다. 적색경보였다.

카빈이라면 VC가 틀림없었다. 미군이나 한국군은 최신식 M16을 가지고 다녔지만 VC들은 구닥다리 카빈이나 소련제 AK47을 들고 다녔다. 염려했던 대로 땅속에 숨어 있었던 것이다. 땅굴을 조심하라고 그토록 경고했건만. 피가 거꾸로 돌았다. 심장이 지글거렸다. 설탕 타는 냄새가 진동했다.

모르는 게 없던 소대장은 말했지. VC들은 설탕으로도 총알을 빚는다고. 총알이 떨어지면 황설탕을 단단하게 굳혀 총알을 만든다고. 세상에서 가장 달콤한 총알을 심장에 박아 넣는다고. 혈당이 높아져 고통스럽게 죽는다나. 그래서 설탕을, 사탕수수밭을 태웠지. 닥치는 대로 불태웠어. 설탕이 타는 동안 땅굴을 찾아다녔지. VC들은 설탕을 끔찍이 아껴서 그리 멀리 떨어져 있지 않을 거라고.

월남에서 돌아오자마자 완월동으로 달려가 유서를 돌려받았을 때, 유서를 돌려받는 대가로 삐드렁니를 보여줬을 때, 아가씨와의 수작을 진심 엔조이했을 때, 그러니까 살아남길 잘했다고 느꼈을 때 끝난 줄 알았던 전쟁은 아직이었다. 끝이라니, 한창이었다. 월남에서의 최상구는 한창때였으니 전쟁이 여태 한창이라면 최상구도 아직 한창이었다. 올 테면 오라지.

최상구는 몸을 낮추고 주변을 살폈다. 맨 먼저 눈에 들어온 것은 문설주에 세워놓은 목발이었다. 다리 하나로는 VC에 맞설 수 없었다. 일단 목발을 확보해야 했다. 하지만 섣불리 움직였다가는 총알 세례를 받기 십상. 오줌을 가득 담아둔 콜라병부터 집어들었다. 목발은 그다음. 순서가 중요했다. 교전이 벌어지면 수류탄부터 던졌다. 적의 정신줄을 흔드는 데는 그만. 게다가 몸이 가벼워졌다. 통신병이 된 뒤로는 무전기를 짊어지고 다녀야 했는데 PRC25는 여벌 배터리까지 포함하면 13킬로그램이 넘었다. 실탄을 가득 채운 M60 기관총을 웃도는 무게였다.

VC 저격수들은 지도를 들여다보거나 무전기를 짊어진 상대를 노렸는데, 무전기 안테나 때문에 통신병은 단연 눈에 띄는 먹잇감이었다. 통신병이 총에 맞으면 바로 뒤에 있던 병사가 무전기를 짊어져야 했다. C레이션이 병사들의 생명줄이라면 무전기는 소대의 생명줄, 본대와 연락이 두절되면 지원을 요청하거나 부상병을 호송할 수 없었다. 전령병 최상구 앞에서 무전기를 짊어지고 가던 병사를 쓰러뜨린 것도 저격수의 총알이었다.

최상구는 백미러를 들여다보며 수류탄, 아니 오줌이 가득든 콜라병을 투척할 기회만 엿보았다. 과녁은 좀처럼 사선을 허락하지 않았다. 마누라가 비키면 추리닝이 막고 추리닝이 비키면 마누라가 막아섰다. 사이다병만 왔다 갔다 했다. 마누라 손에서 추리닝 손으로, 추리닝 손에서 놈의 손으로.

총소리가 들린 것은 사이다병이 추리닝 손으로 되돌아간 직후였다. 마누라가 뒤로 넘어가는가 싶더니 백미러에서 사라졌다. 머리에 총을 맞은 게 분명했다. 염병할 총알이 머리에 박힌 병사들은 그런 식으로 쓰러졌다. 뿌리 뽑힌 나무처럼.

다시 총성이 울렸고 이번에는 추리닝이 무너져 내렸다. 뿌리 뽑힌 나무가 아니라 지반이 가라앉은 나무였다. 총알이 두 개골을 뚫고 들어간 것은 아니었다. 무너져 내리다 멈췄다. 무릎이 붕괴를 막았다. 추리닝은 무릎을 받침대 삼아 잠시 버텼다. 콜라병을 던지기에는 여전히 애매했다. 추리닝은 상반신이 유난히 길었고 최상구는 앉아쏴 자세여서 각이 나오지 않았다. 함정일지도 몰랐다. 노련한 저격수는 일부러 복부나 다리를 쏘기도 했다. 피를 흘리며 울부짖도록, 전우의 울부짖음을 견디다 못해 다른 병사들이 엄폐물 밖으로 튀어나오도록. 역전의 용사 최상구는 입술을 깨물며 기다렸다.

하늘은 입술을 깨무는 자에게 기회를 준다. 하늘이 파란 것은 빛의 산란이라는 눈속임 때문이 아니라 하느님이 입술을 깨물고 있어서다. 저 아래에서 벌어지는 작태를 입술 깨물지 않고 어찌 지켜볼 수 있겠는가. 추리닝이 결국 모로 쓰러졌다. 이번에는 진열장이 붕괴를 막았다. 진열장에 기댄 채 주저앉은 꼴이었다. 마침내 각이 나왔다.

최상구는 몸을 옆으로 날리며 콜라병을 던졌다. 힘을 모으기 위해 기합도 넣었다. 놈이 급히 머리를 숙이는 바람에 콜라병은 머리카락에 정전기만 일으키며 허공을 갈랐다. 헤드샷을 노렸으나 빈볼에 그치고 말았다.

놈의 총구가 이쪽을 향했다. 놈에게 카빈이 있다면 최상구에게는 목발이 있었다. 잘나가던 직업을 내주고 얻은 비밀병기였다. 다리를 자르자 직장에서 잘린 것이다. 병신이라 이거지. 최상구는 입술을 깨물었다. 그동안 꼬불쳐둔 돈으로 보란 듯 고향에 구멍가게를 차렸다. 보란 듯이 담배만 취급하지 않았다. 입술 꽉 깨물고 담배도 끊었다. 눈에 흙이 들어가기 전에는 전매청에 동전 한 닢 보태줄 수 없었다. 담배 대신 술을 마셨다. 입술 깨물고 독주만 마셨다. 다리를 잃은 뒤로는 내내 입술 깨무는 인생이었다.

이제 목발의 차례. 최상구는 목발을 짚고 내실 밖으로 나갔고 나가자마자 목발로 카빈을 내리쳤다. 목발은 카빈보다 한참 길었다. 멀찍이서 타격할 수 있었다. 원심력이 커서 강력한 타격이 가능했다.

최상구에게는 아메리칸 스타일로 말해서 좋은 소식과 나쁜 소식이 기다리고 있었다. 역시 아메리칸 스타일로 좋은 소식부터 소개하자면 놈이 카빈을 놓쳤다는 것이고 나쁜 소식은 염병할 카빈이 한 자루 더 있다는 사실이었다.

"픽!"

최상구는 아메리칸 스타일의 욕설을 내뱉었다.

상황이 지랄 맞았다. 놈에게는 카빈이 한 자루 더 있었는데, 여자 VC들처럼 총구가 아래를 향하도록 어깨에 메서 (상대의 전의를 누그러뜨릴뿐더러) 사격 자세로의 전환이 몹시 용이했다. 반면 최상구의 목발은 끝이 바닥에 닿아 있어서 원심력을 활용하기 옹색했다. 이 대결이 태그매치여서 잠시 멈춘 상태로 둘 중 하나와 교대하라고 한다면 누구라도 목발이 아닌 카빈을 택함 직한 상황이었다.

아니나 다를까, 또 다른 카빈의 총구는 어느새 최상구를 겨누고 있었다. 엄청나게 손이 빠른 자였다. 하지만 최상구의 손이 조금 더 빨랐다. 목발로 놈의 고환을 강타했다. 필살의 올려치기, 회심의 어퍼컷, 중력을 거스른 위대한 타격이었다. 널리 알려진 바와 같이 고환의 통증은 몸을 굽실거리게 한다. 존재의 근원을 떠올려 겸손하게 만든다. 영혼의 무게중심을 현저히 낮춘다.

최상구는 내심 연타를 노렸다. 여세를 몰아 결정타를 날릴 셈이었다. 불알 다음은 아무래도 머리통. 후방 교란하고 본진

치기, 보급선 끊고 사령부 때리기. 전쟁 기술의 대가 손자도 울고 갈 필승의 2단 콤보가 작렬하려는 찰나…… 세상에 이런 십장생이! 놈은 눈썹만 움찔할 뿐 굽실댈 기미조차 보이지 않았다. 존재의 근원에 대한 경외감이라고는, 겸손이라고는 모르는 오만한 영혼, 거만한 강철고환이었다. 아무리 그래도 그렇지, 생체 구조상 불가능한 시추에이션이었다. 총을 거꾸로 메고 있다 했더니 설마 여자 VC? 실제로 악명 높은 VC 저격수 중에는 여자가 적지 않았다. 그들은 남자 저격수들보다 (부위를 가려서 쏠 정도로) 섬세하고 (탄피도 남기지 않을 만큼) 꼼꼼했으며 (엉덩이가 무거워) 참을성이 많았다.

맞은 쪽이 아니라 때린 쪽이 동요했다. 오만불손한 고환 앞에서 최상구는 몸 둘 바를 몰랐다. 당장 총알이 날아올 판이었다. 정면 대결은 무리, 일단 몸 둘 바를 찾아야 했다. 내실의 땅굴은 멀었다. 등을 보이자마자 벌집이 될 것이었다. 왼쪽 벽의 쪽창이 유일한 퇴로였다. 산 쪽을 감시하기 위해 일부러 낸 창이 현실적인 희망이었다. 감시를 위한 창이었으므로 방범창살은 달지 않았다. 다만 빈 깡통을 매달아놓았을 뿐. 짖기만 하는 개, 빈 깡통은 탈출에 걸림돌이 되지는 않을 터였다. 게다가 목재 창틀은 수축과 팽창으로 눈에 띄게 들뜨고 헐거워졌다. 업자가 약속과 달리 침엽수 계열이 아니라 활엽수 계열을 쓴 것이다. 고질적인 자재 바꿔치기, 관행적인 부실시공이었다. 멀쩡한 하늘이 무너지는 것도, 하늘이 무너져도 솟아날 구멍이 있는 것도 모두 부실시공 덕분. 건설업계의 고질이 최상구에게 천재일우의 기회를 줬다.

최상구는 목발을 장대 삼아 몸을 날렸다. 무너져 내리는 하늘에 난 작은 구멍을 향해 솟구쳤다. 머리로 빈 깡통을, 창문을 밀고 나갔다. 창이 통째 날아갔다. 총소리가 들렸다. 전방회전낙법으로 완벽하게 착지한 보람도 없이 유리가 와장창 부서지며 얼굴을 무자비하게 할퀴었다. 따갑고 쓰리고 아팠다. 다시 총소리가 들렸다. 습관적으로 목발을 찾았으나 장대를 쥐고 장애물을 넘는 선수는 없다. 목발은 구멍가게 안에 남겨졌다. 목숨을 건지기 위해 한쪽 다리를 내준 셈이다. 다리가 하나뿐인 최상구는 두 팔을 앞발 삼아 산비탈을 올랐다. 뒷다리 잘린 도마뱀처럼 밤의 비탈을 미친 듯 박박 기었다.

정신을 차리고 보니 어느덧 산 중턱이었다. 저기 덤불 사이로 땅굴의 또 다른 입구가 보였다. 최상구가 그것을 발견한 것은 다리를 잃고 낙향해 술독에 빠져 있을 무렵이었고 땅만 보고 다녀서였다. 덤불에서 시궁쥐가 나오는 게 아닌가. 산에 웬 시궁쥐? 수상쩍다 했더니 땅굴 입구였다. 땅굴은 지금의 구멍가게 내실까지 뚫려 있었다. 빙고. 최상구가 굳이 흉가를 사들인 것은 안방(구멍가게로 리모델링하기 전에는)에 숨겨진 땅굴 때문이었다. 땅굴 입구에 매복해 VC를 때려잡기 위해서였다.

최상구가 땅만 보며 걷게 된 것은 월남에서 돌아온 뒤부터였다. 월남에서 가장 무서운 것은 지뢰와 부비트랩이었다. 아군이 설치한 것이라고 무사할 수는 없었다. 네버, 에버. 싸우다 죽는 게 아니라 재수 없이 지뢰를 밟아, 부주의하게 부비트랩을 건드려 죽다니. 죽음 중에 가장 두려운 것은 개죽음. 개죽음보다 더 두려운 것은 개부상당해 개병신되는 것. 기왕 재수 옴 붙을 거면, 부주의할 거면 '크레모아'를 밟아, 120도 각도로 750개의 쇠구슬을 날리는 대박을 터뜨려 깨끗이 가는 편이 차라리 나았다. 마라토너를 꿈꾸던 최상구에게는 발목만 날리는 발목지뢰가 제일 무서웠다.

혈로를 뚫고 탈출한 최상구에게는 선택의 여지가 있었다. 숨거나 알리거나. 전자는 현 위치를 고수한 채 구조대를 얌전히 기다리는 것을 의미했다. 그것은 낙오 상황에 대한 중대본부의 지침이었다. 후자는 중대본부로 달려가 도움을 청한다는 뜻이었다.

최상구는 후자를 택했다. 달려가 지원 병력을 데려와야 했다. 폭격 좌표를 알려줘야 했다. VC들에게 포위당한 소대원의 목숨이 자신에게 달려 있었다. 최상구는 낙오병이 아니라 전령병이었다. (하필 이럴 때) 고장 난 무전기를, 나흘치(남들보다 하루치를 더 짊어지고 다녔다) C레이션을 내던지고, 똥 누다 총 맞은 전령병 대신 혈혈단신 적의 포위망으로 뛰어든 실낱같은 희망이었다. 말은 바로 하자. 최상구라면 몰라도 최 일병에게는 애당초 선택의 여지가 없었다. 그날 밤 목발을 장대 삼아 구멍가게에서 탈출한 이는 최상구가 아니라 최 일병이었다.

그나저나 목발도 없이 어떻게? '땅개'(보병은 그리 불렸다) 최상구에게는 두 개의 앞발, 아니 팔이 있었다. 물구나무 걷기. 천신만고 끝에 중대전술기지 근처에 당도했을 때처럼 두 팔로 땅을 짚은 채 앞으로 나아갔다.

월남에서의 그날은 왜 두 다리가 아니라 두 팔이었던가. 기지 주변에는 지뢰가 쫙 깔려 있었고 해가 저물어 어디가 어딘지 분간할 수 없었다. 마지막 관문 앞에서 최상구는 멈칫했고 망설였다. VC의 포위망 속이었다면 이판사판 돌파했을 것이나 저만치, 어렴풋하게 보이는 막사 불빛에 흔들렸다. 간절히 원하는 것이 손에 잡힐 듯한 순간이 가장 위험하다. 심장이 오그라드니까. 최상구의 심장도 가시화된 성공 앞에서 급속히 수축했다. 살고 싶었고 발목도 지키고 싶었다. 올림픽 마라톤 금메달의 꿈을 포기하고 싶지 않았다. 최상구는 물구나무를 섰고 그 상태로 전진했다. 팔은 내줘도 다리를 잃을 수는 없었다. 푸시업으로 단련된 아메리칸 스타일의 팔과 어깨는, 이두박근과 삼두박근은 의외로 잘 버텨줬다. 다리로 걷는 것 못지 않았다. 적어도 초반부에는.

갑자기 두 팔에, 두 다리에 감각이 사라진 것은 지뢰밭 한복판에서였다. 오버페이스, 마라토너의 천적에는 답이 없다. 그 자리에 주저앉는 수밖에. 사지가 통나무, 돌덩이, 대리석 같았다. 석고를, 시멘트를, 콘크리트를 들이부어 '공구리' 친 듯했다. 손발에 핏기가 없었다. 우선 피를 돌게 해야 했다. 주머니를 뒤졌지만 잭나이프도 깡통 따개도 없었다. 초반 레이스 도중 흘린 모양이었다. 똥도 약에 쓰려면 없다더니 악착같이 들러붙던 거머리조차 보이지 않았다. 극심한 통증이 사지를 엄습했다. 팔과 다리가 뜯겨져나가는 듯했다. 이로 깨물어보려 했으나 팔을 들어올릴 수 없었다. 흐르니 눈물이요 터져 나오니 신음이었다. 구원의 손길만 기다리고 있을 전우들을 생각하니 혀를 깨물고 싶은 심정이었다. 하지만 뻐드렁니는 멀고 혀는 짧았다. 혀를 깨물려다 얼마 남지 않은 기력을 소진한 나머지 정신줄까지 놓치고 말았다. 임무 실패의 결과는 처참했다. 다음 날 살아서 돌아온 소대원은 절반에 불과했다.

같은 실수를 반복할 수는 없었다. 최상구는 길을 두고 산을 고집했다. 상곡리를 빙 둘러 가는 머나먼 경로였으나 적의 매복과 지뢰를 피하기 위해서는 불가피했다. 지뢰는 침투가 용이한 개활지에 매설하기 마련, 그날 중대전술기지 불빛을 발견했을 때도 가장 험준한 쪽을 공략했어야 했다. 급할수록 돌아갔어야 했다.

급하지만 돌아가는 길, 매복과 지뢰라는 위험을 우회하는 선택에는 비탈이라는 악조건이 도사리고 있었다. 산비탈의 경사가 온몸의 하중을 견디며 전진하는 팔을 괴롭혔다. 짝팔이었다면 균형을 잡는 데 도움이 되었겠으나 양팔은 길이가 완벽하게 같았다. 산비탈의 위쪽을 짚은 왼팔을 줄이든가 아래

쪽을 짚는 오른팔을 늘릴 수 있다면. 최상구는 오른팔을 늘리는 쪽을 택했다. 왼발에 신고 있던 군화를 벗어 오른팔에 신기니 균형이 얼추 맞았다.

어둠이라는 복병도 골칫거리였다. 밤의 숲은 밤보다 더 어두웠다. 별도 달도 비구름에 갇혀 있었다. 사위는 어둡거나 더 어둡거나 둘 중 하나여서 동과 서를, 남과 북을 가늠할 수 없었다. 설상가상 안압 때문에 시야를 확보할 엄두도 내지 못했다.

최상구는 눈 대신 귀에 의지하기로 했다. 일단 물소리를 거슬러 나아갔다. 다행히 귀는 지표면에 가까워 냄새를 맡는 사냥개의 코처럼 물소리를 물고 늘어졌다. 한참 가니 물소리가 뚝 그쳤다. 상곡 저수지에 당도한 것이다. 저수지를 에두른 뒤에는 물소리를 따라갔다. 물소리가 중대본부로 데려다줄 터였다.

어둠이 야기한 진짜 문제는 방향이 아니라 속도였다. 야간에는 속도 감각이 둔해져 과속하기 십상이다. 어둠은 브레이크가 없다. 페이스 조절을 모른다. 빛은 장애물을 만나면 튕겨 나오기도 하고 비껴가기도 하지만 어둠은 그냥 간다. 검은 숲이 파놓은 오버페이스의 함정에 빠지지 않기 위해 최상구는 '7미터 규칙'을 되뇌었다.

전술종대로 정글을 통과할 때 가장 무서운 것은 지뢰나 부비트랩이 아니라 앞에서 걸어가는 전우였다. 앞사람이 밟은 지뢰에 목숨을 잃는 황당한 시추에이션을 피하기 위해서는 안전거리 유지가 필수. 최소한의 안전거리가 바로 7미터였다. 하지만 정글 속을 걷다 보면 자꾸만 가까워지게 마련. 낙오의 두려움이 걸음을 재촉하기 때문이다. 두려움을 제압하는 것은 더 큰 두려움. 최상구는 앞에 가는 사람을 지옥이라 여겼다. '타인은 지옥'이라는 실존주의적 명제가 아니라 '앞에 가는 사람은 도둑'이라는 소싯적 유희요를 변주한 결과였는데, 어쨌거나 그 덕에 간격을 유지할 수 있었다. 월남에서 최상구는 자생적 실존주의자였다.

별도 달도 없는, 심해와도 같은 어둠 속에서 최상구는 자생적 실존주의자로 돌아갔다. 월남의 정글에서 7미터 앞의 지옥은 대개 통신병이었다. 무전기를 짊어진 뒤로는 소대장이었고. 최상구는 지옥의 뒷모습을 노려보며 한 팔, 한 팔 전진했다. 어둠의 속임수였을까. 정말 누군가 앞장선 듯한 기분이 들기도 했다. 저만치 앞에서 푸르스름한 빛이 번쩍였다. 도깨비불인지도 몰랐다. 정체는 알 수 없었으나 반가웠다.

실존주의자를, 장거리 주자를 망가뜨리는 것은 무리에 대한 그리움. 무리 속에서는 자유가, 고독이 거추장스러워진다. 돌아온 실존주의자, 왕년의 장거리 주자, 최상구의 단단하고 차가웠던 심장이 흐트러졌다. 귀신에 홀린 듯 팔놀림이 빨라졌고 손이 분주해진 만큼 심장도 뜨거워졌다. 한마디로 숨이 찼다. 하지만 도깨비불인지 뭔지는 영원히 멈추지 않는 심장이라도 가진 양 지치는 기색이 없었다. 저 푸르스름한 불빛을 따라가다가는 심장이 남아나지 않으리라. 그러잖아도 물구나무라는 부자연스러운 자세로 인해 심장에 가해지는 압박이 어마어마했다. 심해에서 허우적거리는 것 같았다.

중대전술기지까지는 얼마나 남았을까. 막막했다. 막막해서 더 외로웠다. 하지만 마라톤은 본질적으로 혼자만의 ·레이스, 온전히 자신의 심장으로 감당해야 하는 싸움. 심장을 지키기 위해 최상구는 눈을 질끈 감았다. 그런데 눈을 감아버리면 지옥으로부터의 거리는? 7미터는? 최상구는 이미 지옥을 지나고 있었다.

최상구가 외마디 비명을 지르며 쓰러진 것은 지서의 불빛을 발견하자마자였다. 목에도 팔에도 감각이 없었다. 머리는 어질어질, 눈앞은 아찔아찔했다. 급격한 압력 저하로 인한 이상 징후였다. 고압에서 혈액에 용해되었던 질소가 압력이 낮아지자 기포가 되어 혈액순환을 방해한 결과였다. 말하자면 잠수병이었다. 혈액이 질소 기포로 부글거렸다. 중대전술기지가 눈앞인데. 최상구는 혈액 속 산소를 쥐어짜 가슴께의 주머니에 손을 가져갔다. 다행히 깡통 따개는 그대로 있었다. 단추라는 자물쇠 덕분이었다. 단추를 발명한 자에게 복 있을진저.

최상구는 깡통 따개로 팔뚝을 벴다. 여기저기, 아낌없이 벴다. 벤 자리마다 핏방울이 맺혔다. 질소 방울에 꽉 막혀 있던 혈관에 숨통이 트였다. 혈액의 흐름이 원활해졌다. 두 팔이 돌아왔다. 깡통 따개를 발명한 자에게도 복 있을진저.

다시 물구나무를 선 최상구는 한 팔, 한 팔 앞으로 내밀며 산비탈을 내려갔다. 내리막이라 중심을 잡기가 쉽지 않은 탓에 걸음마를 배우는 어린애처럼 뒤뚱거렸다. 뒤뚱거렸다고 해서 그 의미가 축소될 수는 없었다. 작지만 위대한 걸음걸이, 마의 구간을 극복한 마라토너의 라스트 스퍼트였다. 앞발을, 아니 팔을 뻗을 때마다 혼신의 힘을 다했다. 결승선이 코앞이었다. 왼팔, 오른팔, 왼팔, 오른팔, 왼팔, 오른팔……

마침내 왼팔이 결승선을 짚었다. 지뢰 걱정은 붙들어 매도 된다는, 지옥까지의 거리를 가늠할 필요가 없다는 뜻이었다. 결승 테이프를 끊은 마라토너처럼 최상구는 무너지듯 쓰러졌다. 의도치 않게 땅바닥에 입도 맞췄다. 정신이 혼미해졌다. 담배 생각이 간절했다. 윈스턴 한 개비만 있다면. C레이션을 배불리 먹고 음미하던 천국의 맛. 천국의 맛은 파랗지. 담배 끝에서 타오르는 연기는 파랗지만 몸속에 들어갔다 나오는 담배 연기는 하얗거든. 몸 안에 파란 천국이 세워진 것이지.

최상구의 정신은 몸 안에 천국을 세우고 빠져나가는 담배 연기처럼 창백했다. 졸도 직전이었다. 내 다리가 내 다리 같지 않고 내 팔이 내 팔 같지 않았다. 비몽사몽, 꿈인지 생신지 분간할 수 없었다. 동굴 벽에 그림을 새긴 이래 인류의 머릿속을 떠난 적이 없는 의문이 새삼 고개를 들었다.

나는 누구고 여기는 어디인가.

"누꼬?"

이것은 최상구의 입에서 나온 소리가 아니다. 최상구가 묻고 싶은 질문이 들려온 곳은 코앞의 구덩이, 아니 참호였다.

"누꼬?"

참호 속 병사, 청음초가 총부리를 겨눈 채 다시 물었다.

"찰리……"

최상구가 잠꼬대처럼 중얼거렸다.

"뭐라카노?"

청음초가 목청을 높였다.

"찰리, 줄루……"

최상구의 입에서 나오는 소리는 더욱 작아졌다. 의식이 아니라 무의식의 목소리였다. 응답이 아니라 신음이었다. 보이는 것도 들리는 것도 희미해지더니 완전히 사라지고 말았다.

까무러친 정신을 불러낸 것은 얼굴을 찢는 차가운 통증이었다. 얼굴을 문지르는 선뜩한 감촉에 최상구는 소스라치며 깨어났다.

"정신 차리소."

누군가 어깨를 흔들었다.

최상구는 눈꺼풀을 들어올리려 안간힘을 썼다. 군화, 탁자, 벽에 걸린 지도. 중대본부 지휘실인가?

"구멍가게 최 씨 아입니까!"

누군가 소리쳤다.

주변이 술렁였다.

"황 순경이 상곡리까지?"

깜짝 놀라는 또 다른 목소리. 이어서 들려오는 어수선한 말들. 대책, 소개, 상천교, 그리고 포위. 포위라는 말이 벼락처럼 임무를 일깨웠다.

"찰리, 줄루, 둘, 하나, 공, 넷, 아홉, 칠!"

최상구가 진저리치며 외쳤다.

외침이라기보다는 가위눌린 자의 비명에 가까웠다. 그것은 14년 전 월남의 어느 정글에서 소대가 포위되었던 그날, 폭격을 요청했어야 할 곳의 좌표였다.

9. 흑과 백

　자고로 낮말은 새가 듣고 밤말은 쥐가 듣는다지만, 낮일을 염탐하는 쥐와 밤일을 엿보는 새도 있는 법. 낮일을 염탐하는 쥐가 다람쥐라면 밤일을 엿보는 새는 올빼미. 조류답지 않게 커다란 눈망울을 자랑하는 올빼미는 어둠 속에서도 거의 모든 것을 본다. 부리부리한 눈, 그것은 수정체가 큼지막해서 소소한 빛으로도 사물을 속속들이 파악할 수 있음을 의미한다. 유감스럽지만 낮에는 볼 수 없다. 눈이 부시기 때문이다. 올빼미는 밤에만 눈꺼풀을 들어 올린다. 1982년 비 내리는 어느 봄밤, 경상남도 의령군 궁지면 상곡리 구멍가게 바로 밑 땅속에는 '올빼미'라 불린 사내가 있었다.

　올빼미는 사내의 별명이었다. 밤눈이 밝아, 보통 사람은 못 보는 것들을 볼 수 있었다. 다만 색채가 없었을 뿐. 완전한 색맹이었다. 사내의 망막에는 적색 원뿔세포도, 녹색 원뿔세포도, 청색 원뿔세포도 없었다. 보라색 원뿔세포? 호모사피엔스의 안구에 그런 건 없다. 보라는 적색과 청색 원뿔세포가 지분을 절반씩 갖는 색깔. 다른 색깔들도 삼원색의 이합집산으로 탄생한다. 말하자면 시각세포라는 팔레트에는 적·녹·청색 물감만 있는 셈. 그런데 사내의 팔레트에는 흑색과 백색뿐이었다. 태어날 때부터 그랬다. 장미의 붉음을, 하늘의 푸르름을 느낄 수 없는 인생이었다. 흑과 백의 물감으로 만들 수 있는 색은 회색이 전부. 장미도, 하늘도 잿빛이었다. 낮도 밤이었다. 그러니 어둠이 익숙하고 편할밖에.

　대저 어둠이란 빛의 없음, 광원이랄 게 없는 상태를 일컫는다. 악이 실체가 아니라 선의 부재를 의미한다면 어둠 또한 빛의 부재일 뿐. 하지만 하늘의 규칙에도 예외는 있는 법. 누군가에게 악이 실체일 수 있듯 누군가에게 어둠은 실체일 수 있을 터. 그렇다. 완전 색맹이라는 핸디캡을 지닌 자들에게 어둠은 빛의 부재가 아니라 엄연한 실체였다. 이들의 시각적 팔레트에는 백색에 한없이 가까운 회색부터 흑색에 더없이 가까운 회색까지, 실로 다채로운 회색이 있었다. 그리하여 칠흑의 어둠에서도 개구리와 두꺼비, 여치와 메뚜기의 구분이 가능했다. 이쯤 되면 올빼미라 불리지 않을 도리가 없다. 실제로 이들은 대부분 그리 불렸고 역사의 갈피마다 이름에 걸맞은 흔적을 남겼다. 아무 역사 책이나 펼쳐보라. 흰 것은 종이요 검은 것은 글자라고? 역사는 밤에 이루어진다고? 보아라. 역사란 올빼미들의 날갯짓에 관한 기록이 아니고 무엇이랴.

　1944년 10월 28일, 필리핀 마닐라를 점령 중이던 일본 제1항공함대 제3특별공격대 소속 제로센기에 올라탄 올빼미의 본명은 '류'였다. 용을 뜻하는 이름을 준 사람은 부친, 히데오였다. 히데오는 소화 시대를 풍미한 바둑 '귀재'였는데, 귀신같은 재능에 대한 찬사가 담긴 별명은 전일본 명인전 첫 참가 만에 결승까지 진출, 반집 차로 석패했을 당시의 『요미우리 신문』 기사에서 유래했다. '도전자의 귀신같은 솜씨에 바둑의 신도 진땀을 흘리지 않을 수 없었다.' 바둑의 신으로 불리던 고바야시는 히데오의 스승이었다. 이듬해 고바야시가 수제자에게 명인 타이틀을 빼앗기자 해당 신문은 기사 제목을 이렇게 뽑았다. '바둑의 신, 귀신에게 무릎 꿇다.'

귀신같은 솜씨, 그것은 히데오 바둑의 특징이었다. 상대는 귀신에 홀린 듯 스스로 무너지기 일쑤였다. 히데오의 빛나는 한 수가 아니라 상대의 어설픈 한 수가 승부를 결정지었다. 바둑의 신, 고바야시조차 대국이 끝난 뒤 종반의 패착을 아쉬워하며 "뭔가에 씌지 않고서야……"라며 고개를 갸웃거렸다. 히데오 앞에서는 원숭이의 신도 나무에서 떨어질 것이었다.

바둑 귀재의 아들도 일찌감치 바둑에 재능을 보였다. 류에게 바둑은 검은 물감과 흰 물감으로 그리는 추상화였다. 실리보다는 기세에, 걸어 잠그기보다는 뻗어나가는 데 치중했다. 흑을 쥘 때는 난을 치는 듯했고 백을 잡을 때는 설산을 그리는 듯했다. 히데오가 '그림 같은 솜씨'라고 평한 것도 무리는 아니었다. 류는 히데오의 인정을 받는 것이 기꺼웠다.

류가 비행기를 몰게 된 것도 히데오의 영향이었다. 히데오는 힘주어 말하곤 했다. "자전거가 아니라 비행기를 탄 자의 눈으로 바둑판을 봐야 한다." 류는 왠지 그 말이 좋았다. 좋아하는 단어가 세 개나 들어 있기도 했지만 뭔가 예언적인 분위기에 끌렸다. 그래서였을까. 귀신에 홀리듯 모형비행기에 빠져들었다. 바둑 레슨이 없는 날에는 고무 동력기를 만들어 날렸다. 교토 시가 주최한 대회에서 2등을 하기도 했다.

진짜로 하늘을 난 것은 중학교에 진학해 글라이더부에 가입하고서였다. 글라이더에서 내려다본 교토는 바둑판 같았다. 가로선은 산조도리, 시조도리, 고조도리. 세로선은 니시오지도리, 센본도리, 오미야도리. 무엇보다 바둑판을 수놓은 사찰의 검은 지붕과 궁궐의 흰 담장이 인상적이었다. 아름다웠다. 너무 아름다워서 불안했다. 존경하는 부친에게조차 내비칠 수 없는 아름다움. 말하자면 쓸쓸한 아름다움이었다.

하늘에서 세상을 내려다본 뒤로 류의 바둑은 흑과 백의 어울림을 극단적으로 추구했다. 승패는 안중에 없었다. 흑백의 어울림을 위해서라면 손해를 감수했고 패배를 불사했다. 종종 가장 절묘한 어울림은 어처구니없는 역전패라는 진흙탕에서 피어났다. 승부를 기준으로 삼는다면 류의 기력은 답보 내지 퇴보 상태였다. 히데오는 실망하지 않을 수 없었다. 실망스러운데 어울림이 절묘해서 당혹스러웠다. 한 판의 바둑이 아니라 한 폭의 그림 같았다. 은각사의 모래 정원처럼 고요하면서 경이로웠다. 조언을 구하기 위해 고바야시에게 기보를 부치면서도 하이쿠풍으로 감탄했다.

"설산 위를 나는 까마귀 떼의 눈 같지 않습니까?"

하지만 답장을 읽다 부들부들 떨지 않을 수 없었다.

"그림 같은 솜씨라더니 과연 그림을 그리고 있군. 오감도(烏瞰圖)랄까, 까마귀가 그린 그림이로세."

히데오는 모욕감에 치를 떨었다. 오감도라니, 반도인이 쓴 해괴한 시 나부랭이를 들먹이다니. 며칠 전 류가 읽던 것을 빼앗아 그 자리에서 불태운 히데오였다. 조선총독부 건축기사가 쓴 시라고 류가 눈을 빛내며 말했을 때 히데오는 심장이 내려앉는 기분이었다.

고바야시 역시 하이쿠풍 문장으로 서신을 마무리했다.

"못 통 속에서 꺼내고 보니 굽은 못이로다."

히데오는 고바야시에게 다시는 편지를 쓰지 않았다. 사제의 연을 끊은 것이다.

류의 새로운 기풍은 사제 간뿐 아니라 부자 간에도 균열을 일으켰다. 사제 간의 균열은 뜻밖이었으나 부자 간의 균열은 예정된 수순이었다. 언제부턴가 류는 자신이 아버지와 다른 세상을 보는지도 모른다는 불안에 시달리고 있었다. 내면이라는 지하실에 불안이 똬리를 튼 것은 일곱 살, 금각사에서였다.

"금각을, 저 무심한 번쩍임을 보아라. 불멸의 빛, 마치 천 년 후의 세상을 비추는 듯하지 않느냐? 적들이 스스로 무너지는 것은 내 바둑의 아름다움을 보지 못하기 때문이다. 내가 추구하는 것이 승리가 아니라 아름다움임을 간파하지 못해서다. 벚꽃을 베는 칼은 없다. 칼이 녹슬면 날카로움은 사라지지만 벚꽃이 져도 그 아름다움은 살아남는다. 천 년 뒤에도 기억될 아름다운 바둑을, 불멸의 바둑을 두어야 한다."

　류는 히데오의 말을 이해할 수 없었다. 천 년이라는 세월을 실감하기에 너무 어린 나이였던가? 아니다. 히데오가 예찬한 '불멸의 빛'에 공감할 수 없었던 것이다. 류가 보기에 황금의 번쩍임은 바위의 투박함과 다르지 않았다. 숱한 회색 중 하나에 불과했다. 자신이 남과 같지 않음을, 심지어 아버지와도 다름을 뼈저리게 느낀 순간이었다. 무엇이든 부친을 닮고 싶었던 류는 두려움에 몸을 떨었다. 금각을 태워버리고 싶을 정도로. 류의 내면에서 금각은 이미 잿더미가 되었다. 잿더미 속에는 숯이 도사리고 있었다. 두려움의 순수한 검은 결정, 참숯이었다. 참숯이되 불안이라는 불씨를 품은 참숯. 한 번의 풀무질만으로도 천 년 후의 세상까지 태워버릴 불씨였다. 불씨는 류의 귀에 속삭였다. 나는 누구인가?

　존재론적 질문이 생물학적 물음으로 바뀐 것은 육군 소년비행병 학교에 지원하면서였다. 히데오를 위해서였다. 소년비행병을 배출한 집은 추가 징집을 면할 수 있었다.

　히데오가 진주만 습격 때까지 전선에 불려 가지 않은 것은 군부 고위층에 바둑 애호가들이 많았기 때문이다. 하지만 태평양으로 전장이 확대된 이후로는 분위기가 예전 같지 않았다. 신문에만 존재하던 포연이 슬금슬금 머리 위까지 몰려들었다. 급기야 베를린 올림픽 승마 금메달리스트까지 군복을 입고 사진기 앞에 서야 했다.

"아!"

좀체 감정을 드러내는 법이 없던 히데오도 징집 통지서를 받아들고는 입을 다물지 못했다.

바둑 명인까지 동원할 정도라면 승산이 없었다. 히데오의 탄식은 그런 의미였을 것이다.

류는 아버지를 위해 뭐든 하고 싶었다. 누군가 포연 속에서 목숨을 걸어야 한다면 아버지가 아니라 자신이어야 한다고, 아버지의 바둑이 아니라 자신의 바둑이어야 한다고 생각했다. 천 년 후에도 기억될 불멸의 바둑이라면 아무래도 아버지 쪽이었으니까.

자식 앞세우는 부모 없다며 히데오는 완강히 반대했다. 류는 아버지의 입대와 상관없이 소년비행병 학교에 가겠다며 배수의 진을 쳤다. 열흘간의 전면적 소모전은 운명의 바둑 한 판으로 이어졌다. 이긴 쪽의 뜻에 따르기로 합의한 것이다. 히데오가 무작위로 움켜쥔 바둑알이 홀수여서 류가 백을 쥐게 되었다. 섣불리 승부를 보려 했다가는 한 방에 훅 가기 십상, 류의 전략은 덤을 허용하지 않기였다. 히데오의 수를 그대로 따라 두었다. 흑이 화점에 두면 백도 맞은편 화점에 뒀고, 흑이 한 칸 뛰면 백도 한 칸 뛰었다. 백은 흑의 거울, 흑이 예리하면 백도 예리했고, 흑이 통렬하면 백도 통렬했다. 흑과 백의 어울림이 흡사 데칼코마니 같았다.

종반전에 접어들 무렵, 류는 제 눈을 의심하지 않을 수 없었다. 뜻밖의 '반사 바둑'에 당황한 걸까. 히데오가 아름다움과는 거리가 먼 수를 두고 만 것이다. 아름답다니. 팔등신 미녀들에 둘러싸인 곱추였다. 승부의 귀재답지 않은 완착이었다. 뭔가가 있었다. 과연, 다시 들여다보니 반사 바둑의 숨통을 일거에 끊을 살수였다. 백이 따라 두기만 한다면, 미끼를 문다면 승부의 균형을 무너뜨릴 비장의 한 수가 준비되어 있었다. 곱추였으되 독이 든 사과를 품은 곱추였다.

류는 승리에 대한 흑의 도저한 의지에 전율을 느끼지 않을 수 없었다. 천 년 뒤에도 기억될 아름다운 수가 아니면 두지 않는 아버지가 승리를 위해 저런 흉측한 수를! 자식을 사지로 보내지 않기 위해 저렇게까지! 저도 모르게 눈시울이 붉어졌다. 이 바둑을 절대 양보할 수 없었다. 이번만큼은 흑을 따라 두지 않았다. 흑의 급소를 냉정하고 준엄하게 추궁했다. 살수의 숨통을 조였다. 독이 든 사과를 곱추의 입에 욱여넣었다. 결국 백의 승리로 끝났다. 히데오를 이기기는 처음이었다.

"아!"

승부가 결정나던 순간 히데오의 입에서 다시 한 번 탄식이 새어 나왔다. 이 탄식의 의미는 무엇이었을까? 아버지의 가슴이 찢어지는 소리였던가. 류는 그리 여겼으나 착각이었을지도 모른다는 의심이 고개를 들기까지는 며칠이 걸리지 않았다.

소년비행병 학교 지원서에는 혈액형을 적는 란이 있었다. 병원에서 확인해준 바에 따르면 류는 AB형이었다. 아버지와 어머니는 O형인데 어떻게? 히데오가 친부가 아닐 거라고는 상상도 못 한 류였다. 히데오처럼 깡마른 류, 히데오처럼 희멀건 류, 히데오처럼 바둑을 위해 태어난 류가 아니던가. 류는 하늘이 노래지는 기분, 아니 새까매지는 기분이었다. 의심이라는 독이 온몸으로 퍼져나갔다. 그렇다면 기울어가던 바둑 앞에서의 탄식은 애끓는 부정 때문이 아니란 말인가? 완착은 승리가 아니라 패배를 위한 승부수였을까?

독이 든 사과를 삼킨 자는 곱추가 아니라 류였다. 모친조차 의심스러웠다. 만류가 만족스러울 만큼 적극적이지 않았다. 붙들다 마는 느낌이랄까. 이로써 태생의 석연찮음이 명백해졌다. 히데오 부부에게서 한 톨의 피도 물려받지 않은 것이다. 그렇다고 말을 바꿀 수는, 기왕 둔 수를 무를 수는 없었다.

류의 내면에서 잿더미가 된 금각을 기억하라. 황금의 잿더미 속에서 단단해진 참숯을 잊지 마라. 혈액형의 수수께끼는 잠자던 참숯에 신선한 공기를 아낌없이 불어넣었다. 참숯이 품고 있던 불씨가 만개했다. 활활 타올라 류의 숱한 검은 밤을 하얗게 불살랐다. 화재가 위협적인 것은 열기가 아닌 유독가스 때문. 때로 역사의 멱살을 틀어쥐고 따귀를 올리는 것은 적자 아닌 서자. 나는 누구인가,라는 존재론적 불안의 대화재가 뿜어내는 유독가스에 류는 숨을 쉴 수 없었다.

뜻밖에 수수께끼의 열쇠는 가까이 있었다. 집을 떠나던 날 류의 팔을 붙든 이는 유모이자 식모인 유코였다. 유코가 친모였던가? 아니다. 유코에 따르면 류의 친모는 오사카 항이 내다보이는 작고 어두운 다다미방에서 폐병으로 쓸쓸히 생을 마감했다. 류의 나이 세 살 때였단다. 귀에 익은 지명이 낯선 이미지를 불러냈다. 부두의 하역꾼들이 둘러앉은 바둑판, 작고 어두운 다다미방 한구석에 놓인 바둑판…… 폐병으로 쓸쓸히 생을 마감했다는 여인에 대한 것은 없었다.

"친모는 어떤 분이었습니까?"

류가 물었다.

"아플 때도 웃는 분이었습니다."

유코가 미소를 지으려 애쓰며 대답했다.

"친부는……"

유코는 대답 대신 옷섶에서 쪽지를 꺼냈다. 타다 만 쪽지였고 일부 글자는 불에 그을려 읽을 수 없었다.

'慶尙南道 宜寧君 宮趾面 上谷里 十××地 毛××'

"그러니까 친부는……"

류는 말꼬리를 흐렸다. 유코가 고개를 가로저었던 것이다. 더 묻지 말라는 것인지 더는 모른다는 것인지 짐작할 수 없었다. 짐작할 수 없는 게 또 있었다. 유코는 왜 이제야 얘기하는 것일까?

두번째 의문은 곧장 풀렸다. 유코는 류에게 손수건을 건넸다. 한 귀퉁이에 '毛' 자가 붉은 실로 수놓인 손수건. 친부의 것이 틀림없었다. 전장으로 가게 되지 않았다면 결코 내놓지 않았을.

친부의 정체가 궁금했지만 히데오에게 묻지는 않았다. 왠지 자존심이 상할 것 같았다. 출생의 비밀을 알게 되었다는 사실을 비밀에 부치고 싶었다. 히데오가 친부로서 이기기 위해 최선을 다했다고 믿는 쪽이 여러모로 나을 듯했다.

소년비행병 학교에서의 나날은 류에게 사쿠라의 시절이었다. 각지에서 모인 소년들이 커다란 굴렁쇠에 매달린 채 서로를 사쿠라에 빗댄 군가를 불렀다.

> 너와 나는 동기의 사쿠라
> 같은 군사학교 연병장에 피어난
> 저녁 노을 지는 남쪽 하늘을 보아도
> 지금은 돌아오지 않는 1번기*

그뿐이랴. 연습기 동체에는 사쿠라를 그려 넣었고 출정할 때는 여학생들이 활주로에 쭉 늘어서 사쿠라 가지를 흔들었다. 언제, 어디서나 사쿠라였다. 그 꽃의 잔망스러움이 장차 하늘에서 폭죽처럼 스러질 소년비행병들의 운명을 쏙 빼닮았음을 류는 짐작도 못했다. 이른바 '최후의 출격' 전날 밤 만찬이 끝나기 전에는.

* 「동기(同期)의 사쿠라」.

류에게 사쿠라 빛깔은 연어보다는 짙고 피보다는 엷은 회색이었다. 그러니까 천황이 내린 만찬의 연어보다는 짙고, 일장기에 '成東擊西'라 적은, 손가락의 피보다는 엷은.

결사항전, 진격무퇴…… 다른 소년 조종사들도 대부분 사자성어를 적었다. 두 자만 적으면 여백이 많아 허전했다. 류는 동쪽에서 도모해 서쪽을 친다는 뜻의 한자성어 밑에 역시 피로 이름과 주소를 적었다.

이튿날 아침, 활주로를 이륙하자마자 류는 바퀴를 제거했다. 지시대로였다. 이번 작전 매뉴얼에 '귀대'라는 단어는 없었다. 연료도 편도분만 채웠다. 대신 폭탄을 더 실었다.

"최대한 낮게 날아가 온몸으로 부딪친다."

작전 장교의 브리핑은 간단명료했다.

질문을 던지는 조종사는 없었다.

1번기 조종사가 벌떡 일어나 두 팔을 번쩍 들어올리며 외쳤다.

"천황 폐하 만세!"

모두들 일어나 목소리를 보냈다. 류는 소년비행병 학교에서 입에 달고 살았던 군가의 의미를 그제야 알 것 같았다.

그날 마닐라 상공에는 구름이 잔뜩 끼어 있었다. 남국 특유의 두텁고 새하얀 구름이었다. 제로센기들은 미군의 레이더를 따돌리기 위해 구름 밑을 미끄러지듯 날았다. 평소라면 다섯 대씩 편대를 이뤘을 것이나 열 대의 제로센기는 종대 비행을 고수했다. 앞사람의 그림자에 숨어 이동하는 닌자들처럼 쥐도 새도 모르게 남쪽 바다로, 미군 전함을 향해 날았다. 류의 제로센기는 10번기였다. 조종 실력이 신통치 않아서? 아니다. 가장 어렸기 때문이다.

먼바다로 나왔을 때 류는 갑자기 고도를 높였다. 조종 바를 뽑을 듯 당겨 구름 속으로, 백색의 터널로 올라갔다. 북북서로 기수를 돌렸다. 동북아의 반도 남쪽 어딘가에 진짜 아버지가 있을 것이었다. 죽을 때 죽더라도, 한번 만나보고 싶었다. 진짜 아버지가 보는 세상도 자신이 보는 세상과 같은지 확인하고 싶었다.

순백의 구름 속에서 류는 간만의 평화를 맛보았다. 폭탄을, 기관총을, 평화에 어울리지 않는 것들을 남김없이 구름 아래로 버렸다. 가급적 멀리 날기 위해서였다. 진짜 아버지에게 최대한 가까이 가기 위함이었다.

10번기의 이탈을 눈치챈 사람은 없었다. 다른 모든 전투기들과 마찬가지로 9번 제로센기에는 사이드미러가 없었고 미군 전함의 레이더도, 마닐라의 제1항공함대의 레이더도 너무 멀리 떨어져 있었다. 10번 제로센기는 그렇게 전운 너머로, 역사의 갈피로 사라졌다. 공식적으로는 실종이 아니었다. 교토의 어느 신사에 안치된 류의 위패에는 '꽃처럼 지다'라는 뜻의 한 자어가 적혀 있다.

散華.

조선인민유격대 57사단 정찰대 소속 올빼미의 이름은 '모' 였다. 모가 올빼미라 불린 것은 불가사의한 야간 작전 수행 능력 때문이었다. 밤눈이 믿기지 않을 만큼 밝았다. 대부분의 작전은 밤에 이루어졌으니 유격대에 없어서는 안 될, 보배 중의 보배가 되었음은 물론이다. 북극성, 보름달, 탐조등…… 온갖 빛나는 별명이 그 특별함에 헌정되었다.

올빼미는 출현부터가 예사롭지 않았다. 죽어가던 모를 발견한 유격대원에 따르면 "하늘에서 뚝 떨어졌다." 자세히 들어보자. "한밤에 보급투쟁 나가는데 갑자기 쿵, 소리를 내며 뭔가가 떨어졌어. 식겁했지. 미 제국주의자들의 폭탄인 줄 알고 이제 끝이구나 싶었지. 눈 감고 찍은 사진을 볼 때마다 죽을 때만큼은 절대로 눈을 감지 말자 다짐했는데 나도 모르게 눈을 질끈 감고 말았어. 지옥인가 천국인가 하고 있는데 발치에서 신음이 들려. 눈을 떠보니 웬 사내가 바들바들 떨고 있는 거야. 총구를 들이대고는 관등성명을 대라고 툭툭 찼더니 쌀라쌀라 하더라고."

유격대 동료들에게 올빼미는 중국인으로 알려졌다. 이름이 중국풍이었다. 1951년 6월 7일 한 유격대원에게 발견되었을 당시, 모는 흰 손수건을 팔에 묶은 채였다. 그런데 손수건에 '毛' 자가 수놓여 있었다. 대부분은 올빼미의 이름으로 여겼으나 일부 다른 의견도 있었다. 유격대원 중에는 개전 직전 김일성의 요청으로 조선인민해방군에 배속된 중국인민해방군 출신이 몇 있었는데 그들은 의문의 한자가 마오쩌둥을 의미할 수도 있다고 했다. 그러니까 중화인민공화국 최고 실력자와 각별한 사이라는 얘기였다.

이렇듯 모에 관해서는 모든 게 베일에 싸여 있었다. 당사자가 말을 아낀 탓이다. 모가 밝힌 것은 '항미원조전쟁'을 위해 소집된 중국인민지원군 제60군 180사단 539연대 2대대 소속 정찰대원이라는 사실뿐이었다. 유격대의 일원이 되기에는 그것으로 족했다. 180사단에 관해서라면 유격대원들은 말보다 애도 어린 침묵을 앞세웠다. 중국인민지원군 수뇌부가 '잃어버린 사단'이라며 가슴을 쳤던 그 부대의 비극적 최후에 관한 소식은 이미 백두대간 곳곳으로 퍼져나간 것이다.

중국인민지원군 총사령관 펑더화이가 180사단을 잃은 날은 1951년 5월 23일이었다. 서쪽으로는 임진강부터 동쪽으로는 철원까지, 한반도의 잘록한 허리(미군은 '캔자스 라인'이라 불렀다)로 전선을 밀어 올리기 위해 미군이 대공세를 감행했다. 퇴각하는 군단 주력을 엄호하기 위해 춘천·가평 라인을 사수해야 했던 180사단에게는 쉽지 않은 하루가 될 것이 분명했다. 종심을 깊이 찌르고 들어와 퇴로를 차단한 미군의 전술에 휘말려 완전히 고립되고 만 것이다. 결국 사단 지휘부는 암호책을 불태우고 각자도생을 명령했다.

이때 대부분의 병사들은 본대에 합류하기 위해 북쪽으로 향했으나 올빼미라 불리던 한 정찰대원은 기이하게도 남쪽으로 발길을 돌렸다. 무엇 때문이었을까? 당사자가 입을 열기 전에는 알 수 없었다. 물론 미군의 봉쇄를 뚫지 못해 험준한 산속으로 들어갔다가 남쪽으로 밀려 내려간 병사들(일부는 추격해 온 미군과 싸우다 최후를 맞았으나 대개는 굶어 죽거나 독초에 목숨을 잃었다)이 있기는 했다. 하지만 올빼미라 불린 정찰대원의 남행에는 석연치 않은 구석이 있었다.

일단 발걸음. 주저하는 걸음걸이가 아니라 잰걸음이었다. 쇠붙이가 자석에 끌리듯, 단호한 족적이었다. 행보도 예사롭지 않았다. 밤에만 움직였다. 낮에는 동굴을 찾아들었고 동굴이 없으면 땅굴을 파고 들어가 해가 지기를 기다렸다. 인간의 피만 빨아 먹고 산다는 구라파의 요괴처럼 태양광을 한사코 기피했다. 창군 이래 적보다 화력이 우세한 적 없던 중국인민해방군이 야간 행군을 밥 먹듯 하긴 했으나(이 정찰대원이 이 군대에 몸담게 된 이유이기도 했다) 낮에만 떠 있는 별을 이토록 철저히 경원하지는 않았다.

섭생은 또 어땠나. 다른 낙오병들과 달리 풀은 거들떠보지도 않았다. 밤마다 산짐승을 사냥했다. 식단의 치우침이 이와 같았으니 독초를 잘못 먹을 가능성은 전혀 없었다. 그런데 어느 날 토끼를 잡아먹은 뒤로 구토와 어지럼증이 엄습했다. 숨은 가빠지고 사지는 축 늘어졌다. 이런, 독사에게 물린 토끼였다.

정신이 오락가락하는 와중에도 문제의 정찰대원은 은신을

시도했다. 주변에 동굴은 없었다. 평소라면 구덩이를 파고 몸을 숨겼을 텐데 웬일인지 나무를 기어오르기 시작했다. 독 때문에 머리가 어떻게 된 걸까? 아니다. 머리가 잃어버린 기억을 몸은 잊지 않고 있었던 것이다. 일찍이 하늘을 누볐던 몸이었다. 정찰대원은 2백 년 묵은 적송의 가장 실한 가지에 의지했다. 결과적으로, 나무를 기어오른 것은 묘수 중의 묘수, 신의 한 수였다. 기압이 낮아 혈액 순환이 느려졌다. 독 퍼지는 속도도 더뎌졌다. 게다가 적송이 연륜을 담아 뿜어대는 피톤치트가 가물거리는 의식의 꼬리를 야무지게 붙들었다.

가까스로 혼절은 면했으나 의식이 간당간당했다. 눈앞에 헛것이 어른거렸다. 박격포를 분해해 소 등에 묶고 넘었던 설산, 외줄에 매달려 건넜던 천 길 골짜기, 한 모금의 물로 버티며 가로질렀던 대사막, 억새에 기대 눈을 붙여야 했던 고원의 밤, 부상당한 동지를 업고 달렸던 살얼음의 밤길, 숨죽인 채 건넌 국경의 강, 국경의 강을 건너는 내내 따라오던 달, 달빛 물든 강에 몸을 맡긴 채 마음속으로 불렀던 노래.

일어나라, 노예가 되기를 거부하는 자들이여!
우리의 살과 피로 새로운 만리장성을 쌓자!
중화민족이 위기에 빠졌다
폭압에 맞서 외치는 함성
일어나라! 일어나라! 일어나라!

한마음으로 굳게 뭉쳐

적의 포화를 뚫고 전진하자!

적의 포화를 뚫고 전진하자!*

  유격대원이 지나갈 때를 기다렸다는 듯 소나무 가지가 적시에 부러진 것이 행운이라면, 유례없는 가뭄으로 2백 년 묵은 적송의 가장 굵은 가지에 수분이 고갈된 것은 행운의 여신이 깔아놓은 포석이었다. 적송의 가장 실한 가지는 치밀하게 준비된, 무대의 소품처럼 더할 나위 없는 타이밍에 부러졌고 가지가 떠받치고 있던 정찰대원의 몸뚱아리는 지구의 중심을 향해 자유낙하하기 시작했다.

  자유낙하가 처음은 아니었다. 7년 전에는 기름이 바닥난 전투기를 타고서였다. 모양새는 그때와 사뭇 달랐으나 황토와 부엽토가 원예 친화적 비율로 섞인 땅은 이번에도 목숨은 부지할 정도의 뇌진탕을 준비하고 있었다. 7년 전에는 녹차향이, 이번에는 송진내가 났다는 게 차이라면 차이였다.

  뒤통수가 툭 불거진, 후위 돌출형 두상 구조 때문이었을까. 놀랍게도 타격 지점이 7년 전과 정확히 일치했다. 때린 데를 또 때린 것이다. 타격의 결과는 천양지차였다. 지난번에는 기억을 잃었지만 이번에는 기억을 되찾았다. 바둑, 벚꽃, 제로센

*「의용군행진곡(義勇軍行進曲)」.

기. 되찾은 순서에 따르자면 제로센기, 벚꽃, 바둑. 뭔가에 끌리듯 본대의 반대쪽으로 향했던 이유까지.

중국인민지원군 사령부의 집계에 따르면 제60군 180사단 병력 중 7천여 명이 전사하거나 실종되었다. 180사단이 상부에 제출한 '미제국주의자들의 포위망 돌파를 위한 전투시 인명 손실 통계표'에는 부상자, 전사자, 실종자의 총합이 7,644명으로 적혀 있었다. 또한 휴전 직후 중국 공산당 중앙군사위원회에서 극비리에 작성한 보고서는 실종자 중 5천여 명이 포로(참고로 밝히자면 휴전협정 당시 중국인민지원군 포로는 2만여 명이었다)가 되었다고 기록했다. 나머지 실종자는 십중팔구 죽었을 것이나 개중 한 명은 경상북도 청도군의 홍두깨산에서 조선인민유격대원에게 발견된 것이다.

홍두깨산은 궁지면에서 불과 60여 킬로미터 떨어져 있었다.

1951년 5월 23일이 중국인민지원군 제60군 180사단에게 재앙의 날이었다면 1953년 11월 23일은 조선인민유격대 57사단에게 참사의 날이었다. 명색이 사단이었으나 실제 병력은 중대 규모에 불과했다. 산에서 겨울을 날 때마다 추위와 굶주림으로 소대 규모의 인원이 땅에 묻혔다. 게다가 휴전 이후 남한 군대는 '빨치산 토벌'에 집중했다. 퇴로는 없었다. 굶어 죽거나 총 맞아 죽거나. 승리해도 죽고 패배해도 죽는 기묘한 싸움이었다. 그것은 한국전쟁이라는 이상한 전쟁이 남긴 비정한 유산이었다.

뉴저널리즘의 창시자로 알려진 전쟁사가는 한국전쟁에 대해 이렇게 논평했다. "전쟁이란 기이한 면을 갖게 마련이지만 1950년 6월 25일 한반도에서 발발한 전쟁은 참으로 이상했다. 개전 1년 만에 승자가 있을 수 없다는 진실이 밝혀졌지만 이를 문서로 인정하는 데 2년이나 걸렸다. 전쟁의 3분의 2에 해당하는 기간 동안 휴전을 모색한 것이다. 싸움을 멈출 방법을 찾으면서도 죽기 살기로 싸웠다. 양쪽 병사들은 비기기 위해 잔혹하게 죽어나갔다. 1953년 7월 27일 마침내 휴전협정이 체결되는 순간까지."

그날 조선인민유격대 57사단의 전 병력이 산을 내려간 것은 보급투쟁을 위해서였다. 본격적인 추위가 닥치기 전에 겨울 치 식량을 확보해야 했다. 작전명은 '뻐꾸기'. 진주·의령 간 국도에 매복해 있다 목재상의 트럭 두 대를 탈취했다. 표면적으로는 탈취가 아니라 징발이었다. 선발대 21명은 남한 국방군 복장이었다. 트럭 운전수들은 빨치산을 뒤쫓아야 한다는 말에 군말없이 차에서 내렸다. 두 대의 트럭에 나눠 탄 선발대는 곧장 의령 읍내로 향했다.

모는 두번째 트럭 짐칸에 타고 있었다. 겨울 햇볕이 유난히 환하고 따가웠다. 발가락 말리기 좋은 날, 벼룩 잡기 좋은 날, 냉수마찰하기 좋은 날이라며 저마다 한마디씩 했다. 미제 앞잡이들 때려잡기 좋은 날이라는 말에 국방군복 입은 자가 할

소리냐고 누군가 농을 걸자 모두 입을 벌리고 웃었다. 빨갱이들 때려잡기 좋은 날. 누군가 농담을 던졌으나 이번에는 아무도 웃지 않았다.

기만전술의 효과는 기대 이상이었다. 의령경찰서 앞을 지키던 경찰은 장교복을 입은 유격대원에게 거수경례를 했다. 옷은 날개가 아니라 신분이었다. 아랫것들은 높은 분들 제복 앞에서라면 빛의 속도로 꼬리를 내린다. 최전방의 총성은 멎었다지만 후방에서의 전투는 끝나지 않은, 준전시였다. 경찰보다는 군인이 어깨에 힘주고 다니던 시절. 하지만 경찰서 안에는, 기별 없이 들이닥친 군인들이 죄다 비쩍 마른 것을 수상히 여길 정도로 의심 많은 경찰이 한 명 있었다. 의심이 화를 불렀다. 불필요한 총격전이 벌어졌고 기습을 당한 쪽은 "어!" 하는 표정으로 죽거나 "아!" 하는 얼굴로 다쳤다. 경찰서를 장악한 데다 (국방군복이 부족해) 인근 야산에 대기 중이던 후발대까지 합세하니 거칠 것이 없었다.

핵심 목표물인 미곡창은 관공서 거리 끝에 있었다. 군청, 우체국, 금융조합, 등기소가 곡식을 쟁여놓는 창고를 곁에 둔 탓에 총성과 폭발음 속에서 박살났다. 9개 면을 거느린 군의 심장부가 유린되는 내내 저항은 미미했다. 백주에, 그것도 읍내 한복판에 빨갱이 떼라니. 다시 전쟁이 터진 것인가? 관청가의 사람들은 유령이라도 본 얼굴로 비명을 지르며 혼비백산했다. 그들이 보기에 유격대원들은 '잘못된 시기에, 잘못된 장소에 나타난' 사람들이었다.

　미곡창에는 쌀가마니가 가득했다. 뻐꾸기 작전의 대성공에
취했을까. 57사단의 우두머리는 곧장 철수하려던 계획을 바
꿔 인근 지서들을 각개격파하자고 했다. 다른 대원들은 우레
와 같은 함성으로 화답했으나 올빼미는 가만히 있었다. 작전
이 지나치게 순조로웠다. 너무 일방적인 느낌이랄까. 일찍이
흑과 백의 어울림을 극단적으로 추구한 바 있던 모의 마음속
에 불안이 싹텄다.

　모의 불안은 기우에 불과했을까. 용덕, 정곡, 대평 지서와
면사무소를 기만전술과 소소한 총격전으로 가볍게 제압했다.
이제 궁지지서만 부수면 곧장 지리산의 입구, 산청이었다. 궁
지지서로 향하는 트럭은 흥분의 도가니였다. 전쟁에서 이기
고 집으로 돌아가는 것 같았다. 게다가 겨울을 세 번은 날 쌀
을 싣고서. 모도 흥분 상태였다. 뜻밖의 기회가 믿기지 않았
다. 꿈속에서도 풀고 싶었던 수수께끼의 열쇠가 눈앞에 있었
다. 자신이 누구인지 밝혀줄 사람에게 데려다줄 열쇠.

　그동안 수수께끼 앞에서 완전히 손 놓고 있던 것은 아니다.
어둠을 틈 타 몇 번이나 상곡리 일대를 기웃거렸지만 문패를
단 집이 한 곳도 없었다. 장님 코끼리 만지기였다. 호적대장?
그러잖아도 그 물건을 미치도록 보고 싶었다. 번지수가 10번
대인 집만 확인하면 되는데 궁지면사무소는 지서와 한 건물
을 쓰고 있었다. 밤에도 경계가 삼엄해서 호랑이 굴이 따로

없었다.

언제부턴가 모는 휴식 시간마다 땅굴을 파기 시작했다. 호랑이 굴을 겨냥했으나 뚫고 보니 어느 집 안방 구들장 밑이었다. 행여 바둑 두는 소리가 들릴까 귀를 쫑긋 세웠지만 구들장 너머에서는 바둑 두는 소리 비슷한 것조차 들리지 않았다. 삽질의 막막함이 이와 같았으니 궁지지서로 향하는 모의 심장이 평소보다 급히 뛴 것은 당연했다.

뜬금없게도 궁지지서는 호락호락하지 않았다. 냄새를 맡았는지, 낌새를 챘는지 길을 차단하고 초장부터 자동소총을 긁어댔다. 모는 당황스러웠다. 면사무소가 무사하려면 지서도 무탈해야 했다. 내심 경찰들이 투항하기를 바랐지만 그들은 총알이 떨어지기 전에 무기를 내려놓을 생각이 없는 듯했다. 지명 때문이었을까. 투항은커녕 궁지에 몰린 짐승처럼 있는 발톱 없는 발톱을 다 세웠다. 궁지(宮趾)가 아니라 궁지(窮地)에 발을 들인 듯, 가야국의 궁궐은 흔적도 없고 총알만 빗발쳤다.

모는 애가 탔다. 지서를, 면사무소를 향해 날아가는 총알이 심장을 뚫고 들어오는 것만 같았다. 마음 같아서는 '사격 중지'를 외치고 싶었지만 동료들이 다섯 발 쏠 때 허공을 향해 한 발 쏘는 선에서 불편한 심기를 표현하는 게 다였다. 이적 행위에 가까운 분투에도 불구하고 쌍방 간의 총질은 점점 격렬해졌고 급기야 이쪽에서 수류탄을 꺼내들기에 이르렀다.

수류탄이 건물 안으로 날아가자 모는 발치에 굴러온 수류탄이라도 발견한 얼굴이 되었다. 건물로 뛰어들어가 수류탄 위로 몸을 날리고 싶은 심정이었다. 그런데 궁지지서는 수류탄 세례에도 불구하고 꿋꿋하게 버텼다. 갈 길이 먼 유격대로서는 발목을 붙들린 꼴이었다. 추격대가 언제 뒤를 칠지 알 수 없었다. 시간이 갈수록 유격대원들의 얼굴에는 당황의 빛이 역력해졌다. 개중 가장 초조한 이는 모였다. 유격대원 한 명이 트럭 연료통을 떼어와 지서 쪽으로 던졌을 때 모는 자신도 모르게 벌떡 일어나고 말았다.

잠시 후, 모의 새까만 눈동자 위로 연기가 어른거렸다. 우려했던 일이 눈앞에서 벌어지고 있었다. 흑과 백 사이의 색깔에 정통한 모였다. 연기 색깔만 봐도 무엇이 타는지 알 수 있었다. 희끄무레한 연기! 암호첩을 태울 때 피어오르던 연기! 종이가, 잉크 묻은 종이가 타고 있다는 증거였다.

"으어어!"

건물 안에서 들려온 비명이 아니다. 모의 입에서 터져 나온 절규였다. 모는 연기를 뿜어내는 건물로 달려갔다. 과묵한 대원의 사자후에 한 번 놀라고, 영웅적 돌격에 두 번 놀란 유격대원들은 엄폐물을 박차고 나와 불굴의 사자처럼 내달렸다. 이글거리는 불꽃, 매캐한 연기, 빗발치는 총알, 고막을 찢는 비명. 건물 안은 지옥이 따로 없었다.

총성이 멎었을 때 유격대원들의 눈이 누가 먼저랄 것 없이 동시에 커졌다. 면사무소로 짐작되는 곳에서 그들의 영웅이데굴데굴 구르고 있는 게 아닌가. 총상을 입은 걸까. 모두들 득달같이 달려들어 영웅의 몸을 살폈다. 구석구석 확인했으나 총알이 스친 흔적조차 없었다. 다만 온몸이 재투성이었다. 영웅은 타버린 종이 더미를 깔고 누워 있었다.

"화마가 우리를 덮칠까 봐 몸으로 불을 끈 거야."

모의 '묻지마' 돌격을 맨 먼저 뒤따랐던 유격대원이 눈물을 글썽이며 말했다.

모두들 숙연한 표정으로 고개를 끄덕였다. 2백 년 된 적송에서 떨어진 뒤로 올빼미가 가장 높이 날아오르는 순간이었다. 하지만 가장 쓰라린 순간이기도 했다. 모의 무채색 인생에서 명과 암이, 백과 흑이 이처럼 극명하고 절묘하게 어울린 적이 또 있었을까. 걸작이었다. 10년 대장정에 종지부를 찍을 결정적 단서가 재로 변한 절망을 지불하고 얻은 마스터피스, 바둑으로 치면 생애 최고의 대국이었다.

영웅의 살신성인에 눈시울을 붉히던 순간은 57사단에게도 영광의 정점이었다. 정점 뒤에는 좀 내려가기 마련. 문제는 연착륙이냐 경착륙이냐. 57사단을 기다리고 있던 것은 추락에 가까운 내리막이었다. 반대편에서 버텨준 행운의 여신이 벌떡 일어나버린 것처럼 시소는 급격히 기울었다. 반등은 언감생심, 관심사는 바닥이 어디냐였다. 트럭 한 대에 쌀가마니를 옮겨 싣느라 절반의 병력이 걸어야 했을 때였던가. 산청 쪽으로 갔어야 할 트럭이 매복 중이던 전투경찰의 급습으로 네 구의 시신, 여섯 명의 부상자를 싣고 돌아왔을 때였던가. 그새 산을 넘어온 전투경찰의 총탄 세례 속에서 부상자와 쌀가마니를 둘러멘 채 상곡리의 골짜기로 퇴각했을 때였던가. 쌀가마니에 난 총알구멍을 막던 손가락들이 날아갔을 때였던가. 마지막 남은 대원이 한사코 어둠 쪽으로, 전투경찰의 주력이 장악한 능선을 쓸며 내려오는 어둠을 향해 필사적으로 기어가다 피를 토했을 때였던가. 피를 흘리며 웅얼거렸을 때였던가. "빠바." "오또상." 거기가 바닥이었을까.

남한 경찰이 작성한 '지리산 지구 전투경찰대의 공비 토벌 현황'이라는 제목의 보고서는 57사단의 '바닥'을 이렇게 기록했다. "일몰까지 이어진 치열한 교전 끝에 무장공비 56명 전원이 사살되었다. 마지막 빨치산 부대의 최후였다."

상기하라. 올빼미는 거의 모든 것을 본다고 했다. 전부가 아니라 거의 모든 것. 겸손의 표현이 아니다. 무지막지하게 커다란 수정체를 가진 밤의 파수꾼도 지붕 아래, 구들장 너머는 볼 수 없다. 1982년 4월 22일 밤, 경상남도 의령군 궁지면 상곡리 초입의 구멍가게 내실 밑에 웅크리고 있던 올빼미는 구들장 너머에서 벌어지는 일을 짐작만 했다. 너무 오랜 세월이 흘러, 왜 그곳에 있는지 이유는 잊어버린 채.

갑자기 딱, 하는 소리가 들렸다. 돌이 딱딱한 곳에 부딪히는 소리 같았다. 귀에 익었다. 언젠가, 아득한 과거에 들었던 소리. 바둑 두는 소리? 그런 것 같기도 하고 아닌 것 같기도 했다. 바둑을 둬본 지도, 구경한 지도 까마득했다. 바둑 두는 소리였다면 필시 또 들릴 터였다. 올빼미는 눈을 감고 귀를 구들장에 바짝 댔다.

딱. 잠시 후, 다시 들려온 짧고 강한 타격음. 바둑 두는 소리가 틀림없었다. 혼이 실린 착점. 고수가 분명했다. 올빼미는 심장이 벌렁거렸다. 무엇 때문인지는 알 수 없지만 고수의 얼굴을 미치도록 확인하고 싶었다. 구들장을 뚫고 곧장 올라갈 수도 있었지만 바둑판이 엎어질지도 몰랐다. 그럴 수는 없었다. 아무리 기다림이 길었다 해도, 흑과 백의 아름다운 어울림을 무너뜨려도 될 만큼 길지는 않으리. 바둑을 위해 태어났다는 찬사는 헛말이 아니었다. 올빼미는 혼령까지 바둑인이었다.

올빼미는 몸을 돌려 땅굴을 빠져나가기 시작했다. 더듬거리지 않고 달렸다. 허리만 굽혔을 뿐 뜀박질이나 진배없었다. 혈거인의 민첩함이었다. 하지만 땅굴은 유난히 길게 느껴졌다. 산 중턱의 입구까지 도달했을 때는 만년이 지난 것 같았다. 지상도 땅굴 속만큼이나 캄캄했다. 하지만 풀지 못한 수수께끼를 품고 살아왔던 세월의 컴컴함에 비하랴.

산비탈을 내려가려던 찰나, 올빼미는 멈칫하지 않을 수 없었다. 바둑 소리가 났던 바로 그 집 쪽에서 기이한 것이 놀라운 속도로 기어 올라오는 게 아닌가. 밤의 숲에는 별의별 것들이 있기는 했지만 세 발 달린 짐승은 처음이었다.

세 발 달린 짐승이 어느새 코앞까지 다가왔다. 짐승이 아니라 사람이었다. 다리가 하나뿐인 사람. 혼을 실어 바둑돌을 놓던 고수? 바둑을 두다 말고 급히 어디를 가는 것일까? 올빼미는 눈앞의 수수께끼에 정신이 팔려 가슴속의 수수께끼를 깜박하고 말았다.

'두팔로걸어'는 두 팔로 걷기에 몹시 옹색함에도 산길만 고수했다. 산을 내려가는 것에 심각한 거부감을 지니고 있는 올빼미로서는 다행스러운 일이었으나, 아니나 다를까 골짜기 안쪽의 저수지를 빙 둘러 지나간 뒤부터 두팔로걸어의 숨이 거칠어졌다. 팔의 움직임이 눈에 띄게 둔해졌다. 느려도 너무 느렸다. 토끼가 거북의 뒤를 밟는 꼴이 아닐 수 없었다. 집중력이 잠시만 흐트러져도 올빼미는 어느새 앞장서고 있는 자신을 발견해야 했다. 방법은 하나뿐. 올빼미도 물구나무를 섰다. 물구나무선 채 두 팔로 걸었다. 쉽지 않았다. 다리가 자꾸만 처졌다.

올빼미가 자세를 바로잡은 것은 고샅에서 총을 치켜들고 걷는 자를 발견해서였다. 소총을 두 자루나. 오랜 세월 잠들어 있던 정찰 본능이 깨어났다. 올빼미는 산을 내려가지 않는 한도 내에서 '소총두자루'의 뒤를 밟았다.

소총두자루는 불 켜진 집을 향해 걸어갔다. 들어가자마자 딱, 하는 소리가 났다. 바둑을? 구들장 밑에서 들었던 소리와 흡사했다. 이어서 딱. 딱. 딱. 착점에 주지가, 거침이 없었다.

초고속 속기였다. 그런데 소총두자루가 금세 모습을 드러냈다. 바둑 한 판을 두기에는 너무 짧은 시간이었다.

소총두자루는 5분쯤 걸어서 불이 켜진 다른 집으로 들어갔다. 딱. 딱. 딱. 이번에는 세 수만에 밖으로 나왔다. 집집마다 돌아다니며 바둑을 두는 걸까? 순회 바둑? 동시 대국? 소총을 두 자루나 메고? 오늘 밤은 수수께끼투성이였다. 수수께끼의 밤이었다.

올빼미는 소총두자루의 정체가 몹시 궁금했다. 산자락으로 내려가 소총두자루 쪽으로 조용히 접근했다. 군인 같았다. 아니, 경찰 같기도 했다. 순간 모든 것이 또렷해졌다. 29년 전, 골짜기에 갇힌 유격대를 향해 총을 갈기던 자들과 복장이 비슷했다. 그렇다면 딱, 하는 소리는 바둑이 아니라 총소리?

갑자기 소총두자루가 이쪽으로 몸을 획 돌렸다. 올빼미는 반사적으로 납작 엎드렸다. 소총두자루가 바지 지퍼를 내리고 오줌을 눴다. 몸을 부르르 떤 뒤 다시 어둠 속을 걷기 시작했다.

소총두자루의 걸음이 점점 빨라졌다. 저기 환하게 불을 밝힌 집이 보였다. 마당까지 환했고 문앞에는 문패처럼 이름이 적힌 등을 내걸었다. 소총두자루는 곧장 그 집으로 향했다.

올빼미의 걸음도 분주해졌다. 전쟁은 아직 끝나지 않았다. 이번만큼은 제대로 정찰하리라. 무슨 꿍꿍이인지, 내 이름을 걸고 이번만큼은. 그러나 어떤 올빼미에게는 이름이 없다. '류'나 '모' 같은 이름조차. 실은 그것들도 진짜 이름은 아니었다. 저 집 대문에 걸린 등의 글자가 누군가의 이름이 아니듯.
그러니까 이런 글자.

謹弔.

10. 수리수리 마하수리

황 순경이 마당에 들어섰을 때 이명혜(37·여)는 부엌에서 쟁반을 들고 나오던 참이었다. 쟁반에는 육개장 두 그릇이 올려져 있었다. 기르던 소를 잡아서 끓인 육개장이었다. 죽어서 땅에 묻히는 소를 이명혜는 본 적이 없다. 땅에 묻히지 않으니 다시 태어나지 못한다. 이명혜는 어머니가 들려준 얘기를 똑똑히 기억했다. "사람이 죽어서 땅에 묻히면 새로 태어난다. 누구는 고양이로, 또 누구는 사람으로. 무엇으로 태어날지는 염라대왕이 결정한다."

어머니가 고추잠자리로 다시 태어났으면 싶은 이명혜였다. 라디오에서 조용필의 「고추잠자리」만 나오면 볼륨을 높였다. 라디오가 잠들어 있어도, 잠들어서 노래를 들려주지 않아도 자꾸자꾸 흥얼거렸다. '아마 나는 어린가 봐, 그런가 봐, 엄마야 나는 왜 자꾸만 기다리지, 엄마야 나는 왜 갑자기 보고 싶지.'

그랬다. 이명혜는 어렸다. 몸은 어른인데 정신은 아이였다. 서른일곱 살짜리 몸뚱아리에 들어앉은 여섯 살배기였다.

황 순경을 본 순간 이명혜는 입을 다물었다. 순경 앞에서는 노래가 안 나왔다. 게다가 총을 두 자루나 갖고 있었다. 노루를 잡으러 온 것은 아닐(그럴 때는 한 자루만 갖고 있었다) 테고. 혹시 두 마리를? 하지만 여기에 노루는 없다. 이명혜는 황 순경이 죽은 노루 귀를 잡고 사진 찍는 것을 본 적이 있다. 황 순경이 웃통을 벗은 채여서 눈을 질끈 감아버렸다. 무서운 웃통, 호랑이 웃통이었다. 가만히 있어도 힘줄이 줄무늬처럼 실룩거렸다.

실은 더벅머리가 더 무서웠다. 꿈에 나타나는 사내도 더벅머리였다. 미장원에 오면 미장원 언니(이명혜가 두 살 위였지만 다들 그리 부르니 따를 수밖에)가 깔끔하게 잘라줄 텐데. 남자들은 이발소에 간다. 황 순경 색시 손미자는 미장원에 온다. 미장원 언니가 가위질할 때 언제나 눈을 감았다. 자는 것처럼 꼭 감았다. 가위질 소리가 멎으면 그제서야 슬며시 눈을 떴다. 눈을 뜨고 거울을 흘금거렸다. 처음 만난 사람을 살피듯 조심조심. 꿈에 종종 보이는 사내는 머리를 잘라줘도 거울을 힐끔거리지 못할 것이다. 사내한테는 눈알이 없다.

이명혜는 가위를 무척 좋아했다. 가위바위보에도 오직 가위뿐. 가위질만 하면 뭐든 둘로 나뉘는 게 마냥 신기했다. 게다가 가위는 잘생겼다. 날렵한 게 새 머리 같았다. 손잡이는 눈, 날은 부리여서 가위새.

"옛날옛날에 가위새가 살았습니다. 하늘과 땅이 하나라서 발이 필요 없었습니다. 날개만 있었습니다. 하늘을 맘껏 날아다녔습니다. 동쪽 끝에서 서쪽 끝까지, 남쪽 끝에서 북쪽 끝까지. 그러다 나는 게 지겨워졌습니다. 하루는 너무 심심해서 하품을 했습니다. 부리를 쩍 벌렸다 다물자 세상이 둘로 나뉘었습니다. 하늘과 땅으로 갈렸습니다. 가위새는 옳다구나 땅으로 내려갔습니다. 땅에 내려가자 발이 생겼습니다. 그때부터는 걷기만 했습니다. 이내 걷는 것도 지겨워졌습니다. 이번에도 하품이 나왔습니다. 하품을 할 때마다 땅이 나뉘었습니다. 산과 강이 생겼습니다. 가위새는 새로운 땅으로 걸어갔습니다. 세상 끝에 당도하자 걷는 것이 너무너무 지겨워졌습니다. 다시 날고 싶었습니다. 하지만 그럴 수 없었습니다. 날개가 앞발이 되어 있었던 것입니다. 날기는커녕 하늘도 볼 수 없었습니다. 아무리 고개를 쳐들어도 보이는 것은 지평선이 고작이었습니다. 원래 하나였던 하늘과 땅이 나뉠 때 생긴 금이었답니다."

이것은 이명혜가 지어낸 가위새 전설.

이명혜는 가위가 내는 소리 또한 좋아했다. 사각사각. 매일 미장원에 가는 것도 그 소리를 듣기 위해서였다. 하지만 미장원 언니는 가위 대신 빗자루를 쥐여줬다. 바닥에 떨어진 머리카락을 쓸어 담으라고, 가발 공장에 넘길 만한 것들을 추려내라고. 가위질은 나중에 가르쳐주겠다고. 내일도, 모레도 아니고 나중에. 그게 언제인지 궁금했지만 이명혜는 묵묵히 빗자루질만 했다. 나중이 언제냐고 따져 묻는 것은 버릇없는 짓이다. 이명혜가 버릇없는 짓을 저지르면 어머니가 욕 먹는다. 어머니가 귀에 못이 박이도록 말하지 않았던가. "애비 없는 자식 소리 듣게 하지 마라."

이명혜가 빗자루질에 열과 성을 다하고 있노라면 미장원 언니는 말했다. "가위질만 잘하믄 죽어서도 굶는 일은 없을 끼다. 사람은 죽어도 머리털이 자란다 아이가. 귀신도 머리는 해야 안 하겠나?" 미장원 언니 말대로라면 어머니 머리카락은 누가 잘라주나? 생전에 머리 자르는 법이 없던 어머니였음에도 이명혜는 걱정이 태산이었다.

그랬다. 이명혜 모친은 참빗으로 곱게 빗어 쪽을 찐 헤어스타일만 고집했다. 이명혜가 눈, 코, 귀, 입을 분간하게 되었을 때부터 쭉. 한번은 머리를 잘라주겠다고 했더니 펄쩍 뛰었다. "문디 가스나야, 니 아부지가 몰라보면 우야노?"

이명혜가 빈 쟁반을 들고 작은방에서 나왔을 때 황 순경은 마루에 걸터앉아 군화 끈을 풀고 있었다.

"웬 총이가?"

안방에 있던 면장이 황 순경한테 물었다.

"간첩이 나타났다 아입니까."

"우리 마을에?"

"총소리 들었습니까?"

황 순경이 총을 움켜쥐며 긴장한 표정으로 물었다.

"총소리? 내는 몬 들었다. 혹시 들었나?"

면장이 안방을 둘러보며 물었다.

안방에는 전전임 면장, 상곡리가 키우는 유력한 차기 면장 후보, 상곡리 현역 이장, 전임 이장, 전전임 이장, 독보적인 차기 이장 후보, 부산에서 다섯 손가락 안에 드는 건설사의 현장 감독, 읍내에 하나뿐인 정미소의 사장, 상곡리 최초 법대생의 부친 등, 상곡리 여론에 막강한 영향력을 행사하는 어르신들이 여론을 쥐락펴락하느라 칼칼해진 목을 막걸리로 축이는 중이었다.

상곡리의 여론 주도층은 하나같이 고개를 저었다.

"여가 아이라 창녕에 나타났답니다. 고마 비상경계 중입니다."

황 순경이 총에서 손을 떼며 말했다.

"그래가 지서장님이랑 차석이 부리나케 일어섰구만. 것도 모르고 대접이 성에 안 찼나 했다."

현장 감독이었다.

"지서장님이랑 차석이랑 같이 있었습니까?"

황 순경이 물었다.

"온천에 간 거 몰랐나? 하긴 뜨신 물에 몸 담그는데 꼬붕한테 보고할 필요는 없지."

황 순경의 얼굴이 벌게졌다.

"창녕이라캤나? 거가 본시 빨갱이 동네다. 사변 때도 보도연맹원들 억수로 죽었다."

현역 이장이 여론몰이에 시동을 걸었다.

"입은 삐뚤어졌어도 말은 바로 해라. 보도연맹원이 다 빨갱

이였드나? 만길이 외삼촌은 고무신 준다고 가입했다가 봉변당

했다 아이가."

　이미 코가 삐뚤어지도록 술을 마신, 상곡리가 배출한 유일

무이한 법대생의 부친이 아랫도리를 긁으며 소리쳤다.

　"이 박사가 무고한 사람을 잡았단 말이가?"

　전임 이장이 발끈했다.

　"박사는 얼어죽을! 부정선거한 기 들통나 쫓겨난 놈이 무신

박사고?"

　법대생 부친이 고래고래 고함쳤다.

　"이 사람이 취했나. 영감님 부친 될 사람이 채신머리없이."

　전전임 이장이 혀를 끌끌 찼다.

　"그라믄 만길이가 법복 입기 힘들 낀데……"

　현장 감독이 굳은 표정으로 말했다.

　"와?"

　법대생 부친의 눈이 둥그레졌다.

　"친척 중에 빨갱이 있으면 사시 수석을 해도 신원 조회에서

떨어진다."

　정미소 사장이 끼어들었다.

　"진짜?"

　법대생 부친의 얼굴이 새파랗게 질렸다.

　"연좌제 모르나?"

　상곡리가 키우는 유력한 차기 면장 후보가 거들었다.

"몇 촌까지?"

법대생 부친이 다급하게 물었다.

"외삼촌은 해당될 끼다." 전임 이장.

"아닐 낀데." 면장.

"될 낍니다. 외삼촌이 얼마나 가까운 사이인데." 독보적인 차기 이장 후보.

"외삼촌이 뭐 가깝노? 출가외인, 모르나? 외 자 들어가믄 고마 남이나 진배없다." 전전임 면장.

"외 자 들어가믄 왜 남입니까? 조선왕조 때도 실세는 왕의 외척, 외척 중에서도 외삼촌이었다 아입니까." 정미소 사장.

"조선은 그래가 망했다. 외 자 들어가는 넘들한테 휘둘려 가." 전임 이장.

"조선이 외가 때문에 망했다고? 양반들이 맨날 당파 싸움만 하다 말아먹은 기다." 이장.

"왕들이 무능해서다. 선조를 봐라. 왜군 피해 줄행랑치는 거는 그렇다 치자. 근데 대동강 나룻배들은 와 불사르노? 지만 건너면 다가? 백성들은 우짜라고?" 면장.

"임진강이다." 전전임 면장.

"알아야 면장 한다." 전임 이장.

"이 박사도 괴뢰군 피해가 대전까지 내려오고 한강 다리 끊어뻤는데 와 나라가 안 망했노?" 이장.

"이 박사가 혼자 살라고 그캤나? 종묘사직을 지킬라고 그란 기다." 전임 이장.

"종묘사직? 대한민국이 왕조가?" 면장.

"이 박사는 조선왕조의 후손 맞다." 전전임 면장.

"이 박사가 안 망한 기는 미국 덕이다. 선조를 명나라가 구해준 것맹키로." 면장.

"그때 맥아더 말대로 압록강 저짝에 원자폭탄을 터뜨렸어야 했다." 전임 이장.

"그캤다믄 스탈린이 가만있었겠나? 3차 대전 일어났을 끼다. 고래 싸움에 새우등만 터진다." 면장.

"사변 때 이미 새우등 터져가 새우젓 되아삤다." 이장.

"젓갈은 명란젓이다." 전임 이장.

"어데? 갈치젓이 최고다." 전전임 면장.

상곡리 여론 주도층의 견해는 이토록 중구난방, 아니 다양하고 역동적이었다. 못 할 말이 없었다. 언로가 살아 있었다.

젓갈 논쟁에 제동을 건 것은 법대생 부친의 떨리는 목소리였다.

"만길이 외삼촌이 아이라 만길이 엄마 외삼촌인데. 그래도 법복 못 입나?"

"그라믄 개안을 끼다." 이장.

"그 정도 외가면 개안타." 전임 이장.

"너무 머네." 상곡리가 키우는 유력한 차기 면장 후보.

"암만." 전전임 이장.

"거까지 캐면 법복 입을 사람 없을 끼다." 정미소 사장.

상곡리 여론 주도층이 간만에 한 목소리를 냈다.

"십년감수했네."

법대생 부친이 사타구니를 박박 긁으며 길게 한숨을 내쉬었다.

"우찌 됐든 조심해라. 누구든 빨갱이로 찍히면 집안이 골로 간다."

이장이 법대생 부친의 사발에 막걸리를 따르며 말했다.

그때 면장이 이장의 옆구리를 찔렀다.

"와?"

"이 집 바깥양반도……"

면장이 턱으로 마루 쪽을 가리키며 중얼거렸다.

이장이 이명혜를 흘깃 쳐다보며 헛기침을 했다.

안방에 어색한 침묵이 흘렀다. 국면 전환용 이슈가 절실한 시점이었다.

"그란데 총이 와 두 자루고?"

면장이 황 순경한테 물었다.

"박 순경이 집에 쪼매 다녀온다고 맡겼습니다."

황 순경이 마루에 올라서며 대답했다.

"날도 궂은데 욕본다. 막걸리 한잔 받아라."

"좋지요. 그런데 어르신들 자리에 껴도 되겠습니까?"

황 순경이 상곡리 여론 주도층의 눈치를 살피며 대꾸했다.

"어데. 니는 저쪽, 얼라들 방에서 마셔라."

현장 감독이 손으로 작은방을 가리키며 말했다.

"오늘은 개안타. 마을 지킨다고 고생했으니 한잔 받아라."

면장이 들어오라고 손짓하며 말했다.

"그라믄 한잔만……"

황 순경이 못 이긴 척 안방으로 향했다.

"문상부터 하고."

전임 이장이 이맛살을 찌푸리며 말했다.

"안 그래도 그칼라 했습니다."

황 순경이 영정 앞에 총을 내려놓으며 말했다.

　부엌으로 향하던 이명혜는 황 순경에게서 눈을 떼지 못했다. 이번에는 누구를 데려가려고 온 걸까? 아버지를 데려간 사람도 순경이었다. 6·25전쟁이 터진 해였다. 아버지는 바둑을 두다 트럭에 실려 갔다. 바둑은 검은 돌, 흰 돌을 차례로 쌓는 놀이. 이명혜가 바둑판 한가운데 검은 돌을 놓자 아버지가 그 위에 흰 돌을 올렸다. 이명혜가 다시 검은 돌을 조심조심 올렸다. 돌탑이 무너지면 진다. 아버지는 두번째 흰 돌을 올리려다 말고 순경을 따라갔다. 따라가다가, 옥수수를 따던 어머니한테 외쳤다. "마산 쫌 댕겨올게."

　전에도 순경들은 아버지를 마산에 데려갔다. 극장에서 공산당 때려잡자고 소리도 지르고 도로를 새로 닦기도 했다. 아버지는 보도연맹원이었다. 이명혜는 의아했다. '보도'라면 기자일 텐데 아버지는 기자가 아니라 마술사였다. 양손에 실을 척 걸고 손가락을 휙 움직이면 실 모양이 확 바뀌었다. 두 줄이 네 줄 되고 네 줄이 여덟 줄 되었다가 어느새 두 줄로 줄어들었다. 손가락이 눈앞에서 사라졌다가 다시 나타나는 마술은 또 어떤가. 아버지는 손목을 꽁꽁 묶은 밧줄도 순식간에 풀었다. 주문만 외면 스르르 풀렸다. '수리수리 마수리.'

옛날에도 아버지는 밖으로만 돌았다. 한번은 "큰돈 벌어 오겠다"며 일본에 갔다. 그때는 순사가 데려갔다. 3년이 지나서야 돌아왔다. 미싱을 안고서였다. 큰돈을 벌어 오지는 못했다. 그동안 어떻게 지냈는지도 알 수 없었다. 아버지에게 들은 얘기는 오사카에 머무는 동안 부두 하역장에서 내기바둑으로 번 돈을 비싼 술집에서 하룻밤에 날렸다는 무용담뿐.

황 순경이 어머니에게 절을 올렸다. 죽은 사람이니까 두 번. 육신에 한 번, 혼령에 한 번. 그러니까 병풍 뒤의 어머니한테 한 번, 영정 속의 어머니한테 한 번. 남편에게도 절했다. 산 사람이니까 한 번만. 상주니까 남편도 황 순경에게 절해야 한다. 이명혜는 남편 손목으로 이어진 붉은 털실을 잡아당겼다. 어머니가 겨울밤에 벙어리장갑을 떴다 풀고, 목도리를 떴다 풀던 털실이었다. 신호를 받고 남편이 절했다.

남편은 장님이다. 어머니가 절에서 데려왔을 때, 뒤란에서 아카시아 바람이 불어오던 날도 앞을 못 봤다. "니 서방이다.

인사 해라." 어머니가 말했다. "이명혭니다. 처음 뵙겠습니더." 이명혜는 꾸벅 머리 숙여 인사했다. "김복남이라 캅니다. 지도 처음 뵙겠습니더." 남편도 꾸벅 머리 숙이며 말했다.

남편은 손재주가 좋았다. 나무를 깎아 밥상을, 의자를 뚝딱 만들었다. 어머니 관도 남편 솜씨. 거문고, 가야금을 만드는 나무로 만들었다. 못도 안 쓰고 관을 짰다. 잘됐다. 못을 쓰면 불가사리가 쇠냄새를 맡고 찾아올 테니까. 불가사리가 못을 먹어치우면 관이 망가진다. 망가지는 건 옳지 않다. 관은 죽은 사람의 집. 집이 없으면 겨울밤에 어디서 자나. 아랫목도 없이 어떻게 추위를 피하나. 이명혜는 겨울이 싫었다. 추운 것은 질색이었다.

못을 쓰지 않은 관이라 한시름 덜었지만 완전히 안심할 수는 없었다. 어머니가 시방 관 속에 대못처럼 누워 있으니까. 혼령이 빠져나가면 육신은 못처럼 딱딱해진다. 입을 꾹 다문 채 시퍼렇게 녹슬어간다. 불가사리가 녹슨 어머니를 먹어치울까 봐 무섭다. 관에 나프탈렌을 잔뜩 넣었지만, 그래서 제아무리 코끼리 코를 가진 불가사리도 냄새를 못 맡을 것이지만 마음이 놓이지 않는다.

"삼가 고인의 명복을 빕니다."

황 순경이 두 손을 모으고 중얼거렸다.

이명혜는 황 순경의 밥과 국을 쟁반에 담아 안방으로 갔다.

총은 벽에 기대 세워져 있고 탄창은 상 위에 놓여 있었다. 이명혜는 탄창이 무서웠다. 탄창의 총알이 무서웠다. 총알은 못이었다. 총은 망치도 없이 못을 박는다. 가슴에 대못질한다.

언젠가, 콧등에 사마귀 난 봇짐장수가 집에 들렀다. 장돌뱅이, 부랑자, 떠돌이, 각설이한테 그랬듯 어머니는 두부랑 막걸리를 내줬다. 봇짐장수가 막걸리 사발을 단숨에 비운 뒤 목소리를 낮추고 말했다. 무섭도록 조용조용. "사변 때 추럭에 실려 마산 행무소에 잽혀간 보도연맹들…… 모조리 물고기 밥됐다 캅니다. LST에 싣고 나가 굴비맹키로 줄줄이 엮어 괭이 바다에 밀어 넣고 갈겨뺐답니다. 그해 잡힌 대구들이 어른 팔뚝만 했다 안 캅니까."

그 뒤로 한동안 어머니는 곡기를 끊었다. 밤마다 숨죽여 흐느꼈다. 저녁내 아랫목 이불 속에 넣어둔 밥주발을 품고서. 이명혜도 밥을 안 먹겠다고 했다가 등짝을 호되게 맞았다. 억지로 밥알을 삼켜야 했다. 수저 가득 퍼 담아 꿀꺽 삼키니 심장이 아렸다. 심장에 대못이라도 박힌 듯 숨을 쉴 수 없었다. 앙가슴을 움켜쥐고 컥컥대자 어머니는 등을 쓸어주며 탄식했다. "미련한 것, 이 미련한 것을 우야믄 좋노."

마산에는 극장도 있고 형무소도 있고 부두도 있다. 부두가 있으니 바다도 있다. 아버지가 마산에 금방 다녀온다며 순경 트럭에 올라탔던 해, 마산 앞바다에 시신들이 밀려왔다. 모두 손이 뒤로 묶인 채였다. 물고기에 뜯겨 얼굴을 알아볼 수 없었다. 아버지일 리는 만무했다. 마음만 먹으면 밧줄을 풀 수 있었을 테니까.

10년 뒤에는 교복 입은 시신이 떠올랐다. 눈에 최루탄이 박혀 있었다. 흥분한 어른들은 이 박사를 '그 영감탱이'라고 불렀다. 세상이 바뀌었다며, 보도연맹 건으로 행방불명된 사람들 신고받는다니 함께 가자고 옆집 아줌마가 말했을 때 어머니는 버럭 소리쳤다. "명혜 아부지는 그 추럭 안 탔어예."

이명혜는 밥과 국을 탄창 옆에 놓았다. 황 순경은 흰 봉투에 볼펜으로 글자를 적고 있었다. '삼가 고인의 명복을 빕니다.' 이름도 적었다. 몸을 옆으로 틀더니 주머니에서 천 원짜리 두 장을 꺼내 봉투에 담았다. 봉투를 상에 놓고 그 위에 주발을 얹었다.

황 순경은 육개장만 떠먹었다. 이명혜 모친이 끓인 것이었다. 죽기 전날 갑자기 소를 잡고 가마솥 가득 육개장을 끓였다. 마을 사람을 다 먹일 만큼 엄청난 양이었다.

"이젠 농사지을 사람도 없으니 고마 밭을 팔지?"

현장 감독이 이명혜에게 말했다.

어머니는 상곡 저수지 뒷산 비탈에 감자, 고구마, 옥수수, 콩, 고추, 호박, 오이, 당근, 가지, 배추, 정구지, 무, 파 등을 심었다. 그 밭을 팔라는 얘기였다. 상곡 저수지 주변을 유원지로 개발하겠다고 했다. 저수지 뒷산을 깎아 회전목마, 공중관람차를 들여놓고 저수지를 넓혀 오리배도 띄우겠다는 것이었다. 솜사탕도 팔겠다고 했지만 어머니는 끝내 도장을 안 내 줬다.

"명혜 아부지 허락 없이는 안 됩니더."

이명혜는 어머니와 똑같이 대답했다.

"마을 발전을 위한 일이니 대승적으로다가 생각해봐라. 우리가 남이가? 소장님이 값은 후하게 안 쳐주시겠나. 누이 좋고 매부 좋은 일 아이가. 좋은 기 좋은 기다."

전임 이장이 거들고 나섰다.

"명혜 아부지 허락 없이는 안 됩니더."

"답답하데이. 말귀를 알아묵어야 대화를 하지."

전임 이장이 가슴을 쳤다.

"거참. 귀신한테 도장 받을 수도 없고."

독보적인 차기 이장 후보가 혀를 찼다.

상곡리 여론 주도층의 마음이 다시 한 번 하나되는 순간이 었다. 고향을 위한 마음이 이토록 절절했다. 때와 장소를 가리지 않는 절절함이었다. 고향이 발전할 수만 있다면 무뢰한이라는 오명도 불사할 기세였다. 권리만큼의 책임을, 아니 권리의 '따블'에 해당하는 책임을! 진정 '노블레스 오블리주'의 헌신들이었다.

"이보게들, 오늘은 날이 날이니······"

지나친 노블레스 오블리주가 부담스러웠을까. 면장이 때와 장소를 가리지 않는 여론몰이에 제동을 걸었다.

"막걸리나 더 가져온나."

이장이 이명혜에게 말했다.

이장의 목소리에 안타까움이 진하게 배어났음은 물론이다.

이명혜는 부엌으로 갔다. 어머니는 막걸리를 육개장만큼 넉넉히 만들어놓지는 못했다. 아랫목 이불 속에 넣어둔 아버지의 밥이 한 '다라이' 모여야 막걸리를 빚을 수 있는데 하루에 한 그릇뿐이었다. 어머니는 저녁 때만 밥주발을 아랫목에 놔뒀다. 아버지 이름이 새겨진 문패도 날이 저문 뒤에만 대문에 걸었다. 새벽에 눈뜨자마자 거둬들였지만.

이명혜가 막걸리 주전자를 들고 안방으로 갔을 때 면장, 이장, 현장 감독, 법대생 부친은 화투판을 벌이고 있었다.

"뭐 하노? 쭉 안 따르고."

현장 감독이 이명혜를 흘겨보며 말했다.

이명혜는 현장 감독의 사발에 막걸리를 따랐다.

"황 순경도 낄래?"

면장이 구경하고 있던 황 순경에게 물었다.

이명혜는 면장의 사발에 막걸리를 따랐다.

"어르신들 화투판에요?"

황 순경이 현장 감독을 흘깃거리며 물었다.

이명혜는 황 순경의 사발에도 막걸리를 따랐다.

황 순경이 막걸리를 꿀꺽꿀꺽 마셨다.

"총알은 있나?"

이장이 패를 돌리며 물었다.

"총알이라믄 충분합니다."

황 순경이 담요 위에 탄창을 내려놓으며 말했다.

이명혜는 이장의 사발에도 막걸리를 따랐다.

"이 총알 말고."

면장이 피식 웃으며 말했다.

황 순경도 이를 드러내고 웃었다.

이명혜는 황 순경의 사발에 또 막걸리를 따랐다.

"빈껍데기 갖고 어데 장난질이고?"

현장 감독이 쏘아붙였다.

황 순경의 얼굴이 붉으락푸르락해지는가 싶더니 새하얘졌다. 얼굴은 새하얀데 눈 주위는 빨갛고 눈은 파랬다. 파란 심지를 품은 빨간 불꽃. 촛불 같았다. 분노로 사납게 흔들리는 촛불. 분노의 불꽃 아래로 밀랍이 창백하게 흘러내렸다. 기쁜지, 슬픈지, 배부른지, 배고픈지 알 수 없어서 무서운 얼굴이었다.

"비었나 안 비었나, 함 볼랍니까?"

황 순경이 탄창을 총에 끼웠다. 척, 하고 금속 맞물리는 소리에 이명혜는 등골이 오싹했다. 등 뒤에 귀신이라도 서 있는 기분이었다. 초저녁부터 군불을 땠는데 방 안 공기가 살얼음 같았다.

"껍데기 총으로 똥폼 잡지 말고 치아라."

현장 감독이 눈을 치뜨며 말했다.

"똥인지 된장인지 진짜로 확인해야겠습니까?"

황 순경이 눈알을 뒤룩거리며 말했다.

"이 새끼가 어디서 뻥튀기를 팔고 있어. 그래 눈알에 힘주른 똥이 된장 되나?"

현장 감독이 눈을 부릅뜨고 뇌까렸다.

"어허, 이 사람들이 신성한 화투판에서…… 황 순경, 고마 총 치아라. 똥인지 된장인지는 패를 받아봐야 안 알겠나."

이장이 총구 쪽으로 손을 뻗었다.

갑자기 벼락 소리가 나더니 이장이 고꾸라졌다.

이명혜는 그 자리에 얼어붙고 말았다. 술래 앞에서 '얼음'이 된 아이처럼. 다가와서 '땡' 하고 풀어주는 사람은 없었다. 움직이는 사람은 술래, 황 순경뿐이었다.

황 순경이 현장 감독에게 총을 겨눴다.

"황, 황 순경."

현장 감독이 벌떡 일어서며 중얼거렸다.

벼락 소리가 났다. 현장 감독이 믿을 수 없다는 얼굴로 나자빠졌다. 손에서 단풍잎이며 멧돼지가 떨어졌다. 이명혜는 멧돼지라도 만난 기분이었다. 벼락 치는 밤, 산길에서 멧돼지를 맞닥뜨린 것만 같았다. 벼락 치는 밤, 산길에서 멧돼지 만나면 어떻게 해야 됩니까, 어머니? 어머니는 답이 없었다. 해, 산,

구름, 폭포, 소나무, 학, 거북, 사슴을 수놓은 병풍 뒤에, 오동나무 관에 누운 채 대답이 없었다.

법대생 부친이 문으로 향했다. 전형적인 출구 전략이었다. 그런 방법이 있음을, 밖으로 달아나는 수가 있다는 것을 그제야 깨달은 듯 전임 이장, 독보적인 이장 후보, 전전임 면장, 상곡리가 키우는 유력한 면장 후보가 다투어 몸을 날렸다. 전전임 이장도 탈출 대열에 합류했으나 쓰러져 있던 이장의 몸뚱이에 걸려 넘어졌다.

따다닥따다닥. 벼락 소리가 연달아 났다.

법대생 부친이 문지방에 엎어졌다. 전임 이장, 독보적인 이장 후보, 전전임 면장, 상곡리가 키우는 유력한 면장 후보가 도미노처럼 연달아 쓰러졌다. 상곡리 행정권력의 과거와 미래가 유일한 출구에 죽음의 바리케이드를 쌓은 형국이었다.

전전임 이장이 바리케이드를 향해 팔을 뻗었으나 이내 축 늘어졌다.

"엄마야!"

죽음의 바리케이드 너머에서 비명이 들려왔다.

따닥. 동시에 2연발 벼락이 쳤다. 작은방에 있던 여론 추수층 중 간이 제법 큰 사람 둘이 무슨 일인지 알아보려고 얼굴을 내밀었다 화를 면치 못했다.

황 순경이 이번에는 면장한테 총을 들이댔다. 면장은 눈을 질끈 감았다.

"으아아!"

갑자기 방 한구석에서 고함이 터져나왔다. 사람이 아니라 짐승이 내지르는 괴성 같았다. 정미소 사장이 밥상을 엎어 황 순경 쪽으로 밀어붙였다. 밥그릇, 국그릇, 찬그릇, 막걸리 사발이 우당탕 쏟아졌다.

따닥. 다시 터지는 2연발 벼락. 이어지는 비명.

"악!"

"황!"

"억!"

면장과 정미소 사장이, 궁지면 정재계의 두 거물이 피를 흘리며 차례로 쓰러졌다. 밥상은 그다음이었다. 밥상이 육개장 국물을 허공에 뿌리며 문지방의 인간 바리케이드 위로 엎어졌다.

이제 안방에 남은 사람은 이명혜뿐이었다. 이명혜는 여전히 꼼짝도 할 수 없었다. 심장은 벌렁거리는데 사지가 말을 듣지 않았다. 얼어붙었는데, 죽을 것 같은데 아무도 오지 않았다. 죽음은 시간문제였다. 그런데 무엇 때문인지 황 순경이 주춤했다. 눈을 비비며 욕설을 쏟아내고 있었다. 상이 엎어질 때 들렸던 비명 중 하나는 황 순경의 입에서 나온 것이었다. "황!"일 리는 없을 테니 "악!"이거나 "억!"일 터. 상이 엎어질 때 허공에 흩뿌려진 육개장 국물이 눈을 강타한 것이다.

그때 마당에서 개 짖는 소리가 났다. 누렁이가 짖는 소리를 듣기는 처음이었다. 귀신이라도 본 걸까. 귀가 멀어 아무 소리도 못 듣는 녀석이, 낯을 가리지 않아 개장수한테도 꼬리를 흔드는 녀석이 사납게 짖어댔다. 귀신이 곡할 노릇이었다. 어쨌거나 개 짖는 소리가 이명혜를 풀어주었다. 땡, 하고 풀어주었다.

이명혜는 그제야 몸을 움직일 수 있었다. 머리도 돌아가기 시작했다. 밤에 멀리서 개 짖는 소리가 들리면 어머니는 부랴부랴 불을 껐지. 두꺼비집을 껐어. 두꺼비집을 *끄*고 어둠 속에서 주문을 외웠지. 반야바라밀다…… 수리수리 마하수리 수수리 사바하.

이명혜는 문 쪽으로 달렸다. 엎어진 밥상이 없었다면 감히 어르신들을 타 넘을 엄두도 못 냈을 것이다. 밥상을 밟고 주검의 바리케이드를 정면돌파했다. 마음이 너무 급했을까. 상다리에 걸려 그만 중심을 잃고 말았다.

딱. 등 뒤에서 벼락이 쳤다. 이명혜는 마루로 굴렀고 작은방에서 뛰쳐나오던 청년 한 명이 풀썩 쓰러졌다. 따다닥. 벼락이 연달아 치고 작은방 문앞에 사람들이 하나둘 엎어졌다. 작은방 입구에도 바리케이드가 쌓였다.

이명혜는 마루 끝으로 엉금엉금 기어갔다. 마루 끝에서 벽을 짚고 일어서 두꺼비집을 찾았다. 두껍아, 두껍아 새집 줄게 헌집 다오. 두꺼비집은 처마 밑 제비집 아래에 있었다. 이명혜는 두꺼비집을 내렸다. 두꺼비집을 *끄*고 두꺼비를 깨웠다.

순식간에 주위가 캄캄해졌다. 두꺼비가 헌 집을, 불빛 한 점 없는 헌 집을 줬다. 천지가 암흑이었다. 따다다다닥. 벼락 소리가 더 맹렬해졌다. 벼락이 치기 전에는 번쩍, 번개가 어둠을 쪼개는데 이 벼락은 예고도 없었다. 벼락이 치는 동시에 번개도 번쩍했다. 미친 벼락이었다.

벼락 치는 밤이면 어머니 품을 파고들고 싶었지만 그럴 수 없었지. 어머니는 항상 벽을 보고 누웠어. 주인 없는 밥주발을 품고서. 하지만 이제는 죽어서 반듯이, 밥주발도 없이 누워 있으니 괜찮다. 어둡지만, 어두우니까 어머니 품으로 가야 한다. 그런데 어머니는 어디에 있지? 내 손도 보이지 않을 만큼 깜깜한데 어머니는 어디 있지?

저기, 반딧불이 반짝였다. 향불. 향불 너머에 영정, 영정 너머에 병풍, 병풍 너머에 어머니 가슴이 있다. 이명혜는 반짝이는 불빛을 향해 달려갔다. 어둠 속에서 벼락 소리가 마구마구 들렸다. 비명도 들렸다. 여기저기서. 벼락인지 비명인지, 비명 같은 벼락인지 벼락 같은 비명인지 구분할 수 없었다.

이명혜가 멈칫했다. 어둠이 가슴에 대못을 박은 걸까. 차가우면서 뜨거운 것이 가슴을 쾅 때렸다. 이명혜는 무너지듯 어머니 품을 파고들었다. 어머니 품은 차가웠다. 무시무시하게 차가웠다. 얼어 죽을 것 같았다. 얼어 죽을까 무서워서 무시무시하게 차가운 어머니 품 깊이 파고들었다. 뭔가 차갑고 단단한 것이 가슴을 찔렀다. 문패 조각이었다. 총에 맞은 걸까. 문패가, 대리석에 새긴 아버지의 이름이 두 동강 났다. 모 자 창 자 수 자가 두 동강 났다. 해가 저물 때 대문에 걸었어야 했는데 깜박해서 망가졌다. 망쳤다. 다 망치고 말았다.

이명혜는 부들부들 떨었다. 자신이 버릇없어서, 빨갱이 자식 소리 들을까 봐 아버지 성을 버려서, 호적대장이 불탄 김에 어머니 성으로 바꿔서 벌받는 것일까 봐 무서웠다.

이명혜는 두 손을 싹싹 빌며 마음으로 용서를 빌었다.

잘못했습니다.

그런데 관에 아버지 문패 넣으면 누구 집 됩니까? 이 집은 아버지 것이니 관은 어머니 집이면 좋겠습니다. 서방님한테 어머니 문패 만들어달라고 해야겠습니다. 어머니 이름은……

아, 길 자 안 자 댁 자입니다.

어머니 품에서 나프탈렌 냄새가 납니다.

작은방, 마루, 마당에 벼락이 떨어집니다.

귀를 꽉 막아야 합니다.

볼에 까끌한 감촉 느껴집니다.

손목에 묶은 털실입니다.

붉은 털실을 잡아당깁니다.

털실이 스르르 딸려옵니다.

서방님 손목은 안 옵니다.

서방님 어디 있습니까?

앞도 못 보는데 어디 갔습니까?

두꺼비집 꺼서 모두모두 눈먼 밤, 두꺼비 따라갔습니까?

아버지처럼 수리수리 마수리 털실 풀고 도망쳤습니까?

그랬습니까, 어머니?

어머니?

엄마!

11. 거인의 옳은 팔

혹시 총소리 못 들었느냐며 큰집 식구들이 몰려왔을 때는 자정을 넘긴 시각이었지만 고동배(11·남)는 눈이 말똥말똥했다. 머리맡의 '니꾸사꾸' 때문에? 소풍 전야인데 얄궂게 비가 뿌려서? 아니다. 오늘 치른 학력평가 시험을 망쳐서? 그럴 리가. 고동배는 성적 따위에 연연하는 학생이 아니었다. 일시적 불면은 간절한 소망과 관련 있었다. 고동배의 꿈은 문방구 진열대 로열석의 장난감만큼이나 자주 바뀌었는데 당시에는 롯데 자이언츠 어린이 회원이 되는 것과 마구를 던지는 것이었다. 시험지만 받으면 (참가에 의의를 둔다는) 올림픽 정신으로 무장하는 고동배였으나 다른 분야에서는 뒤처지는 것을 참지 못했다. 구슬을 잃으면 구슬 같은 눈물을 흘렸고 딱지를 잃으면 딱지가 앉도록 몸을 긁어댔다. 공부에만 적용되지 않는, 별난 승부욕이었다.

특히 야구에 관해서라면 지는 것을 죽기보다 싫어했다. 응원하는 팀의 패배라고 비통함이 덜하지 않았다. 자신이 졌다면 베이스로 사용한 상대 선수의 가방을 지르밟아주거나 사실상 이긴 게임이라고 우길 수 있었지만 응원하는 팀이 지면 속수무책. 뒤끝을 작렬시킬 대상이 없었다.

롯데 자이언츠의 어제 경기는 여러모로 뼈아팠다. 선두를 삼성 라이온즈에게 내줬고 리그에서 가장 많은 승리를 거둔 에이스는 첫 패를 떠안았다. 쾌조의 개막 3연승 뒤, 강력한 꼴찌 후보 삼미 슈퍼스타즈에게 불의의 일격을 당했을 때도 이처럼 천불이 일지는 않았다. 게다가 오늘자 신문은 타는 가슴에 부채질했다. '잘나가던 거인이 호랑이 굴에서 혼쭐이 났다.' 거인의 굴욕이 아닐 수 없었다.

거인. 고동배는 '자이언트'라는 영어보다 '거인'이라는 한자어가 더 마음에 들었다. 같은 뜻이라도 왠지 위압적인 느낌, '포쓰'를 풍겼다. 호랑이를 때려잡은 거인. 사자를 떡실신시킨 거인. 곰을 농락한 거인. 청룡을 거꾸러뜨린 거인. 얼마나 자연스럽고 근사하게 들리는가. 짐승들은 애당초 거인의 사냥감이 될 운명. 삼미 슈퍼스타즈? 롯데 자이언츠가 춘천 공설 운동장에서 홈팀을 8 대 0으로 눌렀을 때 신문은 기사 제목을 이렇게 뽑았다. '거인 별을 따다.' 거인은 승리에 어울리는 이름이었다.

그런 거인이 제과업계의 라이벌, 또 하나의 유력한 꼴찌 후보, 해태 '괭이들'(고동배는 타이거즈를 그리 불렀다)한테 지다니! 미국 물 먹은 꺽다리 투수가 버티고 있는 (미련) '곰탱이들'도 아니고, 국가대표가 즐비한 (웬수) '사자 새끼들'도 아니고, 일본 리그 타격왕이 이끄는 '청이무기'도 아니고, 선수가 고작 열다섯뿐인 해태한테 발리다니. 시즌 개막전에서 14 대 2로 '관광'시킨 괭이들한테 에이스를 올리고 지다니. 충격이 '따따블'이었다.

패배의 충격이 따따블이어서 하룻밤이면 족하던 전전반측이 이튿날 밤까지 이어진 것은 아니다. 잠 못 이룬 이유는 따로 있었다. 내일은 같은 반 종규, 영수와 약속한 디데이, 롯데 자이언츠 어린이 회원에 가입하러 부산에 가기로 한 날이었다. 거제리 롯데제과 공장에 가면 회원 가입 신청을 할 수 있었다. 문제는 선착순이라는 점이었다. 영수는 하루라도 빨리 가야 한다고 날마다 보챘다. 폼나는 '야구잠바'를 주는 OB와 「호랑이 선생님」을 방영하는 MBC는 벌써 마감되었다고 했다. 아닌 게 아니라 OB 잠바를 입고 등교하는 쓸개 빠진 놈들도 더러 있었다. 계집애들한테 인기가 좋다나 뭐라나. 배신자 새끼들. 고동배에게 '배신자'는 '겁쟁이' 버금가는 욕이었다.

　의리의 사나이 고동배도 삼미 잠바는 탐났다. 소매에는 별들이, 가슴에는 방망이를 치켜든 슈퍼맨(거인의 등장 전까지 고동배의 영웅이었다)이 멋지게 수놓여 있었다. 하지만 누가 삼미 잠바 멋있다며 침이라도 흘리면 "천이 부족해가 원더우먼 빤스를 기웠나. 어깨에 별은 뭐고?"라는 야유와 함께 침을 찍 발사했다. 고동배가 왕년의 영웅 슈퍼맨을 배신했던가? 아니다. 진짜 슈퍼맨이라면 2할대의 경이적인 승률로 압도적인 꼴찌를 달릴 리 만무했다. 삼미 슈퍼스타즈는 무늬만 슈퍼맨. 경남고가 광주일고, 경북고, 선린상고한테 지면 벽을 향해 팔이 빠지도록 공을 던지는 고동배가 짝퉁 슈퍼맨에 대한 의리 때문에 어찌 칠성사이다의, 쥬시후레쉬껌의 롯데를 배신한단 말인가. 의리의 화신 고동배는 MBC의 방송 공세(맨날 청룡 경기만!), 삼성의 물량 공세(선물이!)에도 눈 하나 깜짝 안 했다. 고동배에게는 롯데 자이언츠뿐이었다. 그런데 진짜 문제는 회원 가입비였다.

사촌 형이 무슨 일인지 알아보겠다며 혼자 나갈 때도, 황 순경과 함께 돌아왔을 때도 고동배의 눈은 말똥말똥했다. 뭔가 기대에 찬 눈빛. 패배의 분함도, 가입비 걱정도 큰집 식구들이 들이닥친 순간 잊어버렸다. 겁먹은 큰아버지를 보니 심상치 않은 일이 터졌거나, 터지려는 것 같았다. 영문은 몰라도 한밤의 소요가 고동배의 마음을 사로잡았다. 아이들은 어른들의 거울. 거울이되 역상 거울. 어른들이 찡그리면 아이들은 미소 짓고, 어른들의 우려는 아이들의 호기심을 북돋운다. 평소에는 입지 않던 전투복, 양어깨에 멘 두 자루의 소총, 가슴팍에 걸린 두 개의 수류탄, 상기된 얼굴, 핏발 선 눈, 그리고 뭔가를 염탐하는 듯한 눈빛. 황 순경의 예사롭지 않은 모양새는 고동배의 막연한 기대에 부응하고도 남음이 있었다.

"황 순경, 웬 총이고?"

고동배 부친이 물었다.

"공비가 나타났답니더."

황 순경이 입을 달싹이기도 전에 고동배 사촌 형이 먼저 대답했다.

"공비?"

"엄마야!"

"우야노!"

놀란 어른들이 비명에 가까운 탄식을 쏟아낼 때 어른들의 거울, 고동배의 머릿속에는 두 개의 이름이 떠올랐다. 하나는 '이승복'이었다. 무장공비에게 "나는 공산당이 싫어요"라고 외치다 입이 찢겨 살해당한 어린이 영웅. 국민학교 교정마다 '책 읽는 소녀'와 나란히 서 있는 반공 소년. 고동배는 "나도 공산당이 싫어요"라고 외치다 죽어서 동상이 세워지는 상상에 빠져들었다. 옆 반 경애가 제 동상 앞에 꽃다발을 갖다 놓는 장면에서는 입꼬리가 절로 올라갔다. 「은하철도 999」의 '철이'에게 '메텔'이 있다면 고동배에게는 경애가 있었다. 경애는 키가 컸고 머리카락도 길었다. 메텔로 손색이 없었다.

또 하나의 이름은 '똘이장군'이었다. 숲 속의 동물들을 이끌고 맨손으로 북한 괴뢰군을 일망타진한 어린이들의 영웅. 학교 강당에서 단체 관람했을 때 가장 충격적인 대목은 북한 괴뢰군 수령이 돼지로 변해 달아나는 장면이었다. 그 뒤로 돼지고기를 먹을 수 없었다. 공산당 돼지가 혐오스러웠다. 하지만 공비가 어떻게 생겼는지 궁금하기도 했다. 정말 돼지를 닮았는지, 아니면 반공 포스터에서처럼 뿔이 달렸는지.

"봐라. 총소리 맞제. 내 취한 거 아이다."

고동배 백부가 소리쳤다.

"총소리를 들었습니까?"

황 순경이 긴장한 얼굴로 물었다.

"따다닥. 듣자마자 알아챘다. 빨치산 몰살당할 때 나던 소리다."

고동배 백부가 총 쏘는 시늉을 곁들이며 말했다.

고동배 백부는 술만 마시면 그 얘기였는데 매번 이렇게 운을 뗐다. "그러니까 내가 꼭 동배만 했을 때다." 고동배는 골백번도 더 들었으나 매번 흥미진진했다. 빨치산이 국방군복으로 위장했다는 점이 특히 인상적이었다. 어찌나 인상적이었는지 반공 글짓기 시간에 이렇게 썼다. "군복이나 경찰복 입고 있다고 안심하면 안 됩니다. 옛날에도 빨치산들이 국방군복입고 우리 마을에 나타났습니다. 옷만 보고 판단하면 망합니다. 옷에 속지 말고 손발을 잘 봐야 합니다. 공산당은 돼지니까 손발에 굽이 있습니다."

"공비들은 산으로 달아났습니다. 그래도 혹시 모르니 마을로 내려오는 길목마다 경계를 서기로 했다 아입니까. 지가 이래 왔으니 걱정 마이소. 날 밝는 대로 병력을 총동원해가 쓸어버릴 낍니다."

여기저기서 안도의 한숨이 새어 나왔다. 고동배의 마음속에서도 두려움이 잦아들었으나 그만큼 기대도 쪼그라들었다.

"우리는 황 순경만 믿는다. 그란데 총이 와 두 자루고?"

고동배 부친이 물었다.

"박 순경이 집에 댕겨온다고 맡겼습니다."

"날이 써늘하다. 비 맞지 말고 어여 올라온나. 군불 때가 방이 따땃하다."

"개안심더."

황 순경이 쪽마루에 걸터앉으며 말했다.

"그라지 말고 드가자. 몸을 숨길라 캐도 방에 있는 기 안 낫겠나?"

"안방보다 저 방이 더 낫겠습니다. 길에서 가까워가 망보기도 좋고."

황 순경이 작은방을 가리키며 말했다. 고동배의 두 누나들 방이었다.

"거는 딸내미들 방인데⋯⋯"

황 순경은 이미 군화 끈을 풀고 있었다.

"여자들은 안방에, 남자들은 작은방에 있으면 안 되겠습니까?"

고동배 사촌 형이 말했다.

"우리는 누가 지키노?"

고동배 할머니가 버럭 소리쳤다.

할머니는 정신이 오락가락했고 입을 열 때마다 기차 화통을 뱉어냈다.

"황 순경님이 있잖아요, 할머니."

고동배 큰누나가 할머니 귀에 대고 소리쳤다.

"내는 박 순경이 좋다. 전에 고추 자루도 들어줬다. 목자가 착하다. 절마는 목자가 불량타."

고동배 할머니가 소리쳤다.

"다 직이쁜다."

황 순경이 눈을 희번덕거리며 뇌까렸다.

"니 뭐라캤노?"

고동배 부친이 놀란 얼굴로 물었다.

"공비 말입니다."

황 순경이 충혈된 눈을 부라리며 말했다.

목이 탄다며 황 순경이 "혹시 사이다 같은 거" 있느냐고 물은 것은 새벽 1시쯤이었다. 고동배의 부친, 백부, 사촌 형은 모두 졸고 있었다. 고동배는 흠칫 놀라며 니꾸사꾸를 끌어안았다. 니꾸사꾸에는 소풍 때만 독차지할 수 있는 보물, 칠성사이다가 들어 있었다. 과일맛 캔디, 야채맛 크래커, 동물 모양 쿠키라면 몰라도 칠성사이다는 어림없었다. 소풍의 꽃, 삶은 달걀은 어찌 먹으라고! 사이다 없는 삶은 달걀은 앙꼬 없는 찐빵, 바람 빠진 풍선이었다. 부라보콘이 해태의 자존심이라면 롯데의 자존심은 단연 칠성사이다. 구멍가게에서 장장 한 시간 동안 (돈은 적고 과자는 많아서) 고뇌에 찬 쇼핑을 한 고동배가 맨 먼저, 주저 없이 집어 든 것이 칠성사이다였음은 굳이 덧붙일 필요가 없으리라.

"니 내일 소풍 아이가? 사이다 안 샀나?"

자다가 봉창 뚫는다더니, 조는 줄 알았던 큰아버지가 잠꼬 대처럼 말했다. 고동배는 가슴속 봉창에 바람구멍이 뚫리는 기분이었다.

"지는예?"

고동배가 입을 실룩이며 말했다.

"아침에 새로 사면 된다."

고동배 백부가 말했다.

"지금 사 오면 안 되겠습니까?"

"미쳤나? 공비가 언제 나타날지 모르는 판국에."

고동배 백부가 소리쳤다.

고동배는 아버지가 깰까 봐, 깨어나서 불호령을 내릴까 봐 조마조마했다. 다행히 아버지의 눈꺼풀은 요지부동이었다.

"안 무섭나?"

황 순경이 물었다.

"안 무섭습니다."

고동배는 배꼽에 잔뜩 힘을 주며 대답했다.

당연히 무서웠다. 무섭고말고. 밤길은 무섭고 공비는 더 무 서웠다. 하지만 사이다를 내주는 것보다 무섭지는 않았다. 내 일 아침에 새로 산다고? 고동배의 사전에 내일의 사이다는 없 었다. 지금 이 순간의 사이다만 존재할 뿐. 사이다는 절대 넘 길 수 없었다. 혹시 수류탄이라도 만지게 해준다면 모를까.

"내일 소풍이가?"

"예."

"내한테 팔아라."

"사이다를예?"

"천 원이면 되나?"

황 순경이 바지 주머니를 뒤지며 말했다.

"사이다 한 병에 무신 천 원이고? 그라지 마라. 아 버릇 나빠진다."

고동배 백부가 말했다.

"용돈 주는 셈 치지요. 기분이다. 한 장 더 받아라."

고동배는 횡재한 기분이었다. 세뱃돈, 심부름삯, 학용품 값 부풀리기로 조성한 비자금, 니꾸사꾸에 담을 과자를 예년의 절반으로 줄여 마련한 급전 등, 있는 돈 없는 돈 박박 긁어 모았지만 조금 모자라던 참이었다. 그 돈만 있으면 오케이. 어린이 회원에 가입하고도 천 5백 원이나 남았다.

소년의 야망은 거인의 위장과 같아서 웬만해서는 채워지지 않는다. 거인의 셈법에 따르면 특별 회원에 가입하는 데 천 5백 원 부족하다는 얘기. 그 돈만 더 있으면 부반장처럼 헬멧을 쓰고 등교할 수 있었다. 헬멧을 선물하는 구단은 롯데뿐. 헬멧이야말로 프로야구 원년 어린이 회원이 가질 수 있는 궁극의 아이템이었다. 고동배는 군말 없이 니꾸사꾸를 열었다.

황 순경이 사이다를 마시는 내내 고동배의 시선은 작은누나의 책상으로 향했다. 사이다가 눈앞에서 사라지는 것을 차마 볼 수 없어서? 아니다. 책상 위에서 새 목표물이 복스럽게 미소 짓고 있었다. 토실토실 살 오른 돼지저금통. 돼지의 살을 좀 빼줄 필요가 있었다. 저금통에 빈 공간을 마련해주는 것은 돼지머리에 돈 집어넣기를 기꺼워하는 주인에게도 좋은 일. 황 순경과 큰아버지가 잠들기 전 눈을 붙이면 안 되는 이유가 생긴 것이다. 두 사람만 곯아떨어지면 왼손, 아니 오른손이 움직일 수 있었다.

고동배는 본래 왼손잡이였다. 하지만 왼손을 쓸라치면 머리통이 남아나지 않았다. "병신이가? 연필 옳게 몬 잡나?" "병신이가? 숟가락질 옳게 몬 하나?" 글을 쓰다가, 밥을 먹다가 쥐어박히기 일쑤. 한 대 쥐어박히면 눈앞에 한 무리의 별이 떴다. 그나마 별 구경은 약과. 공책을 압수당해 숙제를 못 해 가면 '원산폭격'이 기다리고 있었다. 씨발. 탄압은 반항심만 부추겼다. 「수사반장」을, 「웃으면 복이와요」를 못 보게 할 때도 마찬가지. 「하록선장」을, 「기동순찰대」를 잃을 때도 굴복하지 않았다. 하지만 「은하철도 999」라면 얘기가 달랐다. 그러니까 메텔을 볼 수 없다면. 고동배 왼손의 최대 위기였다.

절체절명의 위기에서 왼손을 구한 것은 남다른 승부 근성이었다. 맞고는 살아도 지고는 못 살았다. 메텔을, 우주를 잃더라도 왼손을 포기할 수는 없었다. 고동배는 불같은 강속구를 뿌리는 황금 왼팔, 상곡리 리틀야구계의 '좌완 특급'이었다.

공이 어찌나 빠른지 받겠다는 선수가 없었다. "손이 뿌사지겠다"며 너나없이 꽁무니를 뺐다. 고동배의 공을 감당할 수 있는 포수는 벽뿐이었다.

천하무적 황금 왼팔에게도 아킬레스건은 있었다. 혼자 연습할 때는 던지는 족족 스트라이크존에 꽂혔으나 타자만 들어서면 들쭉날쭉했다. 얻어맞을까 봐? 아니다. 어차피 허공만 가를 방망이. 공의 스피드가 흉기 수준이라서 조심스러웠다. 특히 방망이나 글러브를 소유한 애들이 타석에 들어서면 더 신경이 쓰였다. 걔네들이 공에 맞고 삐치면 경기가 중단되기 십상. 조심할수록, 요상하게도 공은 자꾸 타자 쪽으로 향했다.

고동배가 던진 공이 타자를 향해 날아가면 다이아몬드가 후끈 달아올랐다. 공격 측에서는 투수 교체를 요구하며 쌍심지를 켰고 수비 측에서는 (공이 날아오지 않아) 심심하던 차에 잘됐다고 침을 튀겼다. "고의가 분명하다." "손에서 미끄러졌다." "참기름 발랐나? 멀쩡한 공이 와 미끄러지노?" "거지 새끼들. 내 방망이 내놔라." 입 뚫린 아이들은 모두 한마디씩 했으나 야구 장비를 많이 댄 쪽의 판정승으로 끝나게 마련이었다.

상곡리, 아니 궁지면 리틀야구계를 들었다 놨다 하는 천하의 황금 왼팔이 애물단지로 전락한 것은 '밥줄 끊기'라는 부친의 초강수 때문이었다. 왼손으로 숟가락질하면 밥그릇을 몰수당하기에 이른 것이다. 치졸하고 악랄한 수였다. 밥숟갈 놓고 돌아서자마자 꼬르륵 소리가 나는, 성장기 만성 공복감에 시달리던 고동배로서는 감당하기 힘든 형벌이었다. 지고는 살아도 굶고는 살 수 없었다.

투항도 쉽지만은 않았다. 밥상머리에서만큼은 오른손을 쓰려고 노력했으나 잠시만 긴장을 늦추면 숟가락은 어느새 왼손으로 넘어가 있었다. 살아남기 위해서는 완전한 오른손잡이로 변신해야 했다. 고동배는 콧구멍 후비기부터 똥구멍 닦기까지 일상의 모든 동작을 점점 오른손에 위임하게 되었다.

그래서였을까. 공의 위력이 예전같지 않았다. 내리꽂히지 않고 밀려 들어갔다. 저것이 정녕 황금 왼팔의 투구란 말인가. 저 똥볼이? 타자들은 웬 떡이냐며 달려들었다. 황금 왼팔의 '좆밥' 신세를 면치 못하던 시절의 한을 풀듯 초구부터 냅다 후려쳤다. 개나 소나 다 때렸다. 쪽팔렸다. 드러누워 울고 싶었다. 좆밥들의 기고만장한 꼴이나 보자고 메텔을 저버렸던가. 명예 회복을 위해서는 특단의 조치가 필요했다. 고동배는 오른손으로 공을 던지기 시작했다.

우완 투수 고동배의 볼은 평범했다. 스피드는 없고 볼끝은 밋밋해서 통타당하기 딱 좋았다. 스트라이크존을 향해 가던 공은 물론 스트라이크존에서 한참 벗어난 공조차 좆밥들의 방망이를 피하지 못했다. 좆밥들이 입을 모아 말했다. "공이 수박만 했다." 좆밥들의 눈이 어떻게 된 걸까? 한두 놈도 아니고 단체로? 설마. 고동배가 그새 마구를, 공이 점점 커 보이는 변화구를 개발한 걸까? 아니다. 마구라면 마구마구 얻어터지겠는가.

한때 가장 높은 곳에서 빛나던 영웅은 무저갱의 어둠으로 떨어졌다. 영광의 봉우리가 드높았기에 굴욕의 골은 까마득했다. 날개 없이는 극복하기 힘든 깊이였다.

추락한 영웅은 땅거미 내리는 공터에 홀로 남아 씩씩거렸다. 땅거미 저쪽의 세상에서 밥 짓는 냄새가 났다. 개 짖는 소리도 들렸다. 고동배의 눈에 눈물이 고였다. 배가 고파서가 아니었다. 패배가 분해서도 아니었다. 외로워서였다. 자신만 빼고 모두 저 밥 짓는 냄새 가득한 세상 속에 있는 것 같았다. 밥상에 둘러앉아 자신을 비웃는지도 몰랐다. 동네 똥개들조차 자신을 조롱하는 듯했다.

영혼은 날개를 잃었으나 육신에게는 발이 있었다. 몽유병을 보라. 영혼이 옴짝달싹 못할수록 육신은 종종거린다. 실의에 빠진 고동배는 무작정 걷기 시작했다. 영락없이 몽유병자의 걸음걸이였다.

이러지도 저러지도 못하는 영혼은 육신을 어디로 이끄는가. 안나 카레니나는 기찻길, 오필리어는 물가였다. 상곡리에는 저수지가 있었다. 정신을 차렸을 때 고동배는 상곡 저수지에서 물수제비를 뜨고 있었다. 수면을 튕기며 날아가는 돌을 고동배는 물끄러미 바라보았다. 납작한 돌이 스친 곳은 농사를 위해 가두어둔 물의 표면이었으나 정작 파문이 인 곳은 고동배 내면의 수평선, 의식과 무의식의 경계였다. 유레카. 암굴에 전구를 켠 기분이었다. 파워가 꽝이면 기교로. 강속구가 꽝이면 마구를. 땅을 스치듯 날아가 흙먼지를 일으키는 마구. 흙먼지 속에 숨어서 보이지 않는 마구. 만화에서 보았던 마구. 다들 말도 안 된다고 했지만 내심 실현 가능하리라 믿었던 꿈의 승부구. 고동배는 흥분으로 가슴이 터지는 듯했다. 어제의 황금 왼팔은 안녕. 내일은 마구왕 고동배.

마구왕으로 거듭나기 위해 맨 처음 한 일은 마구에 이름을 붙인 것이었다. 설레발이 아니다. 형식은 내용에 선행하는 법. '아리랑볼'이라는 이름이 없으면 아리랑볼의 낙차도 없다. 땅볼, 흙볼, 먼지볼, 흙먼지볼, 땅수제비볼, 못찾겠다꾀꼬리볼 등의 쟁쟁한 후보들을 제치고 낙점된 이름은 '고동볼'이었다. 창시자의 이름을 딴 것일까? 결과는 별반 다르지 않게 되고 말았으나 애당초 영감을 준 것은 소라, 우렁 따위의 복족류가 껍데기 속에 몸을 숨기는 생태였다. 의도대로라면 '고둥볼'이어야 옳았으나 고동배의 머릿속 국어사전은 글말보다 입말을 우선시했다. 어쨌거나 고동배는 야구사에 길이 남는 이름이 될 터. 이제 마구를 익히는 일만 남았다.

우선 아래에서 위로 던지는 '언더드로' 투구폼부터 연마해야 했다. 마침 롯데 자이언츠 에이스가 언더드로였다. 공은 빠르지 않았으나 변화가 심했다. 타자 앞에서 춤을 췄다. 결정구는 낮게 날아가다 불쑥 떠오르는 '슈트'. 고동볼의 모델이 되기에 부족함이 없었다.

고동배는 틈만 나면 상곡 저수지로 달려가 물수제비를 떴다. 햇살 속에서, 달빛 아래에서 뜨고 또 떴다. 손을 떠난 돌이 열 개의 파문을 일으킬 때까지. 파문을 열 번 일으킨 돌이 불쑥 튀어오를 때까지. 마침내 불쑥 튀어오른 돌이 남긴 열한번째 파문이 희미해졌을 때 상곡리의 납작한 돌은 죄다 저수지 바닥에 가라앉아 있었다.

　바야흐로 고동볼은 거의 완성 단계였다. 아직 완전하지는 않았다. 마구의 성패는 공이 보이지 않는다는 조건의 충족 여부에 달려 있었다. 고동볼의 핵심은 흙먼지. 공이 땅을 스치듯 날아가야 했다. 훈련 장소를 동네 공터로 바꿨다. 공을 쥔 손가락이 땅에 닿을 듯 말 듯, 손에 흙이 묻을 듯 말 듯 던지기 위해 피나는 훈련을 거듭했다. 땅에 바짝 붙어 날아간다고 능사는 아니었다. 공을 숨길 만큼 다량의 흙먼지가 필요했다. 이를테면 헬리콥터가 이착륙할 때처럼. 다시 한 번 유레카. 열쇠는 회전력. 땅을 스치듯 날아가는 공이 프로펠러처럼 강하게 회전하면 어마어마한 흙먼지가 일 터였다. 이번에도 고동배는 스스로 난관을 타개했다.

　스스로 돕는 자를 돕는 것은 하늘만이 아니다. 땅 또한 그러하다. 고맙게도 상곡리의 토질은 물 빠짐이 좋고 먼지가 많은 황토였다. 더 고맙게도 상곡리 리틀야구의 본산, 시멘트 외벽을 면한 부채꼴 공터는 황토질 모래, 아니 황토를 가장한 모래였다. 고비사막에서 날아온 모래가 수백 년 동안 풍화된 결과

더없이 경박해져 실바람만 불어도 십만 대군이 진격하는 듯했다. 게다가 10년 만의 대가뭄으로 흙알갱이들은 공중 부양 직전이었다. 바야흐로 온 우주가 고동볼의 탄생을 돕고 있었다.

사흘 전, 땅거미 내리는 공터에서 고동배가 몸을 꽈배기처럼 틀 때도 온 우주가 숨죽인 채 피를, 아니 흙을 말리고 있었다. 공이 고동배의 손을 떠나자마자 흙먼지가 구름처럼 일었다. 보이는 것은 벽을 향해 돌진하는 흙폭풍뿐. 흙폭풍의 여파였을까. 고동배는 연방 눈을 깜박였다. 눈이 따가웠다. 손으로 비비니 눈물이 고였다. 뿌옇게 흐려진 세상 속에서, 땅을 훑듯 저공비행하던 흙폭풍은 시멘트 외벽 바로 앞에서 급상승했다. 흙폭풍의 눈이 분필로 그려놓은 직사각형 한복판을 때렸다. 스트라이크.

전대미문의 마구, 고동볼이 탄생하는 순간이었다.

"프로야구는 우예 됐노?"

황 순경이 사이다병 주둥이를 핥으며 물었다.

큰아버지는 어느새 코를 골고 있었다. 이제 황 순경만 잠들면 거칠 것이 없었다.

"롯데예? 오늘은 시합 없었습니다."

고동배가 눈을 비벼대며 대답했다.

"어제 경기."

"해태한테 2 대 1로 졌습니다."

"해태 투수가 누구였는데?"

"오리 궁디요."

"글마는 타자 아이가?"

"마운드에도 섭니다."

"프로야구 맞나? 완전 고교야구다."

"MBC는 선수가 감독도 한다 아입니까."

"2점은 우찌 줬노?"

거인 에이스가 2점 홈런을 얻어맞던 장면을 떠올리자 고동배는 부아가 치밀었다.

"테레비에서 중계했는데 안 봤습니까?"

"지서가 복덕방이가? 집들이 이 구석 저 구석에 박혀가 관내 순찰만 한나절이다. 뺑이치느라 신문지 넘길 새도 엄따. 니는 시골 순경 같은 거 절대 하지 마라."

황 순경이 목에 핏대를 세웠다.

"지는 거인의 에이스가 될 낍니다."

"거인?"

"롯데 자이언츠 말입니다."

"그래? 내 꿈은 파출소장이었는데……"

"파출소장예?"

"아부지가 경찰이었는데 동네 어른들이 다 깍듯이 인사했다. 기골이 장대한 데다 명사수로 소문나 함부로 못 했다. 아부지가 세상에서 제일 높은 사람인 줄 알았는데 어느 날 메루

치 같은 아저씨한테 고개를 숙여 놀랐다. 파출소장이었다. 그
란데 나중에 알고 보니 파출소장보다 더 높은 사람이 천지빼
까리였다. 높은 놈들이 너무 많았다. 실력도 없이 운빨로 한자
리 꿰찬 새끼들이 억수로 많았다. 이래 될 줄 알았다믄 꿈이라
도 크게 꿀걸."

"두고 보이소. 거인을 우승시키는 에이스가 되고 말 테니."

고동배는 주먹을 불끈 쥐며 말했다.

"알겠다. 고거인."

"참말입니다. 벌써 고동볼도 개발했다 아입니까?"

"고동볼은 또 뭐고?"

"타자 눈에 안 보이는 마구입니다."

"투명볼이가?"

황 순경이 피식 웃었다.

"회전을 이빠이 주면서 땅에 스치듯 던지면 흙먼지가 어마
어마하게 일어나 공이 안 보인다 아입니까. 고동이 껍데기 속
에 숨는 것맹키로."

"차라리 타자 눈에 흙을 뿌리라."

"농담 아니라예."

"알겠다. 고동볼."

"진짭니다."

"지금 몇 시고?"

탁상시계는 돼지저금통 바로 옆에 놓여 있었다.

"1시 14분인데예."

"벌써? 자꾸 눈이 감긴다 했드이 퇴근 시간이 지나뺐네. 혹시 내가 깜박 졸면 깨워라. 알긋나?"

"예."

"꼭이다."

"예."

고동배가 힘주어 대답했다. 하지만 눈꺼풀이 천근만근. 마구왕에게도 졸음은 섭사리 돌려세울 수 없는 강적. 고동볼 창시자의 눈이 자꾸만 감겼다.

고동배를 깨운 것은 묵직한 요의였다. 눈을 뜨자마자 돼지저금통부터 찾았다. 다행히 그대로였다. 거사의 마지막 걸림돌이던 황 순경마저 코를 골며 자고 있었다. 그럼 그렇지. 고동배는 자신의 운을 믿었다. 상곡리의 토질마저 고동볼 탄생을 도왔다고 확신할 만큼. 고동배의 낙천성은, 자기중심적 세계관은 거의 천동설 수준이었다. 고집스럽게 우주의 중심을 자처했다. 동심을 잃지 않은 것이다. 하지만 돼지저금통보다 오줌보부터 비워야 했다.

지뢰밭을 걷듯 고동배는 신중하게 움직였다. 어지럽게 엉겨 있는 다리를 피하는 발놀림이 흡사 발레를 방불케 했다. 오직 발끝으로 체중을 감당하며 한 발, 한 발 문을 향해 나아갔다. 마음은 수면 밑의 물장구처럼 분주했으나 발의 움직임은 백조처럼 우아했다.

검은 형체를 발견한 것은 쪽마루로 나서려던 순간이었다. 검은 형체는 담장 위로 머리통과 총구를 비죽 내밀고 있었다. 잠결에 헛것을 본 걸까? 아니다. 헛것은 그림자를 거느리지 않는다. 비가 그치고 달이 나왔는지 검은 형체의 그림자가 담벼락에 어른거렸다. 검은 형체가 하나 더 있었다. 설마 공비들? 고동배는 심장이 발뒤꿈치까지 내려앉는 느낌이었다. 검은 형체들은 경찰모를 쓰고 있는 듯했다. 경찰로 변장한 공비가 틀림없었다. 예전에 빨치산이 그랬던 것처럼.

문 닫을 엄두도 못 낸 채 고동배는 뒷걸음쳤다. 본능적으로 황 순경 쪽으로 다가갔다. 어서 알려야 했다. 어깨에 손을 대자마자 황 순경은 번쩍 눈을 뜨고 총구를 들이댔다. 역시. 빛의 속도로 깨어나 전투 태세를 갖추는 황 순경이 미덥기만 한 고동배였다. 발뒤꿈치까지 내려앉았던 심장이 제자리로 돌아왔다. 놀라서 잠시 기절했던 동심도 되살아났다. 저쪽은 둘이고 이쪽은 다섯, 아니 안방에 있는 사람들까지 합하면 열하나. '쪽수'로는 게임이 안 됐다. 화력도 밀리지 않았다. 총이 두 자루에 수류탄까지. 「배달의 기수」를 보라. 수류탄 하나면 인민군 한 소대가 날아간다. 황 순경에게는 수류탄이 두 개 있으니 공비 두 명이 아니라 두 부대쯤은 황천길로 보낼 수 있었다. 「배달의 기수」적 산수로 특유의 승부욕이 발동했다. 공비를 발견해 신고한 용감한 어린이. 이제부터 평생 따라다닐 자랑스러운 무훈이었다. 전교생 앞에서 표창 받는 것은 기본, 경애한테 고백받는 것은 옵션. 담 너머의 공비들을 무찌르기만 한다면.

"공비가 나타났어예."

황 순경의 귀를 간질이는 고동배의 속삭임에는 일급 기밀을 귀띔해주는 목소리의 은밀함이 있었다.

"공비?"

황 순경의 눈이 휘둥그레졌다.

"경찰로 위장했지만 공비가 틀림없습니다. 지 눈은 못 속입니다."

적의 위장에 속지 않은 자신이 대견하기만 한 고동배였다.

"몇 명이고?"

황 순경의 목소리가 심하게 떨렸다.

황 순경도 비슷한 상상을 하는 게 분명했다. 공비를 물리친 공으로 훈장을 받는 상상.

고동배는 오른손 검지와 중지를 펴 자신의 눈을 가리키고 황 순경 눈앞에 세워 보였다. 「전우」에서 본 대로였다. 두 명을 두 눈으로 확인했다는 뜻이었다.

"둘뿐이라고?"

가소롭다는 듯 황 순경이 목소리를 높였다.

고동배는 움찔했다. 적을 알고 나를 알면 백전백승. 저쪽은 이쪽이 몇 명인지 모르지만 이쪽은 저쪽이 몇 명인지 꿰고 있으니 승산은 이쪽에. 그런데 이쪽이 저쪽의 숫자를 알고 있다는 사실을 저쪽이 알게 되면 이쪽의 유리함은 반 토막. 공비들이 황 순경의 말을 듣지 못했기만 바랄밖에.

고동배는 기민하게 움직였다. 아버지의 어깨부터 흔들었다. 물론 오른손으로. 아버지는 파리 쫓듯 팔을 휘휘 저을 뿐 눈을 뜨지 않았다. 그때 황 순경이 손바닥을 펴 보였다. 깨우지 말라는 뜻이었다.

"총이 한 자루뿐이라 깨워봤자 소용엄따."

황 순경의 설명이었다.

고동배는 벽에 기대 세워놓은 소총을 손가락으로 가리켰다.

"총알 다 됐다."

황 순경의 말에 고동배는 셈을 정정해야 했다. 2 대 1. 총 숫자에서는 밀렸다. 수류탄의 어깨가 무거워졌다. 공비의 수류탄? 고동배의 산수에 공비의 수류탄은 없었다. 어떤 드라마나 영화에서도 공비가 수류탄 던지는 꼴은 못 봤으니까.

"공비들은 어디쯤 있노?"

황 순경이 물었다.

고동배는 오른손 검지를 세워 보인 다음 검지와 중지를 동시에 세워 보였다.

"벙어리가? 답답타. 말로 해라."

황 순경이 와락 짜증을 냈다.

고동배는 손가락으로 허공에 숫자 1과 2를 차례로 그렸다.

"1시 방향, 2시 방향이라고?"

고동배는 고개를 힘차게 끄덕였다.

황 순경은 문 옆에 바짝 붙었다. 눈을 가늘게 뜬 채 고동배가 일러준 곳을 쏘아보았다. 그러다 문밖을 향해 총을 겨눴다. 공비를 발견한 것이리라. 고동배는 마른침을 삼켰다. 조만간 황 순경이 '선빵'을 날리겠지. 맞짱 뜰 때는 선제공격이 최고. 먼저 피를 본 쪽이 밀리게 마련. 그런데 기대와 달리 황 순경은 선뜻 방아쇠를 당기지 않았다. 한동안 정적만 흘렀다. 들리는 것은 코 고는 소리뿐. 이상하리만치 잠잠했다. 고동배는 꼼짝도 할 수 없었다. 긴장하기도 했지만 오줌보가 폭발 직전이었다.

공비들이 먼저 움직인 걸까. 가늠쇠를 노려보던 황 순경의 눈꼬리가 꿈틀거렸다.

"다 직이쁜다."

황 순경이 고함과 함께 사격을 개시했다. 기다렸다는 듯 밖에서도 응사했다. 따다닥. 따다닥. 따다다닥. 엄청난 양의 폭죽이 터지는 듯했다. 두 명이 아니었을까? 황 순경처럼 총을 두 자루씩 갖고 있던 걸까? 적의 화력이 예상보다 강력했다. 고동배는 책상 밑으로 들어가 눈을 질끈 감고 귀를 틀어막았다. 무서웠다. 공비들이 방으로 들이닥쳐 입을 찢을까 봐 무서웠다.

"불이야!"

자다 깬 고동배 백부가 벌떡 일어나 밖으로 뛰쳐나가려다 풀썩 고꾸라졌다. 귀에서 피가 흘렀다.

"아버지!"

"형님!"

고동배의 사촌 형과 부친이 고동배 백부 쪽으로 다가가려다 속절없이 쓰러졌다.

"악!"

수류탄을 던지던 황 순경이 비명을 지르며 어깨를 붙들었다. 오른쪽 어깻죽지가 순식간에 붉게 물들었다. 마당에 떨어진 수류탄은 터지지 않았다. 불발탄이었다. 총성이 멎었다.

고동배는 슬그머니 눈을 떴다. 방은 벌집이 되어 있었다. 황 순경은 어깨에서 피를 흘리며 벽에 기대 주저앉아 있었다. 총은 바닥에 떨어뜨린 채였다. 문쪽에는 큰아버지와 사촌형과 아버지가 줄줄이 쓰러져 있었다. 큰아버지와 사촌형은 미동도 없었지만 아버지는 피범벅인 옆구리를 움켜쥔 채 신음을 흘리고 있었다.

"아버지!"

고동배가 깜짝 놀라 아버지 쪽으로 기어갔다.

"동배……"

고동배 부친이 고통으로 얼굴을 찡그렸다. 언제나 "이눔의 시키"였는데 아버지가 이름을 불러주다니. 고동배는 사나이답지 않게 눈물이 핑 돌 뻔했다. 입술을 깨물며 눈물을 참았다. 아버지를 병원에 데려가야 했다. 어떻게든 밖에 있는 공비를 물리쳐야 했다. 두 놈만 해치우면 되는데. 고동배의 눈길이 소총으로 향했다. 고동배는 총 쏘는 법을 몰랐다. 황 순경의 가슴에 매달린 수류탄이 눈에 들어왔다.

고동배는 저도 모르게 수류탄을 빼 들었다. 「배달의 기수」에서 본 대로 수류탄을 움켜쥐고 안전핀을 뽑았다. 왼손이 아니라 오른손이었다. 의도한 것은 아니었다. 쥐고 보니 오른손이었다. 무의식마저 오른손잡이가 된 것이다. 고동배는 어느새 몸을 꽈배기처럼 꼬고 있었다. 고동볼을 던지는 폼이었다. 오른손이 방바닥을 스치듯 호를 그리는가 싶더니 수류탄이 문을 향해 낮게 날아갔다.

이런. 터질 듯한 오줌보 탓에 디딤발을 충분히 뻗지 못해서였을까? 디딤발을 쭉 뻗지 못해 팔을 최대한 끌고 나가지 못해서였을까? 수류탄이 타원형이라 평소만큼 회전을 주지 못해서였을까? 고동배의 오른손을 떠난 수류탄은 문턱을 넘지 못했다. 문지방에 부딪혀 돌아왔다. 타자에게 때릴 기회조차 안 줬다. 진정한 언터처블, 최고의 마구였다.

고동배에게는 아직 믿는 구석이 있었다. 되돌아오고 있는 저 수류탄은 불발탄일지 모른다. 불발탄이어야 한다. 불발탄일 게 틀림없다. 목숨을 걸고 운을 시험한다는 게 못마땅했으나 고동배는 자신의 운을 추호도 의심하지 않았다.

황 순경이 뭐라고 외쳤다. "아!"라고 한 것도 같고 "어!"라고 한 것도 같았다. 어쩌면 "야!"였거나 "마!"였는지도 모른다. 단말마의 외침은 아득하기만 했다. 고동배의 머릿속에 새로운 마구가 떠오른 것이다.

새 마구는 타자 바로 앞에서 되돌아오는 볼이었다. 홈플레이트 앞에는 문턱이 없지만 백스핀을 주면 아주 불가능한 얘기도 아니었다. 새 마구는 뭐라 부를까? 뒷걸음치니 빽도볼? 되돌아오니 요요볼? 얼굴만 내비쳤다 다시 투수 글러브로 들어가니 고동은 고동이되 껍데기로 되돌아오는 고동이어서 고동백볼.

고동배는 아직도 우주의 중심, 황도의 축이었다. 모든 별이 고동배를, 고동배의 오른손을 중심으로 돌았다. 그러는 한 별들이 길 잃을 일은 없으리라. 고동배의 오른손은 영원히 옳을 것이기에.

유감스럽게도 고동배는 새 마구를 완성할 수 없었다. 되돌아온 수류탄은 불발탄이 아니었다. 그날 밤 터진 유일한 수류탄이었다.

12. 고동배 외 55명

고동배(11) 고영남(46) 고정남(48) 고진배(21) 곽차임(52) 권애주(48) 김경희(36) 김기동(50) 김덕수(53) 김명순(25) 김복남(43) 김수남(32) 김영자(48) 김정숙(20) 김종구(7) 김종수(10) 김필녀(48) 박갑순(83) 박만길(24) 박판구(56) 백이순(47) 서유복(54) 손경태(35) 손구기(55) 손길태(38) 손만기(61) 손미숙(19) 손미자(24) 손수동(13) 손영기(17) 손영태(33) 손영희(22) 손은정(17) 손현숙(19) 신동철(52) 안삼순(45) 유광자(51) 유인숙(35) 윤끝순(56) 이숙희(49) 이순남(46) 이춘식(53) 장만석(27) 장순덕(4) 장영남(70) 장을용(56) 정말희(50) 조말순(50) 조일남(63) 천병오(58) 최삼구(67) 최성출(8) 최태식(35) 최태일(47) 최희정(6) 한점분(48)*

* 확인된 사망자 명단, 『XX일보』 1982년 4월 23일자.

작가의 말

처음 이 소설을 구상한 것은 3년 전 미국 중서부의 어느 작은 타운에서였다. 국제창작프로그램에 참가 중이던 나는 국제적 인맥을 구축해 세계적 작가로 발돋움해보겠다는 당초의 포부와 달리 '암굴왕' 본연의 면모를 급속히 되찾아가고 있었다. 그나마 낮에는 아사(餓死)를 면하기 위해 숙소를 기어 나갔지만, 해만 지면 한 손엔 맥주, 다른 한 손엔 TV 리모컨을 움켜쥔 채 방에 틀어박히곤 했다.

그러던 어느 날, 서부 최대 도시의 공항에서 총기 난사 사건이 발생했다는 뉴스를 접하게 되었다. 사건 사고라야 대학생들이 술 좀 마시고 노상에서 방귀나 슬쩍 흘리는 게 고작인 동네라 딴 세상 얘기로 여기며 무심코 창밖으로 시선을 던졌다. 텔레비전에서 쏟아지는 말들이 외계에서 날아온 괴신호처럼 들릴 때면 어둠 속에 점점이 흩뿌려진 불빛들을 내다보며 위안을 얻곤 했는데, 그날은 알 수 없는 두려움에 사로잡혔다. 불빛 아래서 어떤 이는 늦은 저녁을 먹고, 누군가는 야구중계를 보고, 또 어떤 이들은 사랑을 나누고 있을 텐데, 두려움이라니. 당황스러웠다.

어둠이 깊어져 불빛이 하나둘 꺼지고서야 나는 그 기이한 감정이 실은 서글픔이었음을 깨달았다. 불빛은 너무나 취약했다. 들에 핀 꽃처럼 무심한 한 줄기 바람에도 목이 꺾일 수 있었다. 어쩌면 불가해한 어떤 악의(惡意)에 의해서도. 30여 년 전 '남한'의 벽촌에서 하룻밤새 동네 사람 쉰여섯을 총으로 쏴 죽인 순경은 불 켜진 집만 노렸다고 했다. 빛이 어둠을 불러들인 셈이다. 그래서였을까. 새까만 지평선에서 외로이 빛나는 불빛들을 물끄러미 바라보고 있노라면 장전된 총을 들고 빛을 찾아가는 하나의 그림자가 뇌리에서 떠나지 않았다. 빛과 그림자 사이에는 무엇이 있었을까? 그림자의 실체는 대체 무엇이었을까? 나는 두려움 속에 자문하기 시작했다. 이 소설의 윤곽이 드러나는 순간이었다.

그날 밤, 빛과 그림자 사이에는 많은 것이 있었을 것이다. 무고한 시민을 학살한 군사정권이 내건 '정의 사회 구현'이라는 구호, 올림픽을 성공적으로 치러야 한다는 엄중한 국가적 과제, 미국문화원에서 솟구친 검은 연기의 흔적, 끝내기 만루

홈런으로 화려하게 출범한 프로야구, 사람들을 저녁 늦도록 붙들어 앉힌 반상회, 공비가 나타났다는 거짓말, 응답받지 못한 구조의 외침 등등.

파국의 그림자를 드리운 그 무엇은 그것들 속에 숨어 있을 터였다. 진실의 몸통을 포획하기 위해 나는 사실성의 씨줄에 개연성의 날줄을 엮었다. 장기 미제 사건에 덤벼든 프로파일러처럼. 하지만 복잡하고 어지러운 인과(어긋난 욕망, 그릇된 신념, 권위주의적 분위기, 진실과 거리가 먼 공적 언어, 억압적 이데올로기, 작동되지 않은 시스템……)의 거미줄에 매달려 있던 것은 결국 비명에 간 사람들의 마지막 모습들이었다.

유난히 고즈넉했던 봄밤, 무참히 스러진 우주 하나하나를 떠올리기 위해 나는 자판 위의 손길을 자주 멈춰야 했다. 그러다 가까스로 붙든 백색왜성의 흔적을 놓치지 않으려고 다시 손을 움직였다. 결과적으로 나는 프로파일러가 아니라 아마추어 천문가였다. 거미줄에 내려앉은 별자리가 아득하게 느껴진다면 그것은 전적으로 내 상상력의 어설픔 때문일 것이다.

이 비극적인 이야기를 시작할 용기를 준 문학과지성사 여러분께 감사드린다. 등장하는 인물마다 횡사하는 몹쓸 얘기를 되새김질하느라 마음자리가 편치 않았을 편집자들께는 미안함도 얹어 보낸다.

실은 '에필로그'로 작가의 말을 대신할 셈이었다. 작중인물들이 그 후 어찌 되었다는 식의 글을 덧붙일까 했다. "끝이 뭐이리 허무해"라는 독자들의 푸념이 무섭기도 했고, 실화를 바탕으로 한 이야기에 어울리는 마무리 같기도 해서였다.

"박만길과 손영희는 양가 유족의 뜻에 따라 영혼 결혼식으로 맺어져 나란히 묻혔다. 수잔 여사는 서울에서 올림픽이 열리던 해, 심장마비로 세상을 떴다. 묘비에는 '일흔아홉 번의 가을을 즐겼다'는 글이 새겨졌다. 손백기는 궁지면 발전위원회장으로서 이듬해 초에는 아스팔트 진입로 완공식에서, 여름에는 상곡 유원지 개장식에서 테이프를 끊었다. 정부의 전격적이고 파격적인 지원이 있었기에 가능한 일이었다. 김철호는……"

마음을 바꾼 것은 희생자가 너무 많아서였다. 그들의 빛이 꺼졌다는 사실을 굳이 재차 확인하고 싶지 않았다. 다만 11장의 주인공을 위해서는 한마디 남기고 싶다.

"고동배는 2년 뒤 롯데 자이언츠가 불같은 강속구와 폭포수 같은 커브로 타자들을 압도한 에이스를 앞세워 우승하던 순간, 하늘나라에서 뛸 듯이 기뻐했다."

2016년 4월
김경욱